姹紫嫣红开遍

文清丽 著

北京出版集团
北京十月文艺出版社

目录

- 1 姹紫嫣红开遍
- 61 春心无处不飞悬
- 121 撩人春色是今年
- 181 花似人心向好处牵
- 249 好花枝
- 321 幽梦和春光暗流转

姹紫嫣红开遍

1

"你扮的是杜丽娘吗？柳梦梅还没挑逗，你就大嘴咧着，眼睛眨巴着，水袖甩得像打人。这哪是大家闺秀，分明秦淮河李香君、花魁王美娘的做派嘛。你学了八年昆剧，怎么还没摸着闺门旦的魂？我警告你，想当闺门旦，就别整那些'花脚蚊子'，感人的戏都是从心底里流出来的。"京都昆剧团当家闺门旦柳云怡向自己的爱徒当众发飙，这是前所未有的事。昨晚的演出相当成功，这次开的是庆功会，举座笑语盈盈，团长更是笑得合不拢嘴。青年演员米亚亚初次扮杜丽娘，青春靓丽，嗓子绵软清新。她的老师柳云怡反串小生柳梦梅，一上场，满堂喝彩。大家都知道她的闺门旦书卷气浓，恍如仙姿，没想到她扮的书生俊俏风流，特别是身段繁复飘逸，让观众喝彩不绝。谢幕时师徒二人手拉着手，像一对母女，不，俨然一对亲姐妹似的，面对镁光灯，在众多粉丝前，秀尽了师徒情深。总结会上，大家对花旦米亚亚第一次扮小姐赞不绝口，米亚亚却很谦虚，说跟柳老师配戏，简直就是老师带着演的。从杜丽娘开始一个人的独唱，娇羞、惆怅、无措，到梦中相会的甜蜜，都是跟柳老师平常学的。演出时，我不小心露出了水袖里的衬衣松紧袖口，老师一个眼神我马上就知道水袖幅度大了，总之一句话，跟着老师，自己每天都在进步。有体悟，有不足，也有初次登台的感想。米亚亚边翻笔记边说，很有条理，显然是做了充分的准备的。大家都说这个小姑娘真懂事，没有年轻人的浮躁。谁知柳云怡当场就给自己的爱徒来了这么一棒，在场的人无不惊诧。柳云怡台上是大家闺秀，台下也是温润淑女，分到团里二十多年来从没跟人红过脸，今天怎么了？再一想，就明白了，舞台上主角就一个，谁不想让聚光灯一直打在自己身上。柳云怡已四十出头，而米亚亚才二十冒尖。时光，对佳人来说，它惨无人道呀。

米亚亚脸腾地红了，但表现得还不错，老师说完，她还站起来表了态，说老师说得有理，我下去一定好好琢磨。

会场一时冷寂，只有一缕白光在圆桌上飘来荡去，如在座的每个人隐秘的内心。

坐在主位上的团长品了一口茶，放杯子的响声打破了会场的寂静。他调团里半年，小生出身，五十多岁，头发已斑白，但精神状态颇好，一到团里，就召集大家开会，商讨方案，听取各方意见，核心就一个：如何提高团里下一步的业务工作。这次参加市里演出，是他的开门红，没想到却来了这么一出。团长看大家没反应，先咳了一声，然后双手伏着桌子说，柳老师对爱徒严格要求，精神可嘉。对，精神可嘉。我们团之所以在全国享有盛誉，就是因为有柳老师这样一代代传帮带的艺术家。艺术要传承，品质是关键，对不对？说着，看大家没有反应，又清了清嗓子说，大家要是没有什么说的，今天会就开到这里。

柳云怡第一个离座，边哼着昆曲边疾步迈出了会议室：笑伊家短行，无情忒甚！到如今，兀自道且说三分话，未可全抛一片心。

一出昆剧团大楼，柳云怡猜身后肯定有人在议论自己，生怕听到难受似的，快步钻进了车里，片刻，把奥迪开出昆剧团。已过白露，绿化带上的月季枝上零星还挂着几朵花，在晚霞的余光下蔫蔫地开着，如她此刻的心情。

回到家本想静静，没想到跟她在一个团里工作的丈夫高云飞却已到了家，在厨房叮叮当当地做饭。听到门响出来，手里还握着铲子。看她回来了，本想说，你今天怎么了？米亚亚我感觉唱得好，身段也美，第一次出场就有一种惊艳的感觉，你是她的老师，应当高兴。你反而这样，让别人还以为你在吃自己学生的醋，今天实在是你的错。可他看到妻子的脸色，生生把到嘴边的话压了下去，笑着说，回来了？

丈夫明知道事因，却避而不谈，装作没事人似的一脸的云淡风轻。这让柳云怡更是恼火，便不睬他，换了居家衣服，进到卧室，关门躺在床上，闭上了眼睛。

柳云怡并不是突然间发火的。

要说起来，还是半年前演《牡丹亭·游园》时，不适就开始了。下场后，有记者在后台现场提问，高个女记者眼角长着铜钱大的胎记，虽然在蔡不分、甜前不分，可握着话筒，分明就是女王。柳云怡一向严谨，特别是面对无冕之王，更是百般小心，你可能一句不在意的话，在记者笔下，就歧义连连，读者再读，就更浮想联翩了。自己走到这一步不容易。胎记女记者来自大报,该报公众号点击量有几十万人次。她斟酌再三准备回答时,身旁的春香,也就是米亚亚马上替老师回答了。学生替老师解围,好似临场救火,应当谢谢人家才是。

柳云怡报之以微笑,对记者,也是对学生。

第二天在排练厅,柳云怡正在观看米亚亚的排练,不时指点几句,好朋友叶之宏走到她跟前,打量着台上载歌载舞的米亚亚,悄声对柳云怡咬着耳朵,你的学生眼看就要出师了。叶之宏虽然瘦小,可一上场,脚下如安了风火轮,或跑或打,浑身都是一股英气。起初学花旦,后来又学老旦,但是学文戏就想睡觉,只扮了一次刀马旦,就迷上了打打闹闹,成了团里现在唯一的刀马旦。左翎子放脚面是她的绝活儿,杨八姐的《挡马》,演得出神入化。她常说武戏不能光打,要表演人物性格,还靠文唱,基本功扎实,腰软,所以常找柳云怡学唱,一来二去,不但文武兼备,两人也成了掏心窝子的朋友。

柳云怡听完好朋友的话,笑着说,咱当老师的不就盼着这一天吗?

叶之宏好像不认识似的,从上到下打量了柳云怡半天,说,云怡，我不知道你是真糊涂还是假装的？不能对好朋友都不说真话，否则你最好的朋友就要离开你了。

柳云怡没回答她的话，一双秀目上下打量了叶之宏之后，又摸摸她的裙子笑着说，这裙子质地好，花色好别致，像油画。哪个商场买的，当代，还是双安？价格不菲吧。

叶之宏把柳云怡手推开，悄声说，你没发现米亚亚昨天晚上演出多加了三个动作吗？她不是在跟小姐配戏，她在表现自己，她以为自己是言慧珠呀，人家是给老师梅兰芳大师配戏，梅兰芳那时多大了，六十多了，老人了嘛。你多大，才四十出头，正当盛年。而且言慧珠是大小姐，那时已是当红旦角，上海戏曲学校的副校长，是大艺术家俞振飞的夫人。把一个丫鬟饰演得如此傲娇，人还能理解，她米亚亚是大山里一个柴火妞，第一次来考试，穿着一条别人捐的牛仔裤，长得裤腿都挽到了膝盖上，一张口，满嘴泥土渣，要不是你多次找团长，说她身上有股倔劲，肯定成功；说她眼睛会说话，是天生的闺门旦，她哪可能进到咱们团？现在还在山沟里混日月呢。可她倒好，翅膀还没硬，就公开抢老师的戏，这唱的哪是春香，分明一个青春版的杜丽娘嘛，一会儿扭腰，一会儿弄姿，想跟你平分秋色？哼，小丫头还太嫩了。这种篡位夺权的歪风邪气坚决不能长。教会徒弟，饿死师傅的事又不是没有。我可跟你说，防虎之心不可无呀，养了老虎，你可就完了。东郭先生的故事整天在上演着。所以，我劝你趁咱们还能演出，少带学生。等退下来，再带不迟。你压着指头算算，咱们在舞台上的日子可数得着了，千万要小心。现在的小姑娘，哼，不是我说，为了达到目的，什么事都能干得出来。我朋友说她们团一个小姑娘，来团后，为了争主角，生生把团长、编剧、导演全拿下了。现在什么角色她都演，一下子就红遍大半个中国了。

如果她有本事，红也正常。如果她没那本事，她也红不长久。唱戏，可不是其他，没有功夫，在舞台上是站不长的。别人不懂，你还不懂？

好了，我知道你从来听不进别人的意见，有你哭的时候，到时可别说我没劝你。

柳云怡拍拍老朋友的肩膀，说，言重了，言重了。这条裙子真的好适合你。说着，锣鼓停了，她忙给叶之宏摆摆手，说，我得跟米亚亚说道说道，她晃扇的动作做得不流畅。

算我白说了。叶之宏叹了一声，左手朝后摆摆，头也不回地走了。

姹紫嫣红开遍　9

2

刚下班，米亚亚就敲响了柳云怡的家门，她平常来都会提前打电话的。这让柳云怡很不舒服，但还是礼貌地让进了屋。老师，我妈妈让我给你带了箱葛根粉来，是我爸爸从很高的山上挖的。葛根粉有"千年人参"之称，降压降脂养颜，好处可多了，冲着喝或勾兑、调汤、拌肉，都可以。

我真不需要。柳云怡淡淡地说着，拿一张纸巾夹起地上一个头发团扔进了垃圾桶里。她想说自己要出门让客人识趣地告辞，可茶几上一捆正在择的韭菜分明已替她做了回答。

爱人高云飞加班要晚点儿回来，家里就她一个人。女儿在外地上大学，学的是什么材料分析学，从小柳云怡就想让她学昆剧，谁知女儿一点儿都不感兴趣。后来给她报了昆剧班，女儿去一次，哭一次。嗓子都哭哑了，柳云怡才作罢。问她为什么不学，她说她看到妈妈唱戏太苦了，自己的人生可不愿意在一个个老掉牙的爱情故事里度过。这句话差点让柳云怡给她一巴掌，从此就死了让女儿学戏的心。

米亚亚平时来就像进了自家的门，逮着啥干啥。柳云怡让她坐，她也不歇着。这次，看柳云怡择菜，忙坐到旁边帮着择起来。

柳云怡说，你叔叔从来不会买东西，你看看这韭菜又是泥，又是烂叶子，你是唱杜丽娘的，手可要保护好。她尽力使自己的情绪正常些，说的话客观些，可声音一飘出来，自己都感觉怪滋怪味的，好像有股酸味。便又补充道，一个闺门旦的纤纤玉手从水袖伸出的兰花指一定要美。闺门旦是昆曲最美的行当，你立志要当闺门旦，就要从每一个细小的环节做起。

米亚亚笑着说，老师经常干活，手指还是那么纤细白皙，我要向老师学习，做最好的闺门旦。老师，是不是要包饺子？

柳云怡说，你叔叔爱吃饺子。

米亚亚看韭菜择得差不多了，说，老师，那我去和面。

以往，米亚亚一来，肯定会吃了饭再走。今天，柳云怡想到叶之宏的话，心里的不适又出来捣乱了，烦躁得心也静不下来，眉头也舒展不开来，便说，不用了。

老师，我去和面，一会儿咱们一起包饺子。

柳云怡说，不用麻烦你了。米亚亚心里一颤，半天才说，老师，我听到团里有人议论说我抢老师的戏，但我想老师肯定不会这样想的。老师平常老跟我说，一个演员，一定要仔细分析人物，多层次地表达人物的内心。比如，昨天晚上《牡丹亭·游园》的演出我加的三个动作。第一个，是春香照顾小姐化妆。我看了以往咱们团里演员扮的春香，所有的身段和唱词都是固定的，这样表现人物不立体，所以我在她给小姐拿镜子时，让她照了一下自己。我想爱美之心人皆有之，一个十二三岁的小姑娘肯定爱美，她这样，不就更能体现她的人物特点了嘛。第二个动作是花园里，春香站到了小姐前面。为什么这么做呢？我想起了雕像，这样，春香下蹲小姐站着，更美。我让一位同学拍了照片，老师，你看是不是这样，比咱们对角线的程式化表演更立体紧凑。第三个细节是小姐醒后难舍梦中情景，神色恍惚，春香看到小姐如此，朝着观众噘了下嘴。我是想表现春香对小姐微微表示不满，她对小姐那么好，小姐却不跟她说心里话。这就把春香的心理层面也呈现出来了。老师，你认为我这样理解对吗？昆曲艺术就是一代代在摸索着向前发展的，这是你常说的话。

柳云怡一时不知说什么好，端起菜筐站起身，米亚亚忙抢过来说，老师，你歇会儿，我来。

柳云怡摆摆手走进厨房。米亚亚趁柳云怡洗菜的当儿，又和起面来。

柳云怡打量了半天米亚亚的背影,发现她揉面的手劲很大,随后说出了连自己都吃了一惊的话:我们相处七八年了,我还不了解你?!

老师,就像我一直包饺子包得没老师好,可我每次都在进步,今天我再用心包。一席话,说得柳云怡一时不知该说什么,半天才无力地说,那你得多吃些。

凌晨两点了,柳云怡还睡不着,她反复在琢磨,米亚亚此次来是真心待她还是想得到杜丽娘的角色,就像慈禧割肉放进参汤为慈安治病一样。在舞台上表现假的言行要比真的夸张些,她细细回顾了近来米亚亚对自己的一切言行,好像跟正常不一样,比如一箱葛根粉,平常虽常到家里来,但基本都不带东西。当然是她要求的,她说我家就是你家,到自己家还带东西就生分了。如果为了角色,以假心来换真心,那她就太有心机太可怕了。可今天她说的所有的话,又没有错,行为上也无夸张的表演,那么她到底是真心还是假意?本想叫醒丈夫帮她分析分析,看他睡得很香,只好又闭上了眼睛。

她眼睛涩涩的,四点多就醒来了。吃饭时,丈夫问她怎么了,她说没事。有些事，别人也分析得不一定对，即便是自己最亲密的人，也仅凭着自己的理解，甚或阅历、经验，揣度别人，有失公允。比如叶之宏。

又想到自己。难道你看到青春靓丽的又一个主角即将代替自己，你不紧张？米亚亚的美是天然的，是岁月天赐的，而自己的青春是残留的，是靠化妆品在打着掩护，衣服常换常新，却只能拉住青春的尾巴。米亚亚的光艳照人里有一种稚气，有一种倔强，仗着年轻，打扮是故意收着的，她知道什么叫天生丽质。不，也许，她没多少钱，衣服大多都是在淘宝、京东上买的，可青春是挡不住的。她不像一些年轻人，仗着年轻，打扮都向外扩张，非做到十二分不可，是虚张声势，结果越使劲越失分寸，总是过火。米亚亚是个不犯错误的例外，她聪敏，天生有几分清醒，多年的城市生活增添了远见，好读书又使她比较含蓄和沉着。要说想表现，她也有，是老实的表现，是凭着打动人的苦练，这样做，无形中就让人原谅了她，不，或者说理解了一个出身农村的女孩的不易。

最最可怕的事还在后头。有次，她笑着说，亚亚，你也二十三四了，该谈男朋友了。

老师，我今生最大的梦想，就是扮演杜丽娘，啥时候这梦实现了，我才谈恋爱。

那是可遇不可求，有许多因素在内。

那我就等着。

青春可是一去不复返。

没有做成自己喜欢的事，要青春何用？

她听到这里，打了一个哆嗦，这个年轻的"小主"比当年的自己还义无反顾。当时自己也发誓成名后才谈恋爱，可爱情来了，一切的誓言瞬间烟消云散。好在，运气好，团里唱闺门旦的师姐们或因守不得清贫，经商去了，留学去了，或因身体原因，放弃了舞台，而自己当时正是风华正茂，技艺也恰如日出东方。

可惜米亚亚没有自己的好运气，前面挡着一个比她更执着的自己。她不能离开舞台，因为离开了舞台，她什么都不会做。有时想想都好笑，昨天她还问爱人肝在人体里是起什么作用的。更好笑的是，一周多没给女儿打电话，连电话号码的后三个数字都不确定了。这样的人，注定与虚无为伴，大幕一拉开，绚丽的灯光，耀眼的华服头面，成千上万的掌声，缠绵的惊天动地的爱情故事，一切都是那么光艳动人。可大幕一合，一切美景都不复存在，明知一切皆虚幻，可今生偏一头撞了进去，再也不愿出来。来生，她还想进

姹紫嫣红开遍　15

去。妈在世时老说,你这孩子死心眼,死心眼也有好处,老天不会亏待这样的孩子的。

妈去世太早,没看到她开花结果,更理解不了她今日的悲伤。

米亚亚那么聪明,难道就没有看穿老师——一个中年女人的忧哀?这么一想,连她自己都吓了一跳,不敢再往深去探究内心了。

天亮前,她想好了,人心难测,再测也难分晓真假,还不如顺其自然。

她又把米亚亚跟团里其他年轻演员做了比较,得出结论,米亚亚心思没那么复杂,并不像叶之宏认为的那样有代替自己的野心。再说有野心,也得把戏唱好,而要把戏唱好,没有扎实的功底,想得再好,也是空中楼阁,与其害怕贼惦记,还不如把家门守护好。她唱了大半辈子戏,她的所有家当就是这个。她不知道离开了戏,她还能不能活下去。

这么想时,在排《长生殿·絮阁》时,她唱"请请请,请真心向故交"时,声音比平常高了好几个分贝。身后演宫女的米亚亚面部哆嗦了一下。当然也许是她心理作用。

3

半年后,全本《牡丹亭》公演,柳云怡仍是主演。在柳云怡力推下,米亚亚饰演了《牡丹亭·惊梦》一折中的女主角杜丽娘。柳云怡甘当绿叶,串了一回柳梦梅,她想考验一下学生的身段。此折杜丽娘戏份儿不多,主要是配合柳梦梅。

这是学生第一次演主角,从挑选褶子、化装到走台,柳云怡都细细地把关。演出前,她再三给米亚亚说,杜丽娘虽然做的是春梦,但她毕竟是大家闺秀,以害羞含蓄为主。虽然两人到后来欢爱,但杜丽娘也是被动地接受,不能像她排练时那样放得太开。每个行当都有自己的规则。

谁料一上场,米亚亚饰演的杜丽娘明显露出了春香的影子,先是眉开眼笑,柳梦梅还没讲话,她已主动站在他身边,还用水袖子挑逗他,两只水袖相碰的一瞬间,柳云怡感觉很不对味。本来是柳梦梅挑杜丽娘的水袖。这动作亵渎了她心目中大家闺秀杜丽娘的矜持形象,也辜负了她平日的苦口婆心。在台上,她用眼色制止过。不知是米亚亚没有领会,还是翅膀硬了,反正生生把大家闺秀饰演成了现代解放女性。虽然台下掌声一片，可柳云怡却气恼无比，便有了总结会上的大为光火。

躺到床上，她看到房间酒红色的天鹅绒窗帘上的阳光，心情更加悲哀，她想她自己就是那酒红色的天鹅绒，暗淡、陈旧，而米亚亚就是天鹅绒上那炫目的亮光，鲜嫩而妩媚。这时，电话响了，她一看，是米亚亚的号码，便由着它响了好一阵，挂了。

又想上次要不是她来家，一箱葛根粉，让她轻敌，何至让她有了今天的胆大妄为？越想越后悔，这时，丈夫推门进来，说，吃饭吧。说着，坐到床头，拉着她的手说，我知道你怎么想，只是想让你冷静冷静。说着，拉她起来，说，你昨天饰演柳梦梅，把一个俏书生的魂演绝了，我拍了录像，吃完饭咱们一起看。说着，拉着她的手，坐到餐桌旁。

柳云怡一看都是自己喜欢的菜，吃到嘴里却没滋没味，半天才说，我今天会上是不是有些过分了，可是我真的不是别人认为的妒忌年轻人。杜丽娘是大家闺秀，是腼腆的、含羞的，米亚亚却演得如此卖弄风情，哪是我教的？我跟你生活了二十年，你应当理解我，我唱了快三十年的杜丽娘，她的血液都融进了我血液里，我不允许那样演她。只有我才懂杜丽娘，她的头头脑脑、枝枝叶叶我都懂。要是汤显祖在地下知道有人如此糟蹋他的女主角，肯定死不瞑目。

丈夫笑着说，对于角色，每个人理解都不一样，何必要统一呢。你教会了她，由着她发展，不是更好嘛。昨天我看到你老师和她的原班人马演《牡丹亭》，演春香的张姐头发白了、腰弯了，她演了一辈子春香，那是老一代艺术家，甘当一辈子绿叶，你总不能让米亚亚也唱一辈子春香吧。她来团也八年了，基本成熟了，可以单飞了。你可说过，她是年轻人里最好的闺门旦呀。你还说，那个老春香你看着都落泪。米亚亚是你挑选出来的，是你的学生，她进步了，你当老师的应当高兴，多有成就感呀。你当年不也是那么走过来的嘛。你还说老师为了让你上，甘愿让出了舞台。你到了这程度，少演一场，又何妨？而对一个年轻演员来说，多一次，就多了一次历练。米亚亚现在舞台经验较为丰富，给她排戏，不能再像过去一招一式地抠。你可以给她说戏，把你过去如何创造这个角色，与你所看过的其他老师如何创造这个角色详细讲给她听，由她自己选择吸收，自己再创造角色，然后再演给你看。看过后，你提出改进意见，她再改。昆曲的唱词，一般都典雅、深奥，大致的意思，则要向她解释，可不必往深里说。随着年龄的增长，她自会领悟。

可是你是知道的，昆曲闺门旦扮演的大多都是大家闺秀、淑女名媛、宫廷贵妃乃至小家碧玉等青春美貌的女子，表演须得美、媚、娇、雅，唱得要甜、糯、柔。动作不能太激烈和迅捷，其美的展示要充满着徐缓而连贯的媚态与动感，比如杜丽娘遇到柳梦梅时低头，转身，轻问，哪里去？发声与拖音，充满了娇嗲的感觉。可米亚亚说这话时，大着嗓门，好像就急着要跟着走。而我理解的杜丽娘，她走的是轻盈的台步，用的是娇嫩的声音和均匀的口气，呈现的是一位大家闺秀深闺乍出的美感。而米亚亚演得太放了，我不知道这半年她在台上为什么要跟我对着干。可一下台，又那么谦虚，一副无辜的样子，搞得你还没办法跟她翻脸。我不知道她到底是有城府，还是戏痴。

那是她长大了，有了自己的独立思考和判断，再不是当年那个对你言听计从的初次学戏的女孩子了。

可柳心怡仍想不通，心想她不会主动跟米亚亚说话，如果她来问戏，她冷淡相待，她自然就不来找她了。老师对学生的不满就是冷落她，由着她。放任，是最好的惩罚。想得好好的，到了排练场，只练自己的戏。可是米亚亚左一声老师，右一声老师，叫得她不好意思当着面让她下不了台。也怪，明明心里不舒服，可锣鼓一敲，笛声一响，她就忘记了心里所有的不快。不，是她已经融进了戏里，忘记了一切。米亚亚刚一举扇，她立即边示范边说，手落得低一些，更美。事后，她想，这是职业使然。昆曲实在太美，就是一个敌人在那乱唱昆曲，她也要教他的。先前议论的人，对她刮目相看，连团长看到她们师徒二人不停地排戏，都赞不绝口，说，柳老师，怕以后再也难有你这么好的演员与老师了。

她淡然一笑，飘然而去。人到中年，别人的赞语，如耳边轻风一缕，根本不用得意。

4

此后米亚亚接连唱了十几场《牡丹亭·游园惊梦》，柳云怡没有再与她配戏，但感觉她多少还是听进了自己的意见的，演出了杜丽娘的大家闺秀气。在年轻人里面，很快就脱颖而出。外界赞声不绝，《京都报》登了一位著名戏剧评论家的文章，此评论家说，如果把柳云怡的杜丽娘叫作贵妇人的话，那么米亚亚饰演的杜丽娘就是公主了，甜美可爱。

在答记者问时米亚亚说，杜丽娘固然是大家闺秀，在课堂上听老师话，在父母面前守礼，在侍女春香面前，她也一副大家小姐的样子，但在梦中，就不一定非要这样了，她变得大胆、热烈，因为那是梦，因那正是她渴望的东西。艺术要发展，创新是必须的，这也是青春版《牡丹亭》能被青年观众喜欢的原因。昆曲名家沈世华、梁谷音、张继青、张洵澎等都是跟着姚传芗老师学的《牡丹亭》，可她们每个人饰演的杜丽娘都不是一个风格。沈老师的眉眼都会说话，她身上的书卷气，体现了杜丽娘的又贵又雅。梁谷音老师结合花旦的表演，如几次卧鱼动作，深化了杜丽娘的内心挣扎。张洵澎老师舞蹈家的身材，轻盈、绵软，也符合一个十六岁少女的身份。我想我的优长是年轻，是活泼，我为什么不能把此发挥下去，演出一个不一样的杜丽娘呢？闺门旦需要学演一些花旦的戏，从花旦戏中汲取少女的活泼，否则专照闺门旦演，总有点少妇的味道，加进一点花旦的东西，如同加进些味精，少女的特点就突出了。

叶之宏在微信朋友圈上看到这则报道，又听到有人说，米亚亚不久要唱《牡丹亭·寻梦》，立即来找柳云怡了。

此时，柳云怡正满头汗水地在排练厅踢腿、下腰、练水袖，白色的T恤后背湿了一大片。

叶之宏看得心疼，直到她一曲练完，才叫了一声，云怡。

看到叶之宏头发中围了一圈白纱布,在窗外射进来的一缕阳光下白得刺眼。柳云怡吓了一跳,忙问她怎么了。

叶之宏答非所问,我就说呢,你是引狼入室。现在狼已长大,你想管也管不了啦。

你到底怎么了,是不是练功时又受伤了?我给你说过多次,刀刀枪枪的,你得悠着点,好在是伤到了额头上,要是碰到眼睛怎么办,我们都人到中年了。说着,就要看伤口。

叶之宏摆摆手说,唉,别提了,上午练《盗仙草》时,两人对打,小王把一把剑踢到了我头上,血流不止,刚带着我打车到医院,缝了三针。我让他继续踢,他不敢了,让我骂了一顿,总算成功了。武旦比闺门旦艺术生命要短,体力跟不上了,总有演不动的时候,但不能断档。你看我的几个学生,教不出来呀。两人对打,枪都失手,还怎么学六人对打呢?教他们,看着他们手脚又笨又不愿吃苦,心里一痒,这不,就挂彩了。说到这里,我不得不夸你的米亚亚,这小姑娘除了成名心切,还是蛮刻苦的,经常在练功房里一待就是一天。听我的学生叶眉说,米亚亚半夜还在院子里练水袖,在学你那个绕水袖的样子。还说不单要苦练,还要动脑筋,悄悄看诸位老师什么样的范儿美,自己偷了,化为自己的。有些虽好，但不是你的长处，你就不要学。但要弥补自己的短处。冰冻三尺非一日之寒，都怪你平时对她放纵，才有了这言语。你看看，我给你念念。

别念了，我忙着呢。

《牡丹亭·游园惊梦》凭青春靓丽可以，但《牡丹亭·寻梦》靠的却是演员的演技，杜丽娘那种伤春的情绪只有老演员才能充分领悟到并表现出来，一个年纪轻轻的女孩子哪能体会到那种透骨的痛？可是团里偏偏就决定让米亚亚演，据说团长还讲，我们的新演员，要一代一代成长起来。叶之宏说着，声音越来越大，满脸都是气愤。

听团里安排吧。对了，看我这动作，好不好？柳云怡说着，下了一个腰。

参加全国昆曲艺术节，团里给柳云怡安排的是唱《牡丹亭·离魂》。这折戏没有很多身段，只凭演员的演技，远远不能跟《牡丹亭·寻梦》相比。柳云怡很想罢演，可一想到米亚亚的来势之猛，没敢轻举妄动。她很后悔，上次当场发火也许团领导以为自己在弹压新秀，心胸狭窄。她可不是这样的人。本想找团长解释，可又一想，犯不着为这样的事去丢人现眼。

这时，有人约她拍一部电视剧，片酬是她三四年的工资。她问是不是演昆曲演员，人家说，不是，她便一口回绝了。

团里开会，商议参加艺术节之事。她本不想去，已经定了，开会无非是再统一一下思想罢了。

但又不能不去，自己是老演员了，越到这时，越要有高姿态。这么想着，就懒洋洋地进到会议室，一个人坐到角落里，跟谁也不说话，仍是一副团里那个高傲的当家闺门旦的形象。

没想到，团长刚一宣布演出节目，米亚亚就站起来说，《寻梦》是独角戏，唱念做三十分钟，自己还不能挑这样的大梁。她还需要再磨一磨，要向柳老师好好学习。她只演一折《惊梦》，仍想让柳老师当她的柳梦梅。

身旁的叶之宏悄悄跟柳云怡说，都定了，还这么说，想装好人，我偏不让她得逞，说着，站起来说，师徒同台竞技，将是昆曲界佳话，年轻人如此谦虚，凡事皆成。说着鼓起掌来。

众人也纷纷说，这次是全国演出，为了有把握，还是应该让老演员上。

团长让柳云怡说说。

柳云怡站起来，发现众多的人都看着她，特别是年轻人的目光，她总感觉里面充满了讥诮，便当场表态，应当让年轻人演，人生总有第一次嘛。

她话才刚说完，团长就带头鼓起掌来，说，还是柳老师风格高。年轻人让老师，老师让年轻人，我们团有这么德艺双馨的好演员，怎能不兴旺？

这样，二十三岁的米亚亚就代替了四十五岁的柳云怡，出演柳云怡的代表作《寻梦》。

作吧，作过头了吧。

晚上刚吃完饭，叶之宏就打电话数落起柳云怡来。

我不想让人家说我一直霸在舞台上，得让年轻人演。再说，米亚亚还是不错的。花哪有天天红的道理。柳云怡轻声说着。她话还没说完，叶之宏就像吵架似的说，她想取代你还为时尚早，胶原蛋白想取代我们二十年流的汗水，做梦！

5

几场戏演下来，米亚亚好像成了《寻梦》的专业户，只要唱，必唱此出。柳云怡感到心痛。每每米亚亚演出，她总坐在下面细细观看。她感觉米亚亚气力不够，对杜丽娘的忧伤体会得不足，但身边的观众一个劲地叫好。

青春所向无敌呀。她在心里叹道。

"十一"，米亚亚要参加全国昆曲演员选拔赛，团里让柳云怡亲自指导。

叶之宏不让柳云怡当这个指导，说一个电影导演找她了，想让她们两个演一场大戏《新版雷峰塔》，文戏柳云怡演，武戏她演。比如游湖、断桥、端午，柳云怡演，盗仙草、金山寺、水斗，她演。两个好闺密包演一场电影，多有意思。

柳云怡犹豫着说，可团里已经给我交代任务了。

说你是指导老师，不就是安慰你嘛。你闲了指导一下，算完成任务了。这个电影导演可出名了，咱们说不定这一唱，就全国走红了。

可到拍摄那天，柳云怡还是赶到了团里的排练场，只给叶之宏发了一个短信：我还是喜欢站在舞台上，哪怕就是在后台，听到锣鼓响，心里也踏实。

叶之宏说你至于吗？你不要以为米亚亚给你当干女儿是真心的，我可听说她听团长的建议才认你当了干妈。团长那个老狐狸，为了米亚亚，可以说费尽了心机，恨不能把我们这些老演员的肉榨干，好补给米亚亚。我怀疑他们有不正当的关系。

柳云怡手机换了只耳朵说，之宏，据我观察，团长不是那样的人。我们当学生时，老师怎么教我们的？刘老师为了教我，让自己的妻子下台，那时师母也就四十多岁，也不让女儿学戏，专门教我，说我有天赋。团长对米亚亚，是爱才惜才，就跟老师当年对我一样。这次演出对米亚亚很重要，我一定要帮她。她学戏已到发痴的程度了，你现在看去，练功服都湿透了，看得我心疼。她不骄躁，有了成绩也不骄傲，春风得意也不张扬，对老师尊敬有加。我有时想如果她仗着年轻，狂一些或懈怠些倒好了，我好有借口不教她。可她偏偏就像香菱学写诗那样，死死地缠着你学，死死地练，你说你还能怎么办？你不好意思拒绝呀。谁能拒绝一个刻苦又实心的孩子？再说我总不能从中年一直到老年还演少女杜丽娘吧。啥都可以作假，可是青春不行。作不来，也作不了。

排练厅的电话响了，柳云怡一看，捂着手机悄声说，团长又找我了，好了，我去忙了。

脑子放清醒些，别让老狐狸给你洗脑了。

团长在团荣誉室召见柳云怡，三个办公室大的房间，只有他们两个人，让柳云怡吃了一惊。

团长正站在梅花奖奖盘前，左手托腮，一看到柳云怡进来，马上说，柳老师，快请坐。说着，端一杯茶递到柳云怡的手里，说，这可是好茶。

太平猴魁吧。柳云怡接过茶杯瞟了一眼，放到一边，说，团长，什么事？

团长呵呵一笑，指着满柜子的奖杯说，柳老师，我数了一下，你为全团夺得了六块全国大奖牌，也是全团唯一得过梅花奖的演员，我钦佩你。柳老师，我还没来团里时，就看过你的《寻梦》，可以说盖过全昆曲界。

团长，有啥事你直接说，我还要排练呢。柳云怡端坐椅子上，好像在舞台上，纹丝不动，说话也慢条斯理的。

别急，别急，柳老师，我知道你一向有洁癖，不喝别人用过的茶杯，这杯子可是新的，第一次用，你看杯底标签痕迹还没刮净呢。这我得说说办公室小王，干工作不细。

柳云怡摆摆手，团长仍笑眯眯地看着她。刚才练功，柳云怡也渴了，便端起杯子，喝了一口茶。团长好像总算完成了任务似的，走到墙上一张图表前，说，柳老师，你过来看看这个。

我们全团中年演员的人数达到百分之六十七，年轻的只有百分之五，老年百分之二十八。我看到这个表格焦虑呀。咱们都是老演员，昆曲如何发展，就靠咱们了。一花独放不是春，万紫千红春满园。如果我们团的人才断层，我这个团长就是千古罪人。我为什么要搞行政，你可能不知道，到我这把年纪，演小生已经有些力不从心了，让贤，是最好的选择。我们都是一类人，以戏为命。我虽然早就做好了准备，可真离开舞台的那天，我喝得大醉，都不敢看戏服，不敢看剧本，谁舍得离开自己的阵地呀。老团长说着，眼睛里有了泪花。

我明白了，团长，我不上台就是了。反正我事多得很，还有人约我演电影和电视剧呢。

这时，一阵唱腔飘了进来：瞬息间，怕花老春无剩，宠难凭。论恩情，若得一个久长时，死也应。若得一个到头时，死也瞑。柳云怡一时听得走了神，团长刚才说了什么，她没听清。

团长又续了水，把杯子递给她，说，柳老师，我不但要让你带着年轻人演，还要带着全团人排戏，剧本我都给你准备好了，大戏。你正是年富力强，该挑重担了。经团党委决定，让你当副团长，专管业务。

副团长？开玩笑，我当不了。柳云怡说着，端起杯子喝了一口。

当不了也得当，当团长就是为了让你更好地演戏。我比你年长十岁，组织让我在退休之前到这儿来，是对我的信任。我要不负重托。柳老师，咱们齐心协力，把京都昆剧团振兴起来，再续当年的辉煌。你看看，当年多少荣誉，我们只有站在这里，才感到个人是多么的渺小，才感到历史的长河是由无数经典作品、一代代人才梯队组成的。我们老了，可杜丽娘不能老，杨玉环不能老，崔莺莺不能老。我们的昆曲事业不能老，不但不能老，还要焕发青春呢。想想，十年以后，我们的米亚亚，我们的叶眉，我们的宋宁宁，就是你们这些角儿了呀，就是我们的台柱子。到那时，我们多欣慰。团长边说边指着一代代艺术家的照片，不停地给柳云怡讲他们的故事。柳云怡在团里二十多年了，好多事，团长竟然比她还知道得多。从开始的冷漠到触动，到后来，她真的感动了。她才明白团长为什么要把她带到荣誉室谈话了。

团长说，我到团里就是要让每个演员、每位角儿发挥才干，同时也让每个团里人都尊重优秀的演员。我要让青年演员当面拜师，要给老演员压担子，老师不能白当，老师就是父母，不搞小圈子，不走后门，让每一个人都感觉自己很重要。名角是好，可是没有乐师，没有装台（行业内指装台人，负责给舞台搭台装架等），没有化装师，光名角一个人行吗？柳老师，不，柳副团长，你正是年富力强之时，团里正是用人之时，你可得多劳了。

团长说了很多很多，柳云怡走出时，院子里已没有多少人了。走到半路，她感觉到自己好像失去了什么，可又好像得到了什么。当然不是一个副团长的头衔，她还没那么浅薄。

晚上，躺到床上了，她才轻描淡写地把这事给丈夫说了。丈夫一听她的话，说，好事呀，既有舞台，又教学，还委以重任，好好干，老婆，你的第二春来了。我早就给你说了，这个团长是想干事的，有魄力、有雄心，人也实在。老婆，咱的好日子它终于来到了。说完，又嬉笑着说，为了庆贺一下咱们即将到来的好日子，咱们活动活动。说着，就爬到了她身上。

闺密叶之宏是团里宣布了柳云怡的任职命令后，才知道的。刚开完会，她电话就来了，我就说了，那是个老狐狸，果然是。他先给你委任官职，让你不得不栽培米亚亚。还有，你也是个小狐狸，这么大的事，也不先告诉我，我们还是好了三十年的朋友吗？真是的，跟老狐狸走近了，你也沾染上他身上的臊味了。

柳怡云笑着说，命令没下，有变数。再说我给你说了，你会以为我把它当回事。还有，你说错了，不是教米亚亚一个人，我还要带三个学生。咱们马上要排一出新戏,《花木兰》,剧本是团长专门请人写的。之宏,别接电影厂那个活了,这是咱团里近年的大戏,你我不但得上,还要带着我们的学生上。全团齐心协力,一定能把业务搞上去。团长是真心想干事的,咱们得支持他。昆剧演出,特别注重角色行当,演员、乐队、舞美,大家在一起合力作为的是整台戏的演出表现,从不刻意去突出哪一个主演。调动演职人员的工作积极性,使得人尽其才、各得其所,追求满园香的团结精神,是领导工作者的责任。

天呀,天呀,你不要这样好不好,官椅还没坐稳,就已经发号施令了。这哪像闺门旦,分明就一个团长嘛。肯定是老狐狸给你下了蛊。我早就说了,那老狐狸不但是戏精,也是人精,你看着他笑眯眯的,人可鬼着呢。

哎,你可别打团长主意。我听人说了,人家夫妻恩爱着呢。

哈,看狐狸尾巴露出来了吧。你也觉着老狐狸有魅力,否则怎么知道人家夫妻恩爱呢?

行了行了,别胡说,小心我们家老高打你。

开玩笑,说正经的。你猜怎么着,刚才老狐狸也找我谈话了,说要给我解决职称问题。

好事呀。

这个老狐狸，他哪是唱小生的，分明就是一个男旦。咱们女人心里想的啥，他心里明镜儿似的。你猜他给我说什么了，说你们都以为我跟米亚亚她们年轻女演员有关系，所以让她们上台，你们看我这般岁数，就算春心迤逗，可还有气力吗？告诉你们，我对谁都不动情，只有对昆剧。我保证给你解决职称问题，前提是明年初，你要给我带出两个响当当的刀马旦来，标准就是你这样的。你说，这不是为难我吗，刀马旦，得吃多少苦呀？现在的年轻人，唉，我可不想再挂彩了。喏，上次的伤疤可永久地烙在额头上了。

听得柳云怡笑个不停，半天才捂着肚子说，我说呢，你对团长动春意了，你还不承认。我可警告你，别动真格的，你们家老王可再禁不起你这么折腾了。上次那事要不是我出面，人家还要跟你离婚呢。

哎呀，你提那事干什么呀？五年前，叶之宏喜欢上一个唱小生的，非要离婚。女儿、丈夫一起来找柳云怡，各种力量齐心协力，终于打败了叶之宏的移情别恋。别看她是刀马旦，可一下舞台，风情万种。有人开玩笑，她一秒钟就能把男人的荷尔蒙煽呼起来，动起情来，比闺门旦还缠绵。反倒是舞台上风情万种的柳云怡，在现实生活中，孤傲得像风中苇叶。

好了，不提了。跟你家老王好好过日子。拍电影的事，不但我不去，你也不能去。既然团长有魄力，咱是老同志，就要支持他。记住呀，别打他的主意。我看透他了，那人是冷血动物，除了戏，心中再无其他杂念。你要动他，如撼泰山，比登天还难。

难道你试验过？

又胡说了，我唱了闺门旦二十多年，还看不透人？好了，我要开会去了。现在要给年轻人施压，得安排课表。你也要正规，要先拿出教学计划来，明天给我。

哼，官迷。

哈哈，你说错了，我是戏迷。对了，团里准备给老艺术家发聘书，每个老演员都要带年轻人，我比你还多一个。要好好带呀，叶老师。学生带不好，老师有责任呀。这次可是责任打在了具体人身上。完不成任务，花木兰戏，你就别上。

6

此后，高云飞可就痛苦了，柳怡云整天跟米亚亚在一起说戏，即便聊天，聊天的内容还是与戏有关。饭刚端到桌上，又想起了某一个动作，电话就过去了。刚躺在床上，对方电话一来，又开始聊上了。有时一人说，有时两人对着聊，说的啥话，高云飞都能背下来了。

好羡慕你年轻，我一直以为自己还年轻，可体力明显不行了。过去跑五公里，一点问题也没有，昨天跑了一公里就喘得不行了。

老师还跑步？

当然要跑了，好身材，是我们演员的资本。胖了做动作就不美了。还有也是想让自己保持最好的状态，好的状态是人紧致结实有激情，身材松了、垮了，挺不起来，那就如人一样，没了精气神。眼里要有戏，不单是娇俏，更是生动，是婉转柔软，要把女人的缠绵心思和梦的绸缪表现出来。

老师，你让我多看看柳继雁、沈世华老师的戏，我看了，好棒呀。

要一一分析她们的演出特点，要明白为什么人们说她们好，好在哪里。一个动作，一个眼神，还是一个水袖？她们一出场，你心里马上就会想到一个词，大家闺秀。上台多，固然好，可是她们上台并不多，人们却记住了她们，就是因为她们演技好。你看，柳继雁八十出头了,一出场,你就感觉好雅。沈世华也八十了,她出场开始慢,观众注意后,马上步子加快,眼神、动作、身段,演谁像谁。心一定要静,要体现闺门旦,而不是花旦。演闺门旦的年轻演员花哨的多的是,可静的人太少,而这样的人易出来。你买些书,看看过去的大家闺秀是什么样子。想想班昭、李清照,你就知道大家闺秀是什么样子了。再看看三十年代的上海小姐是什么样子,大家名媛又是什么样子。我给你下载的梅大师、言慧珠的戏,你看看他们闺门旦的做派,不但长得漂亮,还要讲究神韵。你是农村孩子,可能没有见过大家闺秀,但你一定要知道她们的样子,只有见过她们,你才能扮得像。杜丽娘为啥一出场作者就安排父亲让她跟着先生读书?因为她不是一般的大家闺秀,她既是官家,又是书香门第,所以她身上的书卷气要体现出来。她念白的腔调不是随和的。春香说,这园子太大,委实观不足。她说,提它怎么?春香说,留些余兴明日再来。她说,有理。俨然大小姐的派头,威严、冷傲,一副不容侵犯的样子。再看看纪实的《合肥四姊妹》《上海的金枝玉叶》,看看经典小说《金瓶梅》《红楼梦》,看看《西湖梦寻》《扬州画舫录》这样的好书,就知道如何在舞台上体现书卷气了。大家小姐,不能有市井气。有些演员饰演杜丽娘,左右手指上都戴着大钻戒，指甲染得血红，却不知一切配饰都是为主人服务的，它们不能抢了主人的戏。好演员的眼神是活的，眼里都是戏，身板不能太正，腰要左右扭，这样才能体现她体态的绵软。看到花要惊喜，眼睛要放光，水袖不能抛得像村妇，大家闺秀没那么大力气，受的也不是那样的教育。她说话也是点到为止，而不是直直地说出来。你看杜丽娘她虽然敏感地能听到鸟叫，闻到花香，能看到袅晴丝，但她跟所有的人都保持着距离，而不是像你演的那么随和。你看梅兰芳一出来，那就是他，别人学不来。他演出了大小姐的贵气。有些演员抛水袖太随意，动作是凌乱的，眼神太飘，眼眨得太快，有点男旦的感觉，让人体会不到小姐的静气和娇柔。杜丽娘的声音是柔的、是糯米味的，贵气是从骨子里透出来的，而不是大妈，不是村妇，不是交际花，她身上有股仙气，还有股知识女性身上的傲气。这样，你才能演得跟别人不一样。你在听吗？没声音，原来电话断了。

不一会儿，电话就打过来了。老师，我在呢，您说的话我都在本子上记着呢。刚才手机没电了，您说您说。

我的老师谈到表演上的"交流"时说，大家一提"交流"，就认为是演员与观众之间的交流，这太偏颇。"交流"是多方面的，有演员与环境的交流，演员与道具的交流，角色之间的交流，然后才是与观众的交流。演员与观众之间的交流是微妙的，但一个演员如果心里老想着与观众交流，等待观众的喝彩，那一定是个下等的演员。如果前面三种交流都达到了，演员与观众之间的交流也就自然达到了。

演员与环境的交流我是第一次听说，不过，很有体会。我每到一个陌生的剧场，心里就紧张，看来熟悉环境很重要。

当然，我每每演出时，要到剧场去看好几次。舞台就是整个世界。哪儿是九龙口，哪儿是门，哪儿是花园里的牡丹，哪儿是荼蘼架，你要成竹在胸。

是呀，我感觉上次演出，舞台调控没把握好，站偏了。

演员一旦形成定式，要再改，就难了。演一两出戏易，而要长久地演，那就须有好的定力与功力，而这必须要吃透角色。

我也在想吃透角色这个问题，同样的角色，每个人的理解怕也不尽相同。

不懂戏的人用眼睛看角色，懂的人是用心体察的。年轻人，喜欢明眸皓齿的美人，是感官的满足，到了一定的年纪，需要的是一种贴心的感觉，一种知音的感觉。实打实地演出，太满，却没有回味的余地。而有些人演得又太虚，云里雾里，让人抓不住。就像一些女人，同样把妩媚写在脸上，有些是露骨的风情，显得浮浅，而有些却是坦白的，是率直的，是老实的风情。

…………

这样的对话她好像说不够。好不容易女儿放假回家了，高云飞想一家出去玩玩，柳云怡却说，今天要给米亚亚上课。

女儿噘着嘴说，妈妈，我怀疑米亚亚才是你生的，人家好不容易回来，你也不陪陪我？

柳云怡亲一下女儿，说，米亚亚马上要演出了，机会难得。女儿永远是自己的，啥时都可在一起，可米亚亚已经二十五岁了，这次是难得的机遇。年轻演员，错过一次演出的机会，就少一次领悟。

演出前一天，柳云怡特意打电话让米亚亚到她家来。米亚亚以为老师叫她说戏，谁知柳云怡一看到她却让她上车。车没有去排练厅，而是直奔市中心。

米亚亚也不敢问，车一直开到当代商城的停车场。下车后，柳云怡说，咱们今天好好放松一下，逛商场。看看漂亮的衣服、漂亮的茶具，尝尝美食。

老师，我还是想再练练戏。

今天咱们不说戏，我带你看看好东西是什么样子的。你来看这件衣服。进了商场女装部，柳云怡又指着一排裙子说，这裙子好漂亮，你看它的样式很简单，一点也不花哨，可它就很美。你喜欢哪件？穿上试试。

米亚亚一件件地摸摸，其实她是在看标签，都好几千，她悄声对老师说，这衣服好贵。

先试试。柳云怡说。

米亚亚穿上站在镜子前说，真好，感觉该宽处即宽，窄处就窄，衣服跟肉特服帖。

但是色泽过艳，不适合你。这件奶油色的试试。柳云怡拿着递给米亚亚。

一口气试了二三十套衣服，米亚亚好紧张，柳云怡却悄声说，胆放大，底气足，装出一副我全买的架势，过下衣服瘾。话虽如此说，还是要买米亚亚试的那件奶油色的连衣裙。米亚亚一看标牌，说好贵，五千多。柳云怡笑而不语，让售货员打包装好。米亚亚想说自己不要，可她又想也许老师是给自己女儿买的，她跟老师女儿个头胖瘦差不多，老师拉自己来是帮着女儿来买衣服的，就没说什么。

然后柳云怡又带她到十公里外的一个批发市场让她一件件地试她能看得上的衣服，又让米亚亚谈感受。米亚亚说扣子松了，腋下太紧，胳膊抬不起来，还有的腰带是皱的，拉链经常卡在布里。

你看，同样的布料，同样的样式，为什么一个穿着那么舒服，一个穿着那么别扭？这就是做工问题，是细节不讲究。

两人又转了两个小时，试了十几件衣服，米亚亚还是不解其意，但也不敢问。柳云怡又买了一件米亚亚穿着还不错的牛仔裤，让售货员打包。胖胖的售货员把衣服一团，递给米亚亚。柳云怡很不高兴，说，找个袋子呀。售货员找了半天，最后拿出一只皱巴巴的塑料袋递给了米亚亚。

你看看，商场的袋子是挺括的纸袋，上面写着商家的商标，还写着：生活，从美开始。而这个塑料袋是烂的，像个垃圾袋。柳云怡感叹道。

一分钱一分货。米亚亚笑着说。

柳云怡带着米亚亚走进一家私家小馆。米亚亚从来没有来过这么好的地方，房间有假山有小船，大厅的散座桌布雪白，每桌都有一枝玫瑰插在白瓷瓶里，大厅里响着轻柔的钢琴声。

菜碟都不大，但菜特好吃。

柳云怡边吃边不时地看着来来往往的人，对她说，你说说那个女人，是干什么的？

那女人坐在一个角落，穿着随意，但很精致，只要了一素一荤，别人都在看手机，她却只静静地吃饭。应当是知识分子，生活比较悠闲，比如说，手指甲干净，细致，吃饭口红从不沾杯。我还发现她手边有一本书，是诗集，应当是大学老师或作家、编辑之类的。

柳云怡点点头，说观察得细致。又指着一对男女说，猜猜他们什么关系。

米亚亚看了半天，一时无法确定。比一般朋友嘛，好像多了一分亲热，比如，女人会不时地看看男人，却不说话。说是恋人吧，又不像。男人话也不多，当女人给他倒茶时，忙站起来说谢谢。

他们可能要分手，男人掌握着主动权。你看，他表现得很慌乱，证明他心里感觉对不起女人。而女人呢，她心性高，但又不舍，所以你看她表现得好复杂，欲言又止。

两人又看了两个多小时的人。

出了饭店，柳云怡要送米亚亚回宿舍，米亚亚却说要去排练场，说，老师，我妈妈说了，我能当演员多亏了老师，我要给老师争气。爸爸妈妈还有弟弟的将来都靠我了。我要好好唱戏，要给他们盖一栋全寨子最漂亮的小楼。

今晚别练了，这两件衣服送你了。明天我去医院，你的演出我就不去了，放松演，就行。

米亚亚说，谢谢老师。

柳云怡拍了拍米亚亚的肩说，有空好好琢磨我为什么要带你逛商场，为什么要你在饭店观察人，为什么要送你两件不同的衣服。明白了，你就成了真正的闺门旦了，晚上早些睡。

7

米亚亚演出，柳云怡很想去剧场，又怕别人说她还牵挂着舞台笑话她，便借口到医院看病，其实是准备跟师姐到郊区玩。虽然她给师姐说，团里对她不错，该把舞台让给年轻人了，可心里仍感觉无枝可依，空落落的。师姐听完，二话没说，就说我明天陪你去放松下。

师姐比她大十岁，曾是团里当家官生，因为嗓子做手术，没法唱了，只好病退。走时，哭得几个人都拉不起来。团里让她搞后勤，她坚决不干，说，看着那么美的舞台、那么美的戏服，自己穿不了，心堵，干脆就离得远远的，眼不见，心不牵。后来在闹市中心开办了一间茶室，既营业，又开班，给学生讲昆曲，提高班一年三万多，中级班一万多，生源竟不少。没课时，一会儿自驾到新疆西藏，一会儿到南方的水镇，整天优哉游哉的，人也保持得看起来很年轻。这么多年，还是放不下团里，经常给柳云怡打电话，询问团里的事、演出的事，还经常来看戏。每次都带着她的学生一批批地购票看戏，还不让打折，说，这叫支持昆曲事业。

师姐安慰柳云怡道，你啥都有了，唱戏得了最高奖梅花奖，趁人生峰巅时，华丽转身吧。这样留在观众心目中的你永远是最美的。不要像一些老演员，非要等到人老珠黄、步子蹒跚了，还装少女。戏剧说到底是美的事业，人老了，就不美了。自己都烦自己了。你再显得年轻，毕竟年龄在那放着。啥事想开了，心里自然释怀了。我有不少朋友，提前退休，住到郊区，晨起田野散步，晚上看星星，吃自种蔬菜。这样的生活多好呀！明天咱们就过过这样的生活，到郊区吃吃农家乐，看看山，观观水，提前体验一下退休的感觉。想开点，走，跟我玩儿去。此时初秋，正是"天淡云闲，列长空数行征雁。御园中夏色初残：柳添黄，荷减翠，秋莲脱瓣。坐近幽阑,喷清香玉簪花初绽。妃子呀,朕与你携手向花间,暂把幽怀同散"。

师姐,没想到你唱得还是那么棒?

唉,唱了一辈子戏,总有些老本吧。好了,明天见。

柳云怡说好。

前半夜柳云怡没睡着,后半夜做了个梦,梦到自己站在舞台上,米亚亚却哭着不下舞台。她只好脱下身上的戏装给米亚亚,忽然发现戏服破了一个大洞。大家闺秀怎么能穿破衣呢?她这么想着,大叫起来。

醒来,方知是梦。她怕丈夫说她,没有给他说。

清晨,天空明净得像镜子,白云好像跟她们做伴,一路跟着,大家在房车上嘻嘻哈哈。

看来不唱戏的日子也挺好。她不再想舞台,不再想华服,不再想台词。

一伙人到了山里,山间有山有水,有花有草。一群跟师姐差不多年纪的女人穿着花花绿绿的衣服,在山间,在水边,舞丝巾,挥扇子,一个人照,一群人排成竖队或横队照。只听到手机、相机不停地咔嚓。

恍惚间,她发现她们穿的是杜丽娘的华服,唱的是杜丽娘的心事,也跟杜丽娘一样做着同样的春梦。

真是偶然间心似缱,她的心没有像杜丽娘倚在梅树边,但这样的生活绝对不是她想过的。她的梦在舞台上,在那好像一无所有,却无所不包的红氍毹上。从十二岁她走上去,就从来没有想到再下来。

一个据说是某局局长的老婆看柳云怡不跟大家在一起合影,走到柳云怡跟前问她怎么了,长得那么好看,怎么闷闷不乐的。

柳云怡说没什么。

又有一个胖女人,左右手指上都戴着硕大的钻戒,在阳光下闪着刺目的光。她一直盯着柳云怡看,时不时还握握柳云怡的手,夸她手长得美。她的手黏糊糊的,柳云怡借口躲开。那人又问师姐柳云怡是干什么的,长得漂亮,气质也好。师姐说唱昆曲的。

昆曲是个什么东东?老古董吧。现在谁还看戏,大白天的说梦话,什么俏书生聪明小姐,全是假的,骗小孩子还差不多。到了我们这岁数,要想得开,过实实在在的生活。唱戏的到头来,不过是年老色衰,有几个有好下场。

师姐很不服气地说,昆曲的美你不懂,闺门旦是昆曲最美的行当,我师妹是咱们京都昆剧团当家红旦,让她给大家唱一曲《游园惊梦》。

大家都鼓起掌来。柳云怡感觉嗓子痒痒的,也想唱,便说,那我就唱《离魂》吧。

换一个吧。唱个热闹的,一听这名字,我马上就感到全身都阴森森的。那个戴大钻戒的胖女人说。

那我就不唱了。

唱吧,唱吧。师姐说着,给她拍起曲来。

海天悠问冰蟾何处涌？玉杵秋空,凭谁窃药把嫦娥奉？甚西风吹梦无踪,人去难逢。须不是神挑鬼弄。在眉峰,心坎里别是一般疼痛。

是不是丈夫有外遇了？人到中年丈夫有外遇,才好伤心。办法只有一个,就是把存折紧紧地抓在手里。处长老婆关切地说。

柳云怡一下子没了情绪,看天色还早,只好硬着头皮继续跟着她们走,心想待在这一伙自己都不认识的人堆里,心里慌慌的,闻花无香,观草无趣,连天上的白云好像都笑她还没到老年,生生把自己过成了跟她们一样老的女人,只感觉这样的日子并不是她想象中的。

到了第一家农家乐,柳云怡说人家没院子。师姐说换一家。第二家,在水之涘,还有一个开满了花的大院子。她如在舞台上似的,轻轻坐到椅子边上,伸出兰花指拿起桌上一卷卫生纸,感觉纸也油乎乎的,说,餐桌好油。师姐看着她,她不看她,只看院子里的花。

花似人心向好处牵。对不对?她说。师姐叹息一声,说,回去吧。你的心还在天上。

她说,对不起。

你肯定惦记着米亚亚的演出对不对?

她是我学生,她演不好,我这当老师的,脸往哪儿搁?

回去吧,看来你梦还没醒。不过,有梦总比没梦好,对不对?师姐说着,一直陪着她到车前,又叮嘱她路上开慢些,集中精力开好车。她离开团里后,情绪一年才调整过来,她理解她。

一路上,柳云怡把车开得飞快,她耳边全是笛子、锣鼓响,眼中全是贴片、珠翠、云步、圆场。她以为她的手表出问题了,掏出手机看,手机也才下午三点,可她的心好急,生怕堵车。结果,车真的堵了,她便不停地唱起来:

姹紫嫣红开遍

最撩人春色是今年。少甚么低就高来粉画垣，元来春心无处不飞悬。

小姐小姐多丰采，君瑞君瑞济川才。
今宵勾却相思债，一月来两意和谐。

长清短清，那管人离恨。云心水心，有甚闲愁闷。一度春来，一番花褪，怎生上我眉痕。云掩柴门，钟儿磬儿枕上听。柏子坐中焚，梅花帐绝尘。果然是冰清玉润。长长短短，有谁评论？怕谁评论。

小痴儿也有椿萱，小痴儿也有家园；小痴儿如珍似宝，也曾经练，小痴儿也度过青年。怎说俺没下梢，一个孤单？小痴儿桌儿上有美味甜，小痴儿架上有锦绣穿；小痴儿脂脂粉粉画容颜；小痴儿也曾惜花趁早天；小痴儿也曾爱月夜迟眠；小痴儿也曾私吟兔管咏涛笺。

…………

唱着戏，时间过得好快，堵车也就不成为堵车了，她唱得惹得旁边开车的人不停地看。有人惊异，有人笑，也有人说，这女人怕不是个神经病。

旁边一位开着白色大奔的小伙子手伸出车外说，这位姐姐好漂亮，是演员吧。

伊嘛，伊是杜府千金杜丽娘，为情而死，又因情而生。伊是崔相爷之女莺莺，敢写简又赖简，星夜赴佳期。伊是那小痴儿萧惜芬，装疯卖傻保名节，只盼着花好月圆夫妻团圆。伊是丈夫刚死，就爱上他学生王孙的田氏，央人说媒等回话。伊是千年的蛇仙，为了夫君盗灵芝、水漫金山的白素贞。伊本是佳人生长在弘农杨氏女，深闺内端的白玉无瑕。"那君王一见了欢无那，把钿盒金钗亲纳，评跋做昭阳第一花……"伊是谁？谁是伊？你去问问她练破的十几套水袖，你去问问无数的小锣，你去问问悠扬的笛声，你去问问排练场里的大镜子，问问京都昆剧团的老老少少，问问她一个个粉丝。

哈哈哈，伊的大名叫闺门旦。

伊是我，柳云怡。是她，米亚亚。

是与米亚亚姐妹不像姐妹，母女不像母女的关系。两个女人的心，一颗坚信自己不会老，另一颗还年轻，她们都是真正女人的心。无论她们的躯壳怎么变化和不同，心却永远一样，这心有着深切的自知，又有着向往。别看她们心中只有昆曲，可那昆曲是什么，是她们的人生。她们都是最知命的人，知道她们的最大荣耀就是在舞台之上。她们对一个动作、一个眼神、一个手势、一个脚步，精准得近似到千分之一毫米。在她们看起来随便的表演之下，其实是十万分的刻意，这就叫作天衣无缝。演出录像出来了，她们又精益求精地挑剔，针尖大的误差也逃不过她们的眼睛。望着舞台上的自己，身着丽装，她不禁有些羡慕，不禁想我要是有米亚亚的美，有她的年轻，加上我的演技该多好。而米亚亚是不是也这么想？

昆曲是小磨腔，女人的心事何尝不是？

团长是，闺密叶之宏是，师姐是，爱人是，去世的老师也是。来来往往的人，难道每个人心中都没有昆曲般缠绵的心事？

山是昆曲，水是昆曲，火车是昆曲，飞机是昆曲。我们的生活，就是昆曲。

她又是唱，又是念白，惹得行人一路频看，柳云怡狂笑着，把车开得飞快。好在郊区车少，也没红灯，她以为没有摄像头，后来才知道有，被罚二百块。

8

柳云怡老远就看到了市剧场那高高的白色大楼,看到售票厅那阔大的海报,上面一个个美人在朝她招手,她感觉自己好像离开了一个世纪,她其实只半年没来。半年前,她还在台上唱《惊梦》呢。那时,街上到处开着花,花儿开得正艳,还有她心里也是繁花盛开。那时她是女主角,现在,她是谁?没有戏,为什么要到这里找心痛?可不来,她今天又会什么事都干不了,会后悔一辈子。

剧场门楣上挂着横幅:全国昆剧演员评比大展演。"全国"一词,更让她心痛,刚才欢快的情绪一扫而空。

现在,秋风一吹,树叶纷纷飘落,她鼻子好酸。进院时,生怕遇到人问她,今晚你有演出?特别是看大门的李大爷,他平常对她好,因为自己常来演出,大爷一看到她,她还没说话,就给她开了门。她有时给他送条烟,有时带瓶酒。李大爷很奇怪,说人都说柳云怡可高傲了,敢跟团长叫板,跟其他人也鲜有来往,好像不食人间烟火,可偏偏对他一个老头那么好。后来接触多了,他才发现她虽然快五十了,但其实还像孩子一样单纯,不知道团长家在哪,更不知道团里复杂的人际关系。她说,大爷,人的脑子只能装有限的东西,装多了,自然就超负荷了,所以还是装自己喜欢的东西好。

可今天她进来半天了,也没人问,传达室坐着一个陌生的中年人,也没问她。现在还没到观众进场的时间,也不问来人,看来这位对工作一点不负责。唉,李大爷那么好,怎么不见了,是不是病了,得打听打听。后来听说他老伴没了,儿子在外面打工,在这个城市一个人怪可怜的。

各行业都有这样的人,她心里又是一阵辛酸。

到了后台,人很多,遇到熟人,大家都对她笑笑,她也笑笑。没有人问,她反倒不停地给人解释着,米亚亚,我学生演出,我不放心,这不,急着从医院赶回来。人家有人听着笑,有人根本没听,她也不理,只管叫着"亚亚""亚亚"也不顾头上的汗珠。

得知米亚亚已经进了化妆室,她又很落寞,后悔回来了。她有时盼着米亚亚演好,因为那是她的学生。她演不好,当老师的她丢人。可有时又盼着她演砸,这样,她就能重上舞台了。这两种念头搅得她心口又是一阵绞痛。一看到后台里人来人往地忙碌着,她又责怪自己自私,她希望米亚亚成功,要对得起自己,对得起她平常的血汗,对得起这些忙忙碌碌的人。

这时，丈夫跟着团长进来了，丈夫笑着说，团长，我就说了嘛，她肯定来。

看完病了吗？

她一时有些愣，丈夫给她使了个眼色说，不就牙痛嘛，是不是只给你开了点药？洗牙你又难受。

团长擦了一把头上的汗珠，伸出双手，紧紧握着柳云怡的手，说，柳老师，你总算来了，你看看，我后背都湿了，咱们团这次来了三个演员，都很年轻，还没上场，就不停地说紧张。叶之宏还在后头教他们呢。你来了，我心里就踏实了。你看他们一个个紧张的，话都说不清了。说着，递给她一瓶矿泉水。

她跟三个青年演员说完话，站到化妆室门口，看着熟悉的木板门，又是一种滋味涌上心头。

米亚亚走出化妆室，画着彩妆的她，那么漂亮，好似仙人。年轻真是好呀，任何化妆品都代替不了。那身材，那皮肤，还有那眼神，真真的惊艳。她忽然好后悔自己来了，想走，可是她怎么能走呢？别人会怎么说？自己回去还能不后悔？

她仔细察看了米亚亚头上的珠翠发钗，甚至试了试彩鞋上的带子是不是结实，连米亚亚手上的折扇，她都要过来，仔细检查了一遍。她还让人把米亚亚漂亮的绣花褶子重熨了一遍,对米亚亚叮嘱道,以后记着,戏装上了身就不能坐,华服有褶子的大家闺秀,就不雅了。

随着上场时间临近,随着一个个年轻漂亮的演员相继上场,米亚亚越来越紧张,一会儿说她要喝水,一会儿又说要上厕所。柳云怡让她放松,她嘴上说老师没事,我真的没事,可她的腿在打晃,不停地说,这个演出太重要了,我怕我做不来。柳云怡给她打气,说,我在侧幕做,我会一直跟你一起,别紧张,就当下面的评委和观众不存在。她说着,看到一件戏服搭在椅子上,顺手穿了起来,说,老师在,别怕。说这话时,她忽然想到第一次做手术时,妈妈就是这样跟她说的。

音乐一起,米亚亚要上场,她悄悄说,再等等,要让观众期待,主角都是慢慢上场的,九龙口停时,要婉转,腰往左扭时,幅度不要大,大了就不美了。

丈夫给她示意,她立即闭上了嘴,说,走吧,你就是角儿,放高傲些,目空一切。

米亚亚在台上唱《牡丹亭·寻梦》,柳云怡穿着水袖在侧幕跟着做动作。

米亚亚前面唱得都很棒，幕侧的团长和柳云怡屏着的气息渐渐放松下来，感觉比前面所有人都表演得好。这时，米亚亚唱到"阴雨梅天"，忽然一个趔趄，没声了，人也僵在了那里。柳云怡大声唱着走上了舞台，边做边唱。她只穿了水袖，没有化装，没有钗黛，在灯光下，头发银白光灿，不知是白了头发，还是灯光所致。台下观众一愣，大家不停地议论这是什么情况。《牡丹亭·寻梦》有两个小姐唱的吗？

在后台叮嘱学生如何扔枪的叶之宏急切地说这真是个戏疯子，说着，就要让人拉幕，站到一边的团长摆了摆手。

柳云怡边唱边舞地往侧面走，米亚亚跟着往前台走，她瞬间不害怕了，动作越来越娴熟，唱腔也跟上节拍了。两个杜丽娘在台上载歌载舞，观众一头雾水，从没见过有两个杜丽娘在寻梦。

正在候场准备扶小姐回去的饰演春香的演员，也傻了，她不知道要扶哪个小姐。就在这时，高云飞说，快，放烟雾。

团长也才像醒悟了似的，连声说，对，对，放烟雾！

云雾中的两个杜丽娘好像一个人的两面，一个年轻，一个贵气，做一样的动作，唱一样的唱词。唱完"守得个梅根相见"后，柳云怡朝米亚亚嫣然一笑，一个美丽的圆场，风姿绰约飘然而逝。

姹紫嫣红开遍

烟雾散去，只有一个青春美丽的杜丽娘仍倚在梅树边，春香上场。

台上台下爆发出了热烈的掌声。

评委会认为这出戏是对《牡丹亭·寻梦》的大胆创新，两个杜丽娘，一个是梦中的杜丽娘，一个是现实中的杜丽娘，一个奔放，一个幽怨，演活了杜丽娘，此节目可评为一等奖。可是柳云怡得知消息后，却说这是失误，她忘了这是在台上，还以为是在排练场，要求团里给自己处分，为此许多人对她很是钦佩。

二十年后一个金灿灿的秋日下午，在北京梅花奖颁奖现场，著名昆曲表演艺术家米亚亚说获奖感言时回忆了二十年前的那场演出，说那晚要不是老师上场，她真不知自己该如何下场。因为唱到"阴雨梅天"时，她想做个高难度的卧鱼动作以此引起评委的掌声，表现杜丽娘死时的绝望，起身时因动作过猛，右脚踩住了裙角，虽然没有绊倒，却听到"刺啦"一声，吓得出了一身冷汗，难道裙子破了？好后悔没听老师的劝，做动作总想引人注目，幅度太大，竟出了洋相，这么一想就忘了做身段，唱词也想不起来了。接下来还有四五分钟的戏呢，她不知道怎么办。舞台不再像过去那么美丽，而像战场一样，四处险象环生。她想往中间移，脚却迈不开步，她不知道自己怎么了。她好想让大幕拉上，再也不唱戏。爸爸妈妈、老师同学肯定在电视前看着自己呢，好丢人呀，连过去轻盈的水袖好像也浸满了水，怎么也抛不起来。就在这时，老师，亲爱的如母亲般的柳老师上场，如仙女下凡，她真感觉那才是杜丽娘。她原来以为创新是最重要的，而老师饰演的杜丽娘无论经历多少风雨，永远都是那么典雅，充满书卷气。为什么百看不厌，为什么无人能超越？因为她不是一心想着成名，她就是杜丽娘。就在那一刻，她忽然悟出一个好演员原来重在魂，魂写在眼睛里，表演在手指里，落实在脚步上，戏化在了心里。甚至那一袭戏袍，都是戏，只是她没发觉。老师在，她一下子有了主心骨，在烟雾中，只跟着老师做，刀山火海都敢下，千山万峰都可攀。神奇的是，老师一带，她忘掉的一切东西竟然失而复得，她好像有了翅膀，水袖也重新变得轻盈起来。老师马上隐在了她后面，如影子一样伴随着她，把她往前推，推到观众的视野里，推到大聚光灯前，推到戏曲界那亮灿灿的梅花奖台前。

没有柳老师，就没有我的今天。我还是想说，我今生最大的梦想就是超越柳老师。老师眼神收放自如，眼风神情，不但闺门，还带着仙气，扮相端庄而古雅，唱腔糯米般的甜，柔而媚。她的圆场也特别好，走起来裙摆纹丝不动，就像是裙子里面安了车轮一样，无论怎么走，裙型都好看。前不久，我跟她同台唱戏，老师已六十多岁了，可她饰演的杜丽娘还是满满的少女感。谢幕时，观众都给老师献花，花多得她都抱不过来，而我手中还没有一束。就从那刻起，我知道要超过老师，就必须要像老师一样唱念做得行云流水，演绎出角色的魂来，也才真正明白了二十年前，我第一次演《寻梦》前，老师送我的那两套衣服的深刻含义。

而此时，中央电视台十一频道上，年近七十的柳云怡，正在一座花木蓊郁的花园戏台上，身着一件孔雀蓝褶子，满头珠翠，仪态万方地唱着昆曲。画外音是：我扮演了五十年的杜丽娘，这是最特别的一次，能够站在汤显祖故乡的舞台上，演出《牡丹亭》，恍惚间，我感到我就是杜丽娘。杜丽娘就是我。

春心无处不飞悬

1

刘继华从小保姆枕头底下发现了一本画得密密麻麻的《牡丹亭》戏本,有些字上面还注了拼音。刘继华是著名昆剧表演艺术家,从艺五十年,唱过上百场《牡丹亭》。现在连保姆都看《牡丹亭》,本应欣喜,她却比初学戏时听到杜丽娘死后还能复生一事更为震惊。

第一个念头,小保姆回来后,立即审问她是谁,为什么要到她家来?来干什么?然后让她提包走人。东西倒是不少,衣柜前放着她带来的大箱子，刘继华提了下，挺沉。

老头李涵默半倚在床上看电视，不知何时睡着了。她给他盖被时，发现他胳膊上有七八个蚊子咬的包，眼泪哗地流了下来，拿花露水喷，又怕吵醒了他，便作罢。关了电视，走到客厅忽感觉整个家危机四伏。必须打开那个足有半人高的箱子看看里面装了什么，这个念头使她坐立不安。几次走到箱子跟前，她心跳得好快，生怕小保姆回来。菜市场离家约半小时的距离，小保姆都是走路去的，说在大城市她不敢骑自行车。来回需一个小时，足够刘继华仔细地打开查看。非是窥视人家隐私，实是为安全考虑。两个老人，一个七十，一个快八十岁，躺在床上手脚都动不了，可不就任二十岁的小保姆随意宰割。昨天还看新闻说有人把妻子肢解了，扔到了化粪池。自己瘦小，体重还不到九十斤，完全可以放进这个超级大皮箱里。

如此一想，她试图抱起箱子放到椅上，才发现，凭她之力，根本动不了箱子，还累出了一身汗。箱面干净，皮子质地细腻，一个家庭条件不错的女孩，长得又漂亮，为什么要来当保姆？小保姆刚进门时，她以为是来跟自己学戏的学生。她的漂亮不是牡丹那种大开大放的，而是小家碧玉似的清秀，就像自己年轻时一样，不施一点脂粉，一件白色T恤，一条磨得发白的蓝色牛仔裤，怎么看都舒服。连老李看到这个小保姆，都说了一串话，虽然听不懂他说了些什么，可从他眼神里能知晓那是兴奋。他当年可是昆曲界闻名的小生，丰神俊朗。即便老了，也是风采依然，到公园还惹得中老年妇女频频回头。她发现了箱子有密码锁。她又庆幸起来，有密码，这样就制止她有动别人东西的念头了。她犹豫再三，还是按了一下箱子右边的按钮，开关啪地离了锁扣，吓得她慌忙关上。

打不打开？她心里的两个"我"打起架来。

随便动人家的东西没教养，再说她不是乱动别人东西的人。

可是刚才你已经动了。

十分钟前，她到保姆屋取东西，发现单人床上枕巾一角没搭好，一枝兰花骨朵儿没了，有强迫症的她便拿起枕巾，掸平，平铺时，发现枕头中间凸起着，一时好奇，就发现了这本《牡丹亭》。这是人民文学出版社二〇一六年出版的名著插图版，还有注解，非盗版，也不是自己家里的书，书的扉页写着烟云二〇一七年购于滨江县新华书店。书皮拿透明胶带粘着。她的心再次揪紧了。

保姆是闺密邓世美介绍来的，她们相识五十多年，可以说情同姐妹。她相信邓世美，便说让这个女孩来吧。自从老李得了渐冻症，躺在床上手脚不能动，先后找了两个保姆，都不干了。儿子呢，又在外地工作，她年岁渐大，整天搬一个比她重二十多斤的人，委实吃不消。半月前，邓世美打电话来说，你的事我给你办妥了，我七求八找，总算有个同学说她有个远房亲戚家的小妮子，人可靠。工资嘛，看干活好坏你随便给。

小保姆烟云，名字挺雅。说自己小时父亲得病去世了，家住滨江县，没考上大学，上了个职业技术学院，说是艺术系，啥也没学到。毕业后到北京找不到合适的工作，在一个著名艺术家家工作，她很乐意。她生在农村，有的是力气。刘继华看着她娇小的身子骨，强调道，病人可是一点都动不了，得抱着起居。

烟云说，刘老师放心，我照顾过这样的病人。说着，走到老李跟前，双手搂住他的腰，"腾"地就抱起来放进轮椅里，又系上安全带。穿衣、喂饭、擦大小便、按摩四肢、喂水、擦身、吸痰、翻身、挠痒……不用刘继华教，做得更是娴熟。刘继华提着的心总算放下了，说你一个人抱不动病人时，叫我。烟云应着，却不叫她，反正把病人照顾得看上去病人还挺愉快。有次，病人说了半天话，看没人懂，很不耐烦，声音比往常大好几倍，连刘继华都急了，喊道你不吃，不喝，也不大小便，到底想干啥？烟云朝她摆摆手，俯身朝着病人微笑着问道，李老师，咱不急，你是不是身上痒？对方摇头。鼻子嘴巴也干干净净的，身上也无蚊子咬呀。烟云说着，拿了一支棉签，又问是不是耳朵痒？病人果然点头了。烟云刚要动右耳，病人又摇头，刘继华扭身坐到椅子上，烟云却平和地说，我好笨呀，李老师是左耳痒吧？说着轻轻地把棉签伸进病人的左耳里，病人舒服地闭上了眼睛。烟云笑着说，刘老师，你去歇会儿，怪我太笨，没领会李老师的意思。现在，我从口型大略能猜到他说话的意思了。

烟云对病人很有耐心，一会儿说，李老师，你是不是要喝水？或者是不是你躺累了，咱翻个身，或者你腿是不是不舒服，我来揉揉。病人又叽叽咕咕说半天，烟云所猜内容病人皆摇头，她又把病人全身上下检查了一遍，边摸着他的头发边说，李老师，咱不急，是不是你不想看电视了，那我给你讲个故事吧。病人不再说话，点头了。刘继华舒了口气，说，烟云，你就留下吧，工资，每月我给你八千，只要你把李老师照顾好，再随时加。

烟云说，刘老师，钱的事不急。

过去她一个人时，老李很少下楼，现在烟云来了，说，只要天气好，每天推着李老师下楼散散心，对恢复身体有好处。有时去附近的公园，有时在院子里转。每每碰到熟人，都会打量烟云半天，然后就问刘继华,这个漂亮的女孩子是谁呀?起初,刘继华说是小保姆。后来,就不想这么称呼烟云了。说是女儿吗?太小。孙女?太大。便说是远房亲戚。对方又看烟云半天,说,亲戚好呀,可靠。人病了,没人照顾就可怜了。小姑娘长得好标致,哟,我怎么觉着眉眼挺生动的,好像年轻时的你呀,刘老师。刘继华听后,一笑了之,然后再瞧烟云,发现果然她说话时,表情挺丰富,或喜或嗔,好像舞台上的自己。二十二岁时,自己已经在舞台上挑大梁了,成了团里不可或缺的台柱子。而这个二十岁的小姑娘,却来给人当保姆,一股怜爱涌上心头。她更觉得要对她好。

烟云帮了刘继华很多忙,虽然她退休多年,但因为在业界广有声誉,不少学生登门来拜师,她陆陆续续碰到优秀的还会给些指导。自从老李病后,她谢绝了学生来访。

现在时间多了,有人打电话来向她学戏,她也会接待。

起初有客来,烟云总把病人推到他卧室,病人又是摇头又是皱眉,刘继华就由着他们在身旁。病人当然是喜欢听昆剧,唱了多半辈子嘛,脸上笑着,眉毛飞扬着。烟云也听得眯眯笑,一会儿给学生倒水,一会儿给刘继华递水果。刘继华感觉生活重新走上了轨道,也才觉得自己的人生还不至于暗无天日。

想当年，她在团里年纪轻轻就得过数次全国大奖，正红火时，突然发现怀孕了。她不想要，医生劝她说，你快三十岁了，再不生就是高龄产妇，易得妊娠高血压，到时怕也不行，得剖腹产，搞不好还会大出血。她恨丈夫老李，当然那时还是英俊健康的小李，人人喜欢的名小生。觉着是他断送了自己如日中天的艺术生命，可又不得不从现实考虑。孩子一岁，她再上班时，台上的位置已被年轻的面孔所代替。她找团长，团长是她同门师兄，年轻时还追求过她。自从她拒绝他后，他们就形如路人。谁料到她上班时，师兄成了团长，听说现在他喜欢的女一号是一个新调来的年轻女演员。女演员长得漂亮，却连"袅晴丝"是啥都说不清，还念错字。但团长毕竟不是随便当的，他笑呵呵地给刘继华递了一杯水，关上办公室门，把她拉到沙发上，坐到她旁边，说，现在团里日子也不好过，观众都喜欢年轻漂亮的脸蛋，虽然你仍漂亮，可三十二岁的你再演十六岁的杜丽娘，你说合适吗？团长说着，拍拍她的脸，气得她把一杯水泼在了团长身上，后来连当二号三号角色的戏都没有了，一年只上过一两次舞台，扮了个不开口的宫女。她一气之下，决定调走。

闺密邓世美一听到消息，冒着大雪跑到她家，鞋子都没脱，拉着让她去给团长赔不是。她说那色眯眯的眼神让我恶心。邓世美劝道，现在女演员上戏，不都要潜规则嘛。摸就摸下吧，又没少什么，只要能上舞台。

我宁愿不上舞台。

有你后悔的时候。

这话真说准了。

调到大学搞教学后，她再也没机会上台，那个难过呀，几天都说不完。一直到近几年，因教学登台示范，参加了几次公开邀请演出，加上网络平台的多次推送，没想到业界及观众都叫好，她这才上台多了。老李生病前，她还在台上《寻梦》呢。老李一病，她非但上不了舞台，连学生都带不成了。现在，舞台梦再次实现，这不得不感谢烟云。

工资不急，是什么意思？还有，先前来的几个保姆都叫她奶奶，叫老李爷爷，而烟云却叫他们老师。当时因为终于有人来帮自己了，就没细想这其中的蹊跷，现在凭空又冒出一本《牡丹亭》来，看来这个保姆不寻常。

不寻常的保姆箱子里装的是什么？她下决心要打开时，听到老李喊叫，她忙把箱子挪回原位，边捶着腰，边疾步走出客房。

2

又来了一位女学生，带来了刘继华当年演出的十几张光盘，一进门就"刘老师""刘老师"叫个不停，实心实意要跟她学戏。刘继华很是感动，说老头身体不好，她没有精力，不过，一周一次大约还是可以的。她说着，朝卧室里轻轻喊了一声，烟云，别忘了给李老师翻身。

刘老师，李老师在轮椅上晒太阳呢。

刘继华心里一阵快慰，说，那你把李老师推出来。他身体好着时，但凡我唱，他都要给我吹笛按板。现在，现在他却成了这样子。刘继华说着，眼泪哗哗而出。

刘老师，我打扰你了吧，要不改天我再来？女学生忙说。

看你真心学戏，那我就给你指点下。看了你刚才的表演，感觉你唱时表情稍欠，经典戏很难改编，你跟别人的区别就是在同样的唱词中，做不一样的表情和身段。我给你示范一下《琴挑》中陈妙常遇到潘必正挑逗后她是如何表现的。刘继华说到这，喝了一口水，调整了一下步子，其实这个动作完全是多余，她在等着轮椅来。听到轮子滑在木地板上发出轻微的嚓嚓声越来越近,她这才边唱边讲起来。

潘相公走后,她左听、右听,没有动静,想着他已回书馆去了,高声叫了一声潘相公,怕人听见,忙捂住了嘴,然后小声唱道:"你是个天生俊生,曾占风流性。看他无情有情,只见他笑脸儿来相问。"唱到这时,不少唱闺门旦的演员身段在此没变化,但我唱时加了一两个小生的身段,这既让人物的动作更丰富了,又体现了这个演员戏路宽,能唱小生的行当。我每演到这里,都发现不少观众眼前一亮。刘继华边讲边瞧穿衣镜里的烟云,她握着病人的手,不停地打着拍子,让刘继华吃惊的是节拍很准,老李眼睛眯着也很享受。

这个保姆是懂昆剧的,那么她肯定不只是来侍候别人的。她一个老太太都烦日积月累地照顾病人,更何况一个花季少女。

她几次抓起电话,想给邓世美打,可思忖片刻,还是放弃了。

她害怕孤独,家里好不容易有了笑声,有了年轻的身影,甚至她闻着满屋都是年轻的、迷人的味道。她不能让这一切消失,她不愿再回到以前那个黑暗的隧道里,永无尽头,看不到希望和光亮。好几次她都想给儿子打电话,让他转业回家,可是儿子在部队当团长，干得响当当的，她不能拖他后腿。烟云来了。多亏烟云来了。

演出、教学，她现在还宝刀未老。她不能一直守着一个无法交流的病人，不能一直为他擦屎把尿，不能一直过这样毫无希望的日子。她的梦想是舞台，是她的学生，是她的观众。她的师姐八十岁了，人一胖，身段做得就不好，脸上皱褶太多，做表情就显老态。就这，只要有人请，必上舞台，还说舞台好绚丽，我真不愿意下来。而她七十来岁，身材苗条，皮肤光滑，大家都说她显年轻，一上装，根本看不出年纪。不少评论称，舞台上的她，哪是一个古稀老人，活生生一个二八佳人嘛。即便不上舞台，教学生、唱昆剧，生活至少有了期盼。

老李好着时，她可以说油瓶倒了都不扶。老李心细，虽然长得帅，遇到的粉丝不少，但对她和儿子是一心一意的。后来她的名气比他大，他甘心为她当后勤保障。家里大大小小的事，都是老李干。她不会开车，老李开车送她。不会做饭，老李做。儿子怎么长大的，她都说不清。儿子小时，老说他是爸爸生的。她的世界只有昆剧，她愿意陷在这个美丽的梦里再也不要醒来。那笛声，那小锣，那水袖，那迷得她一辈子都回味无穷的唱词，那让她琢磨一生都可挖掘的身段，是她生命中最美的华彩。只要有它们，她什么都可以不要。

天遂人愿，她年过花甲，重上舞台，竟赢得了不少观众，他们给予了她百倍的信心，每次演出掌声都催得她两三次谢幕。她感觉以自己的身体，再唱十年没问题，观众没忘记她，她就要唱。唱不动时，再下来也甘心了。

老李的病，都怪她粗心，总想他身体那么壮实，不会有事。那时，她没日没夜地排《长生殿》，到外地一走就是半年。老李打电话说他右手无力。她说那去医院看嘛，根本就没当回事。直到她演出归来，老李双手已经不能动了。再接着就站不起来了，到现在，话也说不清了。她后悔得要命。但如果让她重新选择人生，是在家照顾老李，还是上舞台？她还会选择舞台。当然她很自责。邓世美说，这不是你的错，即便你常年守着他，病还得得。人吃五谷杂粮，怎能不生病？老李倒下后，她才觉得她的天空多半都是老李撑着，她能在舞台上重新灿烂，多亏了老李。儿子从小到大，除了生和喂奶，全是老李在照顾。交煤气水电费，老李。演出结束，还没卸装，老李就提着饭盒等着她。出外演出游玩，开车订票全是老李。老李知她疼她惯着她，让她最感动的是前几年，他们开车到公园回来，车行半路，老李忽然掉头，她问咋了，老李笑而不语。车到岔路口，老李把车停到一辆堆满枝条的皮卡前面，说了声，你别动，她不明就里，也不再问，只瞧绿化带上几个园丁在给月季剪枝。不一会儿，老李手捧一束月季跑回来了，说，知道你爱花，从环卫车上捡的，好好的花扔掉可惜了。路旁的一位女工笑着说，大妈，你好幸福呀。

知情识趣的老李一倒下，她哭了好几天，一个活生生的人，瞬间就变成了一堆肉，她真感觉天要塌下来了。找了两个保姆，第一个是个下岗女工，四十多岁，人也干练，干了三天，第四天忽然说家里有事，再也不来了。第二个是个抹着口红的农村妇女，来了一看到病人，就吐着舌头说，妈呀，怎么一点都动不了。我宁愿打扫公厕，也伺候不了这样的病人。多加两千块，也不愿干。保姆一走，刘继华一时无措，连忙给好朋友邓世美打电话。邓世美一接电话，就听到刘继华的念白，"轮时盼节想中秋，人到中秋不自由。奴命不中孤月照，残生今夜雨中休"。邓世美不愧是好朋友，说，好了，我半小时到。

看到好朋友顶着满身的雪花，提着箱子进来，刘继华心里瞬间就踏实了。她紧紧拉着邓世美的手生怕她走，抹着眼泪说，你得给我找个好保姆，要不，我就不放你走，永远不放你走。要不，我一个人咋办呀。一个人又动不了他，又听不懂他说啥。刚才喂他饭，呛得他半天都喘不过气来，吓死我了。

行了行了，我给你保证，保姆不来，我就是你们家的保姆。满意了吧？幸亏我们家老头子身体好，又跟你们是老朋友，否则，哼。行了，都说了我在嘛，别哭了，哎呀！你看我都流鼻涕了，千万不能感冒，快给我弄点药。我得赶紧吃，明天还要上课呢。

药得问老李。

继华，你们家客房灯不亮了，还有多余的灯泡吗？

我去问下老李。

天呀！天呀！我的大小姐，老李靠不住了，你得学着照顾他，照顾自己。日子总得过不是？邓世美说着又骂，数落完又教她炒菜，教她照顾病人，叫她把电卡、煤气卡、医疗卡都放在一起，说这些得随时用。带她到菜场，才发现许多菜她根本就叫不出名字。连价钱也不问，只指一个个说，这个，来一斤，那个，来一把。人家要多少钱，立马就给。邓世美说，妹妹呀，难道这四十年你就一直这样过日子？货不比三家，也不讲价钱，你是开银行的呀？你看，对面那个摊位上的瓠瓜就比这家少两毛钱，不过这家的猴头菇便宜。

过去都是老李买菜的嘛。

老天哪能让你一直享福？喏，你亏欠了老李，现在该还账了。世美亲昵地捏了她脸蛋一下，又说，要不你咋活得这么滋润？跟我同岁，好像比我小十几岁似的。脸光光的，没皱纹，身材还那么苗条，说起话来，像糯米似的，我都听得酥了。我告诉你，千万不要春心萌动，嫌弃我们的老李，他可是我年轻时的偶像。

都到这时了还打趣我。刘继华说着，不禁挥舞起双手载歌载舞起来，"从今后玉容寂寞梨花朵，胭脂浅淡樱桃颗，这相思何时是可？昏邓邓黑海来深，白茫茫陆地来厚，碧悠悠青天来阔；太行山般高仰望，东洋海般深思渴"。

行了行了，别无病呻吟了，你现在不是相府千金崔莺莺，你是老李的夫人，李刘氏。快给老爷洗澡吧，我一进门都闻到他身上的馊味了。想当年，我还追过他呢。不瞒你说，我还约他看过电影《孔雀公主》呢。

啊？啥时的事？你可从来没告诉过我。你不是说啥事都不隐瞒我吗？刘继华噘嘴道。

邓世美却不理她，握着老李的手，说，是不是告诉她？

老李那时还能说话，低声说是有这么回事。说着，口水又流下来了,刘继华边给他擦边说,要是那样倒好了,省得我现在顾了东顾不了西。

邓世美扯了一下她的衣襟,咬着她耳朵说,你再这样伤害我的偶像,我就不理你了,然后回头望着老李笑着说,听我把话说完嘛。我跟老李,那时还是小李,去看电影,他去倒是去了,只是端端正正坐着,给他吃爆米花,他不吃,跟他说话,他也不敢看我。我大着胆子拉他手,气人的是他双手马上缩回,交叉护在胸前,可伤我自尊了。电影结束,送我到咱宿舍楼下,我都上楼了,他又把我叫回来。我心那个跳呀,像小锣一样锵锵地敲,比第一次上台还紧张,比第一次上台腿还软,都感觉空气里充满了糖一样,甜丝丝的,"好不动人春意也"。说着,说着,她念起白来了。

老李,说!你当时说了啥?刘继华嗔怪地问老李,朝他胸口轻轻打了一掌。

我记不起来了。

赖账。那时我要知道你们还有这一出,说什么也不答应你的求婚。管你是柳梦梅,还是杨宗保,管你是什么俏书生、俊秀才。刘继华说着,仍拿着牙签扎了一块切成小块的苹果,递到老李嘴里。

哎,你别瞎吃醋。小李同志把我叫回来,说,你能不能告诉刘继华，我爱她。我明天下班后，想请她逛滨海公园。当时我就踹了他一脚。老李，有没有这回事？老李笑了，点点头。

两个好朋友边聊边把老李推到洗澡间，脱得只剩短裤了。邓世美说，我出去了，你洗完叫我。

老李在浴缸里不是东倒就是西歪，坐不住。刘继华又得扶，又得给擦澡，睡衣湿得黏在了身上。还没搞定病人，自己头又撞在了墙上，忍着痛扯着嗓子喊邓世美，世美，世美，你快进来呀！邓世美站在洗澡间门口问，这合适吗？快进来，他都这样了，还能干什么？就当你是医生。老李一见邓世美进来，又大喊，又乱晃。邓世美笑着说，你还以为你是当年的张生、潘必正呀，你还以为我是当年那个纯情女孩呀。说着，摁了一下老李的脑门。给我钱让我看都不看。这一下，老李差点又栽下去，吓得她慌忙抱住，仍不忘开玩笑，这下，还是我主动抱了你了。老没正经。刘继华说着，跟她拉扯着给老李穿上睡衣，搬到床上安置好后，两人已累得躺在沙发上无力说话了。

好半天，邓世美才说，继华，我看老李这情况，怕好不了了。那天在医院，医生的话你也听到了，老李先是会站不住，以后说话也会困难。趁现在他还能说得清，要把该处理的问题都处理好。

你说什么呀，这是人话吗？刘继华把邓世美放在自己身上的胳膊推开了。

我说的是实话。比如家里贵重的东西，存款密码什么的都向老李问清楚，能处理的赶紧处理好，否则以后老李说不出来时，你这个一问三不知的大小姐怕连寻常日子都过不下去了，还谈什么形而上，还唱什么昆曲，离饿死也差不多了。

世美，你心怎么这么狠呀？我怎么能给老李开口呢？他那么敏感。昨天还告诉我，说，我好了，咱们到儿子的部队去住几天。我要到杭州好好转转，想再到断桥上走一走，体会一下当许仙的感觉。还想到龙井茶园，尝尝明前茶的味道。

老李不知自己病的轻重，想不到未来，你得想呀，你是一家之主，以后家里大小事就得靠你了。这样，就说家里存折到期了，带他过去办一下，全转到你名下。我知道你没理过财，两眼一抹黑，我陪你去。

刘继华感觉邓世美说得有理，可每次话到嘴边，又都咽下去了。直到有天晚上老李怎么也睡不着，她问他怎么了，老李说，你拿张纸来，我说你记。

你干什么呀？天亮了再说吧。

拿笔。

她没想到日子原来这么琐碎,没想到老李做了那么多的事。大到家里存款医保车险,小到柴米油盐。

最后老李说,继华,你活得简单,生活能力弱,一定要记着。一周给家里的花浇次水,不要端着脸盆直接倒,慢慢地浇,把花浇透。鱼我虽然爱看,但换水很麻烦,就不要养了,那几条热带鱼送给邻居家的孩子吧。咱们家有存款股票加起来几百万要保管好。儿子在外面工作,媳妇有工作还要忙孩子,不要指望。尽快找个得力保姆,要对人家好。我这样了,再不能把你也拖垮了。如果我不行了,就不要抢救,拔了管子,我就解脱了。

你别说这些伤心的话了。

我再不说,怕以后没机会了。儿子成家立业了,我放心他。我唯一放心不下你。你除了唱戏,啥都不会,怎么办呀?

她哭,老李哭,都把邓世美吵醒了,她揉着眼睛走进屋说,咋了,又唱起《长生殿》了?话刚一出口,又捂着嘴说,对不起,对不起,我是真心爱你们,你们是我这生最好最好的朋友。

世美,我把继华交给你了,我如果有个三长两短,你要好好照顾她。拜托了,我要是能跪,就给你跪下了。

呸，说什么屁话呢！我孙子还等着你好了教他唱小生呢。你他妈的，别不管。邓世美说着，哭出了声来。

老李从那夜后很少说话。刘继华抱着他边哭边说，你得说话，一定要多说话。医生说了，如果你不说话，语言功能就会丧失得很快。当然后一句话，她不能告诉病人。过了不到半月，老李说的话人就听不清了。

现在，烟云一来，刘继华把这些俗事全交给了她。

她重新变回了那个优雅的闺门旦名伶刘继华，只是过去依赖的老李换成了烟云。烟云，我血脂高，是不是血里有脂肪呀？对了，烟云，快来，我牙怎么了，咬东西感觉又酸又软，嚼东西也无力。怎么？是刷得不到位？我说呢，你怎么牙刷倒着刷，原来我活到七十，刷牙一直错着，只知道上面刷、下面刷、里面刷，却不知道牙的背面底部才是关键，怪道牙痛。烟云，快来，窗外飞进来一个东西，好可怕呀。烟云拿着卫生纸，一夹就扔出了窗外。煤气灶开头怎么打，都打不着，烟云用手指轻轻一碰，"啪"的一声就打着了。她很不好意思地一边站着，烟云好像成了大人，而她成了那个做错了事的孩子。快，烟云，电表灯亮了，去物业买电，别忘了交物业费……

家里的奥迪自从老李病后再也没人开了。有天,她问烟云,你会开车吗?烟云说会呀。我有驾驶本。第二天,她就坐着烟云的车子带着老李到医院去复查了。那个紧张呀。终于回家了,安安全全地,老李坐在车上,乐得直咧嘴。

后来,车就烟云开了,加了多少油花了多少钱,怎么保养,何时年检,烟云给她一一说。她听得头痛,便说按规定办吧。只要出门有车坐,她才没精力管那些事。

有时,她急着去开会,烟云要送她去。老李不能一人在家,打电话叫儿媳妇过来,儿媳妇说她要带孩子上课外班,可急坏了她。自从坐了烟云的车,她就不愿意坐出租了。一次开会打车,被那个麻脸司机骗得跑了很多冤枉路,多掏了三十块钱不说,还步行了两三公里路。要是天气好也罢,她还锻炼身体呢。可那天刮着大风,差点让她感冒了。感冒她不怕,怕的是第二天上台声音哑了,那就误大事了。烟云说让小区打扫卫生的大李照顾会儿。她说行吗?她可是很少跟物业的人说话的。烟云说,他肯定来。你让我把你不穿的衣服扔了,我看衣服还好好的,扔了怪可惜的,就打包给了院里打扫卫生的李师傅。果然电话打了不到十分钟,又高又黑的大李就来了。以后她们要出去,老李就交给了大李,大李还很尽心。有时

春心无处不飞悬 83

她们把老李从车上往下抱,他会跑过来。到底是男人,"腾"的一下,就把病人抱起来了。烟云来了,家里灯泡有人修,水管堵了,也有人来,一捅就畅了。

前几天单位体检,往年都是老李陪她去的,这次不用说是烟云。一上车,刘继华就开始紧张。体检,必须要扫健康码,她的手机怎么也扫不出来,好不容易扫上了,到医院,又扫不出来了。急得她血压"噌噌"地往上冒。量血压的护士重新给她测了一次,说有些高。她心跳得做其他检查时更慌,检查外科时,连裤子都是医生帮她穿的。她一见烟云就急着说,我血压从来不高的呀,怎么回事?说着,她又想起了再也站不起来的老李,更紧张得话都说不利索了。烟云问她血压多少,她说不知道。烟云说那再量一次。结果护士说不高,刚才只是偏高一些,仍在正常范围内。她回来又给烟云说了半天,烟云问这次血压是多少,她说没记住。她记台词很快,可记数字怎么都记不住。后来还是烟云帮她去问了护士,她不好意思再去麻烦人家。烟云说,很正常,低压八十三,高压一百一十三。回到家里,她又问,烟云说了。这次她记在了本子上。邓世美问,她又忘记了,说,我得在本子上查下。

如此的她,怎么能离开烟云呢?

那么，她只有装作不知道，静候事态的发展。

但是她会无意中唱，有时也会故意唱，有意在客厅里跑圆场，抛水袖。还不时叫，烟云，你把李老师推出来，他听到我唱戏，会高兴的。她想这是引蛇出洞，但这是条美丽的小蛇。她说不清自己是希望这条小蛇出洞，还是不让它出。

然后她装作给老李表演，老李这次满脸忧伤，不知是为剧情，还是为自己的病。但烟云能看出来，她在用心看，用心听。有次，一折《惊梦》，她唱完发现老李鼻涕都流了下来，而烟云说刘老师，你唱得真好，真好。她很想批评她，可是她没有。她甚至有遇到知音的惊喜。

她拿纸巾给老李擦干净鼻子，烟云说对不起，刘老师，你唱得太好了，我听得看得都入迷了，忘了照顾李老师。昆曲真的好美好美。虽然有些词我听得不太懂，但我知道它很美，有空你给我细细讲讲。

她认为她是听懂了的，她说了假话，但她不愿捅破这张窗户纸。她要以昆曲水磨腔的耐心，静等这条美丽的小蛇自己出洞。

这么一想，她嘴角露出一抹微笑。好久，她没有笑了。

3

因为家里常来人,她越来越不满意家里的摆设了。自从老李病后,她再没心思和精力收拾家。烟云来后,把家里里里外外收拾得很干净。可干净,不一定美,不一定有品位。四室两厅,三人住着很宽敞。烟云让刘继华去休息,她晚上陪病人。毕竟是爱美的女孩子,她理解,便在老李病床前,单独给烟云置了一张单人床。起初她放心不下,睡到半夜,她听到病人好像有声音,忙起来看,烟云正在照顾病人小便,做得很仔细,她悄悄退了出来。

收拾房子,她最喜欢。家里多余的东西一概不要,要简洁、典雅。花瓶里常年要有鲜花。没用的东西再也不扔进垃圾箱了,烟云会分门别类送给相关人员。大李喜欢旧衣服,老王喜欢收旧报刊,老张喜欢收旧手机电脑。还有,客厅里自己的演出剧照,都是老面孔了,过去洗了那么多照片,可以轮换着挂。还有,茶几该换,沙发,也太旧了。老李这一病,她想通了,要抓紧时间享受。

家收拾完了,她开始捯饬自己。自从老李病后,她好久都不化妆了,口红该换了,粉没了,衣服也该添件新的了。学生进门之前，她要化好妆，穿上自己喜欢的旗袍，就像在课堂上一样，庄重典雅。

吃过晚饭，她终于可以一个人散会儿步。老李好着时，他们常去离家不远的街心花园走走。老李病后，她再也没一个人去转过。天湛蓝得好似大海，云洁白得好像棉花，一会儿像骏马，一会儿像兔子，再瞧，好像又变成了山。好长时间没进公园，湖面多了四五只鸭子，孔雀色的尾羽好漂亮，她好想摸下。一群男男女女穿着大红色的T恤在绿油油的构树下随着《年轻的朋友来相会》的曲子在跳舞，面孔好像也不是过去那些熟悉的面孔。那棵她喜爱的银杏还没到秋天，怎么半边叶子都黄了？走到跟前一看，枯了。

她坐到她跟老李常坐的木椅上，看到在跳舞的好几个男人比老李还老，头发全白了，人家却跳得那么起劲，眼泪就流了下来，她也不去擦。她一直盼着一个人出来逛逛，真一个人出来了，她却时时惦记着家里的老李。待了不到半小时，就到超市给老李买了一箱他最喜欢吃的猕猴桃，又到蛋糕店订了他最爱吃的蛋糕急匆匆地回了家。进门第一件事就是看老李，烟云正在给老李喂西瓜。看到她要走，老李急得瓜也不吃了，冲着她直喊。她笑着过去摸摸他的头说，你看，我鞋子衣服都没换，就来看你了。想我了，我总得换了

春心无处不飞悬　　87

鞋再来喂你吧。

烟云除了做家务照顾病人，还把刘继华过去的演出专辑精心编辑了，挂到了网上，还给她建立了公众号、抖音账号，发到朋友圈。她告诉刘继华说有许多网友说他们是你的戏迷，网上关于你的演出信息太少，特想完整地看你全部的演出或教学片，我就把你过去的专辑放上去了。

内容每天更新，点击量上万次。有些人，不，是粉，称刘继华老师，还有人竟叫她"姐姐"，叫她"不老的女神"。她感到过去的岁月像书页一样"哗"地倒了回来。她这辈子只有唱戏才有自信，其他也做不来。昆曲没有亏待她，大小奖都得了，国内国外不少大舞台都去了。

买花，烟云手机一点，漂漂亮亮的花就来了。药没了，烟云手机一点，不到半小时，中药、西药全来了。烟云还给她手机上装了微信，她没想到那么多老朋友都有微信。有了微信，她看电视就少了，闷了，就刷朋友圈，知道这个老朋友病了，那个去世了。当然，也有人在不停地登台演出，有人世界各地旅行着，这让她心里好一阵落寞。

刘老师，你是不是跟哥哥视频一下？

烟云不知给她手机鼓捣了个啥，她就看到她可爱的小孙女在手机屏幕上跳舞。儿媳妇啥时去了儿子部队，也没给她说。

儿子一看到她就说，妈妈，你现在越来越漂亮了。她马上让烟云把老李推来，儿子更高兴了，说，妈妈，我本来还想转业呢，现在看到你跟爸爸状态这么好，我就放心了。妈妈，你就应当永远这样漂漂亮亮的。孙女头又挤了进来，忽闪着一双跟老李一样的大眼睛说，奶奶，你比我妈妈还漂亮。妈妈整天穿个牛仔裤，套个又肥又大的衬衣，一点儿都不美。儿媳妇打了小孙女一下，小孙女不见了，儿子又出来了，说他带的部队评上了先进单位，他不久就要成师职干部了。

多亏了烟云。有烟云在呢。烟云是个好姑娘。她不停地说着，抹着眼泪，也没忘记让老头说话。老李又是哇啦哇啦说半天。大家都笑起来，这是老李得病以来全家最开心的一次。

4

树叶渐渐变黄，小蛇仍不出洞。看她平日的表现，买菜、做饭、照顾病人，一丝不苟，连沙发底、桌子下面，都扫得干干净净。照顾病人，剪鼻毛、洗脚、刷牙，件件顾到。看表情，不急不躁，平和静气。反倒她耐不住了。

有天晚上老李睡了，她把烟云叫到书房。一般她们说话要么在老李的房间，要么在客厅，而这次选在书房，她觉得更显得郑重其事。在书房，表明她非一般的家庭妇女，她有自己的事业和身份。说是书房，除了一些剧本，书并不多，多是自己出版的唱片及一些教学光盘，还有一台儿子给她买的超大屏电脑。很多时间她愿意一个人待在书房。

书桌正对的墙上挂着著名书法家杨十发先生给她题写的书法：春心无处不飞悬。书法她不懂，但这句唱词她喜欢，她认为这是书法家对她最美的赞誉，当即让人装裱好挂上了。旁边是著名摄影家给她拍的她饰演的杜丽娘、崔莺莺、陈妙常、百花公主等闺门旦剧照，还有一张她最喜欢的，是饰演张君瑞的剧照，那是她唯一的一张小生剧照。看到的人都说她要是一直唱小生，应当也很火。她一笑了之。书桌后边的博古架上放着梅花奖奖盘。这是一只白色的画着两枝梅花的盘子，上面写着"梅花香自苦寒来"，可以说是她多半生的真实写照。她一般不让外人进书房，连打扫卫生也是自己收拾。所以烟云进来时，步子是怯怯的，她能感觉到她已紧张了。

她坐到窗前茶几旁，指着对面套着绣花布的椅子，对烟云说，坐。朋友们来了，大多坐这位置。现在小保姆坐在这，一时让她有些恍惚。烟云坐上去时，是小心的，椅子半片地方空着，就像他们在舞台上，坐时屁股只稍稍挨着椅子，以免把椅套弄乱，人还要全身挺着，不能如平常坐时整个人塌了下去。烟云的坐姿再次证实了她的猜测。她绝不是保姆。

窗外不远处是一座高架桥，现在车水马龙，灯光璀璨。近处的树木在灯光下，嫩绿得好像假的一样。唱片机里放着她年轻时唱的《西厢记》中的《十二红》，欢快明亮，给宁静的书房增添了些许欢快的气氛。

如何谈，审问？当然不行。现在的年轻人，脾气大着呢。跟儿子打电话，几句话不投机，他就几天不给你电话。你打去，他也不接，急得你不行。与其被动，还不如主动，再说，她已经离不开这个小姑娘了。

想到这里，她从茶几上端起电热壶，一一烫了茶杯，给自己倒了一杯茶，然后又倒了一杯，递给烟云。琥珀似的茶水在豆绿色的茶杯里，特别好看。小姑娘显然没料到能受到如此的待遇，忙站起来，说，刘老师，我自己来，自己来。这儿的茶具是她招待艺术界朋友的，茶杯很精致。烟云是因为紧张，还是因为这样的杯子她不敢碰，所以没有主动倒？她不得而知。

喝吧，这茶好喝，大红袍。

烟云迟疑了片刻，端起杯子，小心地品了一口，放下，然后把刘继华空的杯子加满，一双漂亮的眼睛探询地看着她，放在胸前的手哆嗦个不停。

刘继华又喝了一口茶，然后才慢悠悠地说，烟云，你是不是懂戏？

烟云扑通一声跪在地上，说，刘老师，我要拜你为师，你收下我这个徒弟吧。

小蛇终于出洞，她反倒平和了，说说你是干什么的，为何要到我家来当保姆？

老师，我从小就爱唱昆曲，家在滨江县，职业艺术学院戏剧系毕业后，分到县剧团当昆曲演员。小地方，一年也排不出一本戏，演员大多给人家的红白喜事唱唱流行歌、折子戏什么的。我梦想着当一个优秀的昆曲演员。偶然间看到你写的一本书《舞台生涯五十年》，看了能找到的你所有的演出，得知你有大量的舞台实践和教学经验，知道你闺门旦、花旦、正旦、巾生、丑行、拍曲、对唱词含义的理解都是名师亲授，特别是你的闺门旦在全国闻名，就想此生若能跟老师学戏，一辈子值了。看到八六年，你为了学艺，花一千块钱，专门跑到上海、杭州拜师学戏，我眼前一亮，立即动了到北京来找你学艺的念头。可我们那毕竟是一个偏僻的小县，没这机会。我们县近几年开发了一个新风景区，叫新桃源，来的人不少。前不久，北京一位昆剧名家来玩，团里让我陪着玩。我一想你也是北京的，他肯定认识你。这样七拐八问，得知你爱人病了，你不再收徒弟，为此我到县医院照顾了一个月病人，学会了照顾病人之后就托那位老师通过他朋友邓老师到了你家。我不敢有过高的奢望，只想哪怕每天跟你待在一起，也是好的。我想知道一个名演员的日常生活，我想，只要跟你住在一起肯定就能学到艺。邓老师让我先瞒着你，说你心地好，只要把病人照顾好，其他的再说。看到你后，我差点哭了。我想象了无数次，你一定漂亮得像仙女，家里收拾得像花园，可看到你满脸憔悴，身上还沾着药渍，我就想我一定要照顾好病人，让你仍做我心目中那个昆曲女神。

照顾病人这可是个长久活，你不怕失望？

学戏不是只学戏，我每天看到你跟学生讲戏，我就已经学到不少知识了，比如如何站，如何用气。照顾病人虽累些，可干啥事不付出就能有回报？你看你这奖盘，说是对戏剧家的奖励，也适用于各行业。再说，到你们家，管吃管住，还能学戏，我已经赚了。烟云说着，把她那沉重的箱子提来。刘继华一看，呆了，里面全是她的演出剧照、碟片，还有她的演出身段、唱腔分析。我听说有些人家会查看保姆的东西，我就想，你若看了，更好，会更快地收我为徒的。可你没有，我更加敬重你的为人了。

听到这里，刘继华感觉脸发烫，幸亏那时老李叫她。如果不叫，她若发现，会做些什么？她真说不清。人的情绪每时都在变，一时有一时的想法。

她说，好了，你去休息吧。她想了想，决定冷处理。

她给好朋友邓世美打电话，说，你瞒得我好苦也。邓世美笑着说，别骂我，我明天过来谢罪。

邓世美个子比她高，这几年发福了，性格仍似当年，笑呵呵的，还没进门，就听到了一阵笑声。因为一直在外面忙活着，穿着漂亮时尚，一件蓝底黄花裙子，使她看起来特别精神。白色高跟鞋鞋跟又尖又高，不知她是怎么走路的。

刚坐下，烟云就端来一杯红茶，轻轻关上了书房门。邓世美大大地夸奖了一番烟云，说，才到你这儿不到两个月，就知道秋天饮红茶了。她没好气地说，你们合伙骗我。看我傻是不是？

好朋友果然知道详情，笑着说，继华，是我们不对，可你没发现那孩子是天才吗？她一折《受吐》，听得我立马就想收她为徒。可是人家眼高着呢，点名只要你为师，我只好割爱了。没有给你说实话，是因为你不收徒弟，只好想出这么个办法。说实话，我一听说她为了进你家门，到医院学当护工后，就什么话也没说答应了。昆剧就是这么个东西，你要沾了，就下不来了。咱们不都是这样的吗。

邓世美退休以后，又被团里聘请当专家，大家都说她是昆剧界的常青树，性格和气，跟谁都处得好。不像刘继华，除了戏，傲气得很。看到老李仍是老样子，邓世美心酸地说，唉，谁能想到当年的帅小伙变成了这样子，时光他妈的惨无人道。我给团里说说，你现在也可以抽开身来教学生了。至于烟云嘛，你在家随便点拨几下，那孩子指点指点肯定成精。不信，我跟你打赌。

5

初秋，在接受一家电视台专访后，刘继华公开举行了收徒仪式，烟云跪行了大礼。结束后，邓世美送她回来时说，用得着这么大张旗鼓吗？不公布，你就给她随便教点，这样她已经很知足了，要是行了大礼，你就得当回事。我知道你是个戏疯子，只要一讲戏，天地爹妈全忘记。你可不能不好好照顾老李，否则我要跟你急。

不但郑重其事，我还要以学院派的教学法，循序渐进地教完她本科所学课程。我已经给她说了，让她在她老家给我找一个可靠的保姆。我既收她，就要为她一生负责。新保姆今天就来。

邓世美说，那让她搬出去吧，学习时再来。我怕给你生活造成困扰。

烟云还是住家里吧，一则跟保姆一起照顾老李我更放心，一个人实在太累。再则让她出去租房，租金贵不说，女孩子住在外面也不安全。说实话，我喜欢她跟我们住一起。

邓世美笑着说，我就说嘛，谁见了烟云都会喜欢的。好吧，但记着，不要完全信任别人，包括我。你心太实，防人之心不可无。

我信了你一辈子，不信你还信谁？刘继华打了她一下，说晚上到我家吃饺子，烟云包的西红柿鸡蛋饺子可好吃了，老李昨天吃了二十个呢。

晚上保姆一进门，刘继华又吃了一惊，声音柔和，皮肤白净，举止得体，绝非农村妇女。烟云忙说，她叮嘱妈妈要给李老师找一个可靠的保姆，妈妈说别人来她不放心，怕委屈了病人，就自己来了。

烟云妈妈马上接口解释道，刘老师，照顾不好病人，我就对不起你培养烟云的心。我当了二十年的民办教师，家里好几亩地都是我一个人种的，你放心，我能吃苦。后来转正，到了县城工作，可是干什么活都不在话下。我丈夫去世时，烟云才十岁，我一手带大孩子，就盼着她能有出息。孩子遇到你，是她八辈子积来的福分。如果我们母女俩照顾不好李老师，天理难容。让烟云搬出去，到外面租房子，她已经在网上联系了。我一个人能照顾好病人。

烟云在家住着，学习也方便，家里又有房间住嘛。再说，我也离不开她。别再说了，就这么定了。

烟云妈妈手脚麻利，照顾病人比女儿还精心。家里四间屋子，她住一间，烟云陪着李老师住，书房一间，还有一间小客房，她让烟云妈妈住。烟云妈妈说，你尽管放心，我们母女俩晚上轮留照顾李老师。你好好休息，你唱戏得保护好嗓子，一定要休息好。

自从母亲来后，烟云坚决不再要工资，说自己能学到东西，而且白吃白住，已经赚了。直到刘继华说要不我就不收你这个徒弟

春心无处不飞悬　97

了，她才说，那好吧，给我妈妈一个人就行。她还经常买菜、买水果，给家里买鲜花。

烟云妈妈最幸福的事就是一次次地听刘老师给女儿讲课。讲课让她想起了自己三十年的教学生涯，想到了女儿美好的未来，她恨不能把刘继华说的每一句话、每一个词，都记在心里，便拿本子写下来：

当一个昆剧演员，你要先认清自己。你是唱腔好，还是身段好，长相好？明白自己的长处，就用其长处补足短处。

我感觉你的唱腔不错，但字要咬准，要说普通话。身段不美，不生动，虽然大体不差，但少了自己的特质，要灵动，眼睛眉毛都要能说话……不能为了唱戏，就不谈恋爱。只有有了恋人，你才能体会到崔莺莺的酬笺、杜丽娘的春梦。只有通晓人情世故，你的演出才能接地气。

化装、穿着都要有一定的审美。有些演员头面太花哨，反倒带累了自己，要精致，要与衣服协调，这样才能光彩出自己。舞台，在演员眼里就是世界的一角，虽只有一桌二椅，其实包罗万象……你属于长相单纯清秀的孩子，你的定位就不能妖，要靠清纯、典雅取胜。当然每个人物不同，你要演出她们的区别来虽难，但我相信随着阅历的增加你会把握好的。

有时,老李高兴了,话就多,声音还大,烟云妈妈怕打扰客厅的师徒二人,就悄悄地把门半闭,给老李按摩全身,便听那声音:我要从折子戏开始教你,《思凡》《琴挑》《受吐》《游园》《惊梦》《百花赠剑》等,得先学会近百折。我先给你示范下全折,然后再给你讲每句的唱词,明了唱词的含义,做身段才能有的放矢。然后就是对所演人物,做一番深入的分析、开掘,定出人物性格的基调,预想一下在舞台上要塑造出什么样的人物来,做到眉眼身手全是戏,亦嗔亦喜,如怨如慕,才能感人。白娘子是闺门旦,但又与闺门旦中的千金小姐不同,毕竟她已为人妻,又是蛇,所以饰演她既要有仙气、娇气,还要有凡间妻子的温柔。《游湖》时的白娘子声线很软,唱出来的感觉要让人迷醉,仿佛在她的唱腔里能看到美丽的西湖。而在《断桥》里,唱腔则要有力度,因为此时她刚经历了争斗。《思凡》中的色空,人在空门,活泼的天性被压抑着,因此,她上场要先收,于稳中显静,不能活泼。步法、动作的幅度、速度、劲头都应以闺门旦的规范为准。但她毕竟又是一个天真烂漫的少女,虽然外貌是文静的,心里却充满了复杂的动荡,是静中有动的,这就需要通过眼神来表露。所以上场时两眼不宜凝滞无光,应是若有所思的状态。不是哀愁，而是有所向往。唱到被师父削去了头发时，用手狠狠一指，以表示怨愤。每天"佛殿上烧香换水"，唱到此时，目光淡漠，情绪低沉。当唱到"见几个子弟们游戏在山门下。他把眼儿瞧着咱，咱把眼儿觑着他。他与咱，咱与他，两下里多牵挂"时，精神顿时为之一振，两眼明亮。唱到"两下里多牵挂"，侧身立于台中，右脚实站，左脚尖着地，双手在肩前反复搓动四番，目光由左至右环视，身子随着目光而微微转动，美好的心情无法按捺。唱到最末一字，左手抓住拂尘梢，举起成"人"字形，横跨三步，在小边台口矮相亮住。这样，就把《思凡》的"凡"字具体化了……《百花赠剑》中，百花公主文武精通，统领三军，因此她的形体脚步就要放一些，站姿基本使用丁字步，因会武艺而腰立，腋下略张，左手扶握宝剑，右手握拳放于腹前。既要表现出她高度的警惕性和威风凛凛，又要呈现她女儿家的娇羞率直，纯真痴情……《琴挑》，要抓住陈妙常的假正经，她心中爱着潘必正，表面上，面对人家的挑逗，还要冷着脸。可她爱着他，就要把这种表里不一的心境通过你的表演表现出来。

烟云妈妈边听边琢磨，她给学生讲写作文常说要生动，看来唱戏和写作文一个道理。

这时，躺在床上的李老师又在叫，烟云妈忙问是不是想喝水，对方摇头，是不是想吃水果，对方仍在叫。她怕刘继华听见，影响了上课的情绪，刚关上门，李老师叫得更厉害了。刘继华在外面问怎么了？烟云妈妈忙说，没事儿，刘老师。说着，忽听"腾"的一声，接着就闻到一股臭味，一揭被子，原来李老师拉到了床上，搞得被子褥子全是。她想吐，本想捂住嘴，但听着刘继华在外面不停地讲解，瞬间就感到舒服多了。她柔声地说，李老师，怪我，没理解你的意思。你别急，我来收拾。把病人收拾干净，轻轻挪到床单干净的一边，又出去到客厅接了一盆热水，看到刘继华在前面，烟云跟在后面，两人都穿着带水袖的绣花戏袍，一前一后拿着折扇在客厅跑。她端着盆子，小心地从边上穿过，回到房间。她拿热毛巾给病人擦了屁股，病人舒服地哼了两声。她又换了水把全身擦了一遍，把病人抱到轮椅上，系上安全带，让病人看自己喜欢看的戏剧频道，自己换上干净床单，抱起换下来的脏被褥走进卫生间。

脏东西只能手洗，她边洗边从门缝里看戏。刘继华唱"趁此悄的无人"，声音很小，唱到"那一答可是湖山石边"时，眼神望着地面，做出寻找的眼神。拿扇子做动作时，看着随意，但花样繁多，而且很美。唱到"这一答似牡丹亭畔"时，跑了个小圈，用扇子指脚下，想必是换了地方。"线儿春甚金钱吊转"时，扇子合起做了一个转的动作。说"昨日梦里，那书生将柳枝来赠我"，用扇指心，"要我题咏，强我欢会之时"，低头含羞，做回忆状。然后说"好不话长也"，面带梦幻甜蜜之神色。唱到"敢迤逗这香闺去沁园"时，做了几个斜退步。她理解这是因为那个书生从前方走向小姐，小姐害羞地退了几步，眼神也从看着前方的他而转为低头。唱到"话到其间腼腆"，她有点不好意思，所以"腼腆"二字的声音收了一点。"他捏这眼，奈烦也天"的表演挺特别的，刘继华学小生的样子，迈着大步，双手后背，用肩膀蹭了几下。忽发现有人来了，马上恢复了小姐的神态，低头害羞一笑。好撩人春意。

她们刚一唱完，烟云妈妈就端着水递给她们说，唱得太好了，快歇歇。说着，还没忘去看看老李。李老师，你说对吧。李老师嘴咧着只管笑。

病人睡着了，她立即抓紧做饭。边做边瞧窗外，刘继华带着烟云在跑。说跑不像跑，说走又比走快些，刘继华的后背都湿了，她忽闻到一股醋味，才发现把醋当酱油倒进了锅里。她狠狠地砸了下自己的脑袋，骂自己今天已经因为心不在焉，犯了两次错误了。你对得住外面后背都湿了的那个老人吗？她反问着自己。本想悄悄把菜倒了,后来又想,做错了事,就应当说实话。

菜刚端上饭桌,她就说刘老师、李老师,对不起,今天我犯错了,一因为听戏,没有照顾好李老师。二因为看戏,把菜炒坏了。我自己罚自己,扣一周工资。

不用不用,谁没有走神的时候。再说这菜倒了醋,也好吃着呢。对了,你今天先吃,我来喂老李。

不用,不用,你先吃。

那不一样。我不能把所有的活全推给你。再说,老李喜欢我给他喂饭,对不对?你看他还害羞,都老夫老妻了,有什么不好意思的。今天多吃些,你看杨老师给你做了你最爱吃的肉末茄丁、黄花鱼。好好吃,吃胖些。反正现在我们三个人抱你,能搬得动。

对了,烟云,如果你当我的学生,就要一辈子把昆剧学下去。我昨天在网上看到一篇文章,说英国有个女画家,她四十七岁那年,带上绘画工具和一把左轮手枪,在一名当地向导的陪同下,坐独木舟穿梭在亚马孙画植物。她毕生都在寻找的是一种仙人掌科植物——亚马孙月光花。她找了二十四年,终于找到了理想的月光花。五个月后,女画家在英格兰遇车祸去世,享年七十九岁。

老师,那个女画家叫什么名字?

想不起来了。

饭间,烟云妈妈的话比平常多了,说,刘老师,以前烟云要到北京来跟你学戏,我只知道你是名家,但不知道你名气有多大。她让我看了你唱的光盘,我就认定你是最好的昆曲艺术家,坚决支持她来。来后看你整天练戏,我才知道,你是怎么成名家的。你一开口,我就知道什么叫艺术家了。那是天上的月亮,那是地上的牡丹,那是大海里的鲸鱼。说到"鲸鱼"时,这个小学语文老师不好意思地笑了。她从来没见过鲸鱼,但她知道要捕到它很难,还知道鲸鱼浑身都是宝。

她的话逗得大家都笑了,连李老师也笑得眼睛眯成了一条线。

烟云妈妈虽然不懂昆剧,但在这个家里,在雇主和女儿每天的唱腔里,她感动了。她知道那很美。她第一次发觉自己当老师,只是一个养家糊口的职业,并没爱上它。

那么自己活了五十岁,爱什么呢?这一夜,她没睡着。

此后,她什么活都不让刘继华干,刘继华刚一拿扫把,她就抢过来说,这不是你该干的。刘继华刚一洗衣服,她就抢过来说,这些活我干,你只管唱好戏。

文化部为了弘扬传统文化,要为老艺术家们出一套传记,有刘继华一本。她计划此书不像一般传记，谈经历，她想从演技来总结，她还挑选了自己上百张剧照的身段图。烟云一听说，就说，刘老师，你写，我帮你打出来。她整理的稿子，让刘继华很吃惊，语句既精练又准确，烟云说那是她妈妈改的。她妈妈说，她从小就喜欢写作，现在她找到了自己以后努力的方向。

烟云妈妈对病人可好了，有时就像给她的小学生讲故事，讲她的见闻，后来无意中听到李老师是演小生的，就把一本本剧本读给他听。还给李老师放他过去的唱片，李老师兴奋地靠在沙发上，嘴吧唧个不停。

刘继华把家里点点滴滴的事给儿子说了。儿子听说有家母女共同照顾爸妈，说这下放心了，全力支持。

第二天是星期天，八点了，太阳正好，烟云妈妈说要推李老师出去转转。刘继华把轮椅上的安全带帮着系好，摸摸老李的头，像对孩子一样说，出去高兴吧？咱一起去赏花，听说植物园有菊花展，还记着去年你给我拍的照片吗？就在水边，我手里握着一枝海棠，那照片我准备放到新书的扉页上。

一行三人，正笑盈盈地要出门，儿媳忽然敲响了门。老头病后她跟儿子回来过一次。儿媳是本地人，在一家软件公司上班，中等个儿,嘴快。起初儿子领回家时刘继华不满意,但所有的父母在儿女婚事上基本都拧不过儿女,便无奈地答应了。她给老李说,老头子,快看,咱媳妇回来看你了。老李也很高兴。儿媳说,爸你好吧,我给你带了你最爱吃的小龙虾。不等老李说完,就站起身打量起烟云妈妈来。

那先不出去了,进家说。刘继华给烟云妈妈说。

儿媳摆摆手,说,让爸爸出去转转,今天天气好。妈,我找你有些事。

原来是有事才回来的。刘继华心里一沉,但还是带着笑帮烟云妈妈把老李送到电梯口,按了电梯,又叮嘱道,转一会儿就回来。

一进门,儿媳已从书房出来了,问,妈,那个小保姆呢?

烟云去医院给你爸拿药了。

儿媳又到阳台上瞧瞧,说,我到家里转了一圈,发现这家真成了那母女俩的天下了。屋子她们占了,阳台上也挂着她们的衣服。

因为你不回来,我就让烟云先住着,你跟盼盼回家,我让烟云住客厅。

妈,我不是这意思。儿媳说着,坐到刘继华旁边的椅子上,说,我是说,以后若去银行,我可以帮你去,外人总是外人。我邻居家小孩子是保姆带,小孩子一直哭,大人不知道什么原因。后来有人建议在孩子屋安摄像头,才发现小保姆趁主人不在时,给小孩扎针,还喂安眠药。你若要安监控,我可以找人安。

刘继华听了很生气,心想,就在同一个城市,你都不愿意来,还惦记着一点家私,便没好气地说,我知道怎么做。但细一想,如果她不在,她们母女对老李不好,他又说不清,怎么办?但是安监控,不是她的做派。现在老李胖了,情绪稳定,笑脸多了。这就行了。再说自己照顾病人时间长了都有厌烦的时候,更何况非亲非故的人。

刘继华想到这里,说,你有事吗?

妈,我没别的事,就是回来提醒你。

好了,如果没别的事,起风了,我要给你爸送衣服去。

儿媳出门时,又说,妈,防人之心不可无。

她嫌恶地说,知道了。但一想到可爱的小孙女,便叫住儿媳,说,对了,给盼盼带些吃的,还有,带盼盼回来看看我和你爸爸。你爸可想盼盼了,一看到盼盼的照片就笑。

烟云跟她妈不在时,刘继华给老李说了儿媳的话,她把他拉到自己怀里抚摸着他头发说,你说,烟云跟她妈对你好不好?好,就点头。老李点点头，她又帮他搓搓耳郭说，我要把烟云教好，这样她妈才能更尽心地照顾你。咱们按时吃药，身体会慢慢恢复的。来，喝点水，不要怕麻烦人，找两个保姆就是怕你受委屈。你难受，我过着也不好受对不对？你不用着急，慢慢说。你要说啥，其实我都知道。我告诉你，咱儿子已经当上副师长，分了大房子。咱大孙子考上了重点中学。明天我们带着你一起去看戏，是你最喜欢的《占花魁》。你猜谁演的秦钟？你的学生柳智勇。昨天他打电话来请，我说肯定去，我背也要背着你去。虽然你病了，可咱们的生活质量仍然没下降，对不对？老头子。

老李又是点头，又是摇头，眼泪哗哗地流了下来。她的脸贴着他的脸，也哭了。

6

中秋将至，杭州举行全国昆剧周，各大名家将上台献艺，主办方再三邀请，刘继华决定去。这既是老朋友相会之时，也是交流之机，很是难得。她决定带着老李和烟云母女一起去。

老李一听直摇头。

我怎么能离开你呢？再说又不让我背你。我们要住最好的酒店，要实现你曾说的逛江南。不过，这次是我带着你。等演出完，我们在江南好好玩玩，我们三个人还照顾不了你？放心，我已经咨询过航空公司了，他们有特殊服务，一点事儿也没有。说着，亲了一下老头。烟云妈妈脸忙转向了窗外，烟云则笑着说，多幸福的一对呀。

飞机上，她让烟云妈妈在商务舱照顾病人，她说年纪大了，怕自己忘词，让烟云跟她坐在后面经济舱对词，其实她是有意在教烟云。不知是因出门了，还是因南方的景色，老李高兴地看着南方的花草不停地叫。特别是她演出时，她看到她们推着老李到了剧场，她发现老李眼神很亮。对一个喜欢昆剧的人来说，它就是命，离了它，就像生活中少了盐，她太清楚了。

演出完，烟云妈妈不停地说，刘老师，你一头珠翠满身绫罗一出场，我大气都不敢出了。这哪是我熟悉的那个刘老师，分明是仙女下凡呀。后面的人不停地说，刘老师多大岁数呀？有人回答，七十多岁了。另一个人说，不像呀，你看她光滑的脸上可有皱纹？你看她轻盈的步态可像老人？你看她娇俏柔美的身段表情，分明就是清纯少女呀。满身充满书卷气不说，还充满仙气，戏仙之气。我没多少文化，又不懂戏，但我知道全场八个杜丽娘中，刘老师，你的掌声是最多的，只有你，多唱了两折，谢幕了三次。烟云妈妈又说，路上我就给烟云说了，你的目标就是刘老师。你啥时能唱成像刘老师那样的杜丽娘，妈死了也甘心。对不对，李老师，你也在场，你肯定听到了。

老李咧着嘴，眼睛又眯成了一条线。

如果说烟云妈妈的话刘继华不信，那么烟云给她下载的各种评论使她信心倍增，以后再有活动，她要尽量参加。到北大、首都图书馆等地去讲昆剧，烟云既是她的司机，也是秘书，更是她的得意门生。有时，为了给读者做示范，她也让烟云现场表演。

当众表演烟云有些紧张，刘继华对她说，放松些，你现在能应对几百人，下一步就能面对成千上万个观众。起初，她的动作是拘谨的，唱腔里带着颤音，后来就越来越自然，越来越让刘继华满意。有时，哪些地方做得不好，唱时少了几拍，刘继华都会记在本子上，回家就纠正烟云。如果说家里是私课，到了课堂上，就有了观摩的性质。烟云有基础，接受力强，学得很快。刘继华感觉烟云的风格越来越像自己了，身上有一种书卷气。

"十一"，本市举办戏剧文化节，邀请刘继华演《游园》，她提出让烟云演春香。主办方问，烟云是谁？没听说过呀。

她说，是我的关门弟子。

主办方一听，马上同意了。

我行吗？刘老师。烟云声音里虽然有些不自信，眉目间却有掩饰不住的欢欣。

你基本功比较扎实，近些日子我看你的表情、唱腔和身段，没问题。带你几场就出师了。

演出结束，瞬间京城各大报刊网站相继报道，艺术家刘继华冰姿玉骨，重新绽放。

还有一些报纸说，演春香的是她家小保姆，能把小保姆培养成花旦，可见这个艺术家是多么的了不起，真不愧是搞了大半辈子的教育。

更有网站夸大其词说烟云大字不识，是刘老师手把手教的，可见老一代艺术家对昆剧的热爱，真是让铁树都开花了，插根筷子也能长成大树。

于是记者采访不断，烟云毕竟年轻，有些坐不住，再学戏时就有些飘。刘继华适时提醒，让她避开外界干扰，好好学戏。只要功夫到家，不愁没戏演。

几场公开演出下来，烟云竟然有几个团要。刘继华推荐烟云到她原来的单位——京都昆剧团。她说，孩子，就从演春香开始吧，我相信，我教你的戏你会一个个演的。因为你已经出师了。

烟云妈妈一直照顾着老李，老李状态也不错，到医院检查时，医生说保持得不错。她完全可以把老李放心地交给她。

邓世美提醒她说，教会了徒弟，饿死师傅。你教的那些弟子，是出名了，可你在最困难时，她们来帮过你吗？

刘继华笑着说，我教她们，又不是为了让她们来报答，只因为她们有天赋，天生就是为昆剧而生。再说，她们也给了我许多许多，比如快乐，比如经验。大家为什么认为我唱得好，是因为学生们在后面追着我，我必须往前跑。我有工资，饿不死。再说，看着新的我重生，不也是一种幸福吗？她说的不是大话，当学生们一个个站在舞台上说我是刘继华老师的学生时，她感觉她的生命线越来越长，就像一条奔腾不息的河。她们中有五十岁、四十岁、三十岁，现在烟云才二十二岁，只要她还能唱，只要她还能动，她就要表演，就要带学生。不是为名，也不是为高尚，只是为了活着，为了能做自己喜欢的事。

7

春去冬来,又是一年,刘继华的生活仍跟往日一样,看戏、教戏、演戏、陪老李说话,说他们的儿子孙子,听他说听不清的话,猜他没有表达出的话语。

国庆儿子回到家,看到家里窗明几净,鲜花盛开,妈妈仍如往日般优雅。看到烟云母女精心照顾着爸爸,爸爸白白胖胖,浑身干干净净的,脾气也渐好,面带愧意地说,妈妈,儿子没有尽到责任,对不起。她摆着手说,要不是烟云母女,我跟你爸怕也挺不过来了。

刘继华觉得烟云不能一直唱折子戏,她要给她捏一出大戏,她过去唱过《西园记》《占花魁》《牡丹亭》这些经典大戏,还不过瘾,一直想排一个有关唐代女诗人鱼玄机的原创昆剧大戏。本子都写好了,可因为资金问题一直拖着。资金解决了,她却演不动了。

鱼玄机原名幼薇,十一二岁就已经小有名气了。经老师介绍,认识了才子李亿。李亿把她安置在外室,原配裴氏闻讯赶来,一进门,不由分说就把鱼玄机鞭打了一顿,没过两天,就逼李亿写下休书，把她轰了出去。李亿把鱼玄机安顿在咸宜观。两人日思夜想，无奈李亿受夫人制约，没法前来，过了几年，就抛下鱼玄机，和家小下扬州任官去了。鱼玄机深受打击，此时观主已经逝世，观中只有鱼玄机一人，她在观外贴出"鱼玄机诗文候教"，顿时观中宾客盈门，香客文人与鱼玄机整日品茶谈诗。有天，她结识了身材魁梧、举止清雅的乐师陈韪，二人倾心相爱。不久，她发现徒弟绿翘与陈韪有了瓜葛。鱼玄机严厉责问，绿翘却反唇相讥，鱼玄机在争斗中失手伤人，绿翘身亡。鱼玄机担心事发，把绿翘的尸体埋在院子里。数月后，被人发现，问斩时年仅二十六岁。

这个故事，她与编剧商谈，去掉了有违人物美好形象的情节，主要突出表现一代才女的两段情和不幸命运。

这个本子是她曾经深爱的一位著名剧作家写的，她曾一度想嫁给他，但因为他已结婚，二人只好含泪分手。他说，我平生有个心愿，一定要为你写一部戏。后来她结婚了，心爱的人也得病死了。她大哭了一场，把本子锁进了柜子。现在，她小心地把本子拿出来，如传家宝似的交给烟云说，鱼玄机先是大家闺秀，是闺门旦。后来，因为心爱的人走了，她便混迹于烟花中，所以又要演出花旦的感觉。她女扮男装，混迹于男人堆中作诗画画，还要有小生的感觉。上了刑场，又要演出刀马旦的感觉。这是一个考验演员的大戏。其中最有名的曲子《锦缠道》《端正好》《十二红》《江儿水》，是剧作家遍请全国有名的乐家，呕心写就的。

她最得意的三个弟子，都曾是她想把本子交付的人，希望她们能完成她的事业。但她们或因学养不足，后来再没有上台阶，演技平平；或因定力不足，拍了影视剧；还有的，开了公司，靠昆剧发财。她们过去还常到家里来看看老师，汇报她们的近况。自从老李病了，她们渐渐消失了。

让她感到心寒。

好朋友邓世美听说她要把剧本给烟云演，一进门，鞋子也不脱，拉住刘继华说，你是不是又过了？原来不收，现在怎么又恨不得把家底都给人家。你能不能别走极端？你难道不怕她又是你以前的徒弟？

她笑着说，我还有选择吗？我儿媳今天给我打电话说要房产证，说让她保管安全。不知怎么的，我就想哭。世美，人一生除了有自己喜欢的事干，再有一两个好到终老的伙伴就足了。我知足了。

如果我不在了，你怎么办？就像老李说不行就不行了，你得学会自立。

是呀，不正在学吗。现在烟云每次陪我去银行，她很懂事，把我领到柜台，就离我远远的，生怕我有别的想法。我儿媳却说，那是人家有所图。你说她住得那么近，却不来帮帮我，整天就惦记着钱，我不知道我儿子是不是跟她想的一样，自己的亲人我们都不能指望，更何况徒弟呢。烟云母女俩，我能感觉到她们是实心实意地帮我照顾着老李。久病床前无孝子，别说别人，就是我，跟他生活了四十多年，我爱他，疼他，尚有烦的时候，更别说非亲非故的人了。你自己都做不到，让别人一心一意照顾病人，不现实。怎么办？将心比心，将心换心。我相信只要我对她们好，她们就会尽心地照顾老李。你不知道，老李有痔疮，大便后每天都要清洗。他还尿频，有点尿就急着要上厕所。其实没多少尿，他又不愿在床上用便壶，一定要到卫生间。你看看床上，你去看看他，每天都干干净净的，这一天可以坚持，可过去一年多了，烟云母女能做到，很不容易。如果我能把老李送走后再走，眼闭之前，她俩还在我身边，我就把自己那点积蓄全给她们。我教她演戏，不单是让她们母女俩照顾好我和老李，我还有一个私心，希望我的艺术生命仍将延续下去。时光不可倒流，可是烟云可以实现我没有实现的梦想。这叫一举两得。

老朋友握着她的手，半天没有说话。窗外一阵秋风过，吹得好不凄凉。

戏经过反复修改，京都昆剧团打算公演。刘继华忙得几天都睡不好，更担心老李的身体。

烟云妈妈好像看出了她的心思说，如果刘老师不嫌弃，我将永远在家照顾病人。如果哪天你认为我不行，我随时可以走，但我绝不会自己主动提出走。为了让你放心，我已经把家里房子卖了，一心一意在家照顾你和李老师。

这让刘继华心里更加踏实，他们与烟云一家不再是雇主关系，成了一家人，亲人。

烟云妈妈一刻都不闲着，又爱干净，没事就收拾房子洗衣服，有时刘继华刚脱了衣服，还没来得及洗，她就抢过去了。她说你只管照顾病人。她说不，姐，你不要再说客气话。我一个人把她拉扯大，孩子就是我的一切。你帮了她，我不报答还能叫人吗？

树绿了，夏天到了，她被窗外鸟声吵醒，以为天不早了，起来一看表，才凌晨四点。她却再也睡不着了。

她刚进到老李的房间，烟云妈妈就机警地睁开眼睛，一看是她，悄悄起身说，李老师刚翻过身，又睡着了。刘继华朝她招招手,烟云妈妈跟了出来。刘继华边走边悄悄说,烟云明天要上台了,这次可是主角,我怎么也睡不着。

烟云妈妈说,我也是,老想着你把她抬举得这么高,她怎么也不能给你丢脸。可年轻人,就是心大,觉也多。白天还给我说,她很有把握。

她俩蹑手蹑脚地走到烟云屋子,天热,门开着,她俩朝里一瞧,会心一笑。烟云一只腿在毛巾被外面,嘴角还带着笑,睡得正熟。刘继华摇摇头说,真是年轻人,你看,心有多大。别说年轻时,现在我上台,也睡不着,好容易睡着了,总梦见自己一上台,就忘词了。想呀想呀,记起来了,却怎么也发不出声来,急得醒来,发现胳膊压在了胸膛上。

烟云妈妈说,要不,我叫醒她,你再给她说道说道。刘继华摆摆手,走进自己的书房,才说,你也休息,我再琢磨一下几个身段。对了,中午给她做些好吃的,晚上演出,不能吃得过饱。

烟云妈妈给刘继华端来一杯奶,看她穿上了戏服,在镜子前不停地挥着水袖,就悄悄退出门去。回到房间,也睡不着,便拿起病人昨晚脱的衣服进了卫生间。

中午吃饭时,刘继华给烟云说,今天没有人再带你了,你自己要管自己了。说了一句又一句，到了下午忽然不说了。刘继华说，我再说你心就乱了。我上场时，刚开始很紧张，腿都是软的，感觉台下黑压压的，好像没人，只有我一个站在无人之境，很是紧张。刚唱出一句，忽然响起雷鸣般的掌声，一下子心里就踏实了。记着，在舞台上，你就是王。

明白，老师。烟云忽然说。老师，你上次给我讲的那个女画家，我知道了，她叫玛格丽特·米。

知道名字容易，学她，就得用一生实践了。

老师，我要以你为楷模，唱一辈子昆剧。

要超过我，当戏痴。

离演出还有三个小时，刘继华就跟烟云顶着烈日来到化妆间。她要亲自给烟云上装，她要在台侧，一眼不眨地看着一个年轻的自己在舞台上重新绽放。

撩人春色是今年

1

都凌晨一点了，天空仍电闪雷鸣，估计短时间内飞机起飞不了啦。你眯会儿吧，行李我给你看着。你尽管放心。我是滨海昆曲学校的，唱小生。哈哈，不像？你看，这是我的证件，微信头像是演出剧照，扮的是《牡丹亭》中的柳梦梅。

你不困？喜欢昆曲？那太好了，知音呀，握握手。想听我的故事？也好，唠起嗑来，时间就缩短了。你是干什么工作的？让我猜？看你穿着，挺有特色的。麻棉也是我所爱，肯定文化人，对不对？作家？好好好，作家理解人，又是夜猫子。作家嘛，我倒见过几个，男人脑后扎个马尾巴，借着谈文学勾引小姑娘。女作家嘛，大肆抽烟、喝酒，离婚或单身，要么穿旗袍，要么着道袍，把自己整得不食人间烟火。你嘛，不像。至少表面上不像，还正常。不好意思，你看我这嘴，老爱得罪人。你看着人比较随和，那我就开讲了。你若不想听了，随便打断。这长夜漫漫，四处嘈杂，我刚才到机场休息厅看了，门都锁着，咱们只好边聊边等了。

要不，你躺在椅子上听吧，不要不好意思。反正大厅里谁也不认识谁。到了咱们这岁数，舒服第一，看你年纪，跟我差不多，你五十二？我比你小两岁。你这么郑重其事地坐着，倒让我不能信口开河了。那我得好好想想从何说起。随意？好，随意就是保持故事的天然风貌，杜丽娘一生爱好是天然，那我也就把我的故事原汁原味地讲给你听。我活到这岁数，啥风光都有过，名利也淡了，不怕丢丑。哈哈！

那还是从一年前的一个下午说起吧。那天我读完先生短笺，双手轻拍，大声念白：这就好了。这就好了！说着，我眼前瞬间浮现出杜丽娘的影子，又想念白，望望卧室，忙掩住嘴。这次声音压低了：这就好了！一个圆场到了客厅的大合影照片前，那时我们十八，先生四十出头。

先生是我的开蒙之师，亦是终生恩师。从舞台下来后，她除了教学，一直练习书法。短笺尺幅甚是讲究，上好的宣纸，红色竖格暗纹，左下角落款朵云斋，清秀的蝇头小楷，颇有几分颜真卿的影子。只一页纸，可字字皆见功力，落款还盖了淡淡的钤印。

菁儿爱徒：

多年未见，甚是想念。家里都好吧，想必兔儿也有女朋友了。想起那年你带他到古镇来看我，他把我叫老妖怪的情景，不禁莞尔。人已老迈，承蒙错爱，中秋之夜，我将于老家水乡古镇彩唱《占花魁·受吐》。若有余暇，可否一观乎？余话甚多，可惜手指哆嗦不止，怕词不达意，难诉衷肠，见面细叙。今夜余晖甚美，好想与你们看看落日，说说话。

纯梅

庚子年七月廿四

快八十岁的先生要登台演出，请我们这些做学生的前去观看。先生三十多年没登台彩唱了，这样的岁数出山，在手机、网络盛行的时代,又以这样典雅的方式邀请,我岂能不去?

先生一向细致,信尾忽然冒出"你们",指的是谁?难道是她?肯定是她。

我打开手机通讯录,马上找到那个熟悉的电话。同是爱徒,先生一定也请了她,否则怎么有了"你们"之说。可要拨通时,我放弃了。

先生演出那天,我早早给她打电话,希望陪她去。可电话关机,演出前两小时我赶到剧场后台,一问才知先生已进了化妆间,门关着,谁也不见。我知道,这是先生多年的习惯,她肯定只吃了简单的快餐。她说演出前,不能吃得过饱,也不能跟人说话,她要早早酝酿情绪入戏。

后台人来人往,记者更是络绎不绝。昆剧三大闺门旦之一的杨纯梅三十年没有登台,八十岁复出,当然是新闻热点了。

我不便打扰,信步走出剧场大门。大街上人来人往,绿化带上秋花开得正盛。我一会儿望望街右,一会儿瞅瞅巷东,我不能确定她从哪条路来,但我确信她会来。

柳梦梅,来得早呀。耳听一声,我忙回头答道,刚来。回答完,才哑然失笑,人家问的不是我。被怀抱一束鲜花的漂亮姑娘叫作柳梦梅的是个帅气的小伙子，可能晚上有演出，他带着大包小包的东西，拉着姑娘的手说，快点快点，要迟了。

我以为人家会笑话我，可他们连看我一眼都没有。也是，我小十年不登台了，观众甚至圈子里很少有人再认识我，有限的演出，也只是给学生示范时，唱几折。彩唱嘛，再也没有。

2

离开场还有二十分钟，我迈入剧场，为避免遇上熟人，戴上了墨镜。演员不上台，观众早把你忘记了，倒也不难为情。反正在古镇谁也不认识。最痛苦的是遇上同行，明知道你不演戏了，还不时会问，最近有什么戏呀？演新作别忘了通知一声，我们要去看的。搞得你很是尴尬，却不知人家是存心揭伤疤，还是真不晓事。

落座后，我又扫视了一下全剧场，也没找到要找的人，倒是前排贵宾席上陆续就座的有几个熟悉的人，不是戏剧界大腕就是当地领导，我忙低下头。但是让我落寞的是，人家根本就没看我，要么是盯着舞台紧闭的太阳红天鹅绒指指点点，要么是一个个当红名角跑来跟领导拍照。

然后我闭着眼,想象先生出场时的情景。因为剧场不大,又依水涘,笛声听起来,特别的清爽。

先生的戏被放在最后,压轴。跟她上场扮卖油郎秦钟的巾生看起来比她小,显然也多年没登台,出场时,先生停步了,巾生还走了半步。先生头上的步摇晃了一下,他忙止步。中间,男的开腔时有些犹豫,声音小了些,先生展了一下水袖,他便大声唱起来。先生唱腔优美,身段婉转如一幅仕女图,让我想起了"若有风雅藏在心,岁月从不败美人"。

可仔细瞧,她举扇时,右臂有些晃,虽然她在极力用水袖掩饰,可瞒不过我的眼睛。站在舞台上,你的一丝喘息,观众都看得清清楚楚,一点都不可马虎。这是多年前先生给我们说的。先生唱完,在不绝的掌声中两次优雅谢幕。我过后才知道,她的胳膊前不久动了手术,刚拆了钢板,还没有完全恢复。

剧场灯光一亮,我立即站起来,朝身后再瞧,很想找到她。可是众人纷纷出门,没有我要找的人。正在这时,电话响了,我以为是先生,却是她的短信。

我一直想跟她联系,可主动联系的却是她。她还在牵挂着我,我有些小激动,但不欣喜,因为她只发来一则短短的信息:明晚六点到水云间聚。还有先生。

水云间是这个水乡小镇的私家菜馆,环境优美安静。先生退休后,远离省城,居住在老家古镇,跟她恬静的性格甚是吻合。

我提前到饭店,一路想象她会穿什么衣服,跟她第一句该说些什么。兴奋得到了地方要不是司机提醒,还不知道下车。

年轻漂亮的服务员把我领到写着"虞美人"的包间门口,边推门边大声说,女士好,请进,已有人点菜了。我一看到她,心就扑通扑通跳个不停。很想上前狠狠地打她一拳,责怪她为什么这么多年都不主动跟我联系,每次我打电话过去,她虽然热情,可总有这事那事搅着。一会儿说稍等,我关下火,一会儿说不好意思,我接个电话,让我的热情顿时到了冰点,慢慢就不再与她联系了。她看见我,笑着说,菁菁来了,快坐,服务员,倒茶。你先歇着,我点菜。她仍然坐着,仍然那样波澜不惊,即便在舞台上忘了词,她也做得让人觉得剧情就该如此。我讪讪地说,李荇,好久不见,你仍是那么漂亮。

她抬起头来,笑道,老了。你还年轻,眼角都没皱纹呀。说着,又低头点起菜来。

我日思夜想的二十年相见,平淡得好像我们天天见面。

她身材还是那么苗条，皮肤也紧致，灯光下没有发现白发，肯定不是染的，因为我知道她发质软，这样的人不易长白发。一身奶白色无袖连衣裙，满满少女状。白色也是我的最爱，可发福的身材剔除了我的爱好。

一束康乃馨放在圆桌当中。昨晚演出给先生送花的人很多，我没准备花，她比我考虑得细致，把花拿到了这里。对了，她是女人嘛，心细如发。

离开舞台多年，我仍然认为自己就是小生。我是柳梦梅，是秦钟，是潘必正。而她，当然就是大家闺秀杜丽娘，是道士陈妙常，是秦淮河家喻户晓的花魁王美娘。

她仍然在低头点菜，接着一个又一个电话。这两件事交叉进行，好像成心让我们说不了话。我一时无事可干，便把空调打开，关了窗子，想着等先生来了，再关空调。

先生如她一贯的为人，从不迟到，提前十分钟走进包间。八十岁的人了，竟然一个人来，还化着淡妆，身着一袭墨绿色的短袖旗袍，戴着白金项链。我忙站起来，把她送到主宾位，请她落座。先生缩了一下肩，她忙关上了空调。我打了一下自己的脑门，看我这记性，刚才还想着，需要时却忘了。你们工作都那么忙，本想陪着你们到水乡转转，这不，你们明天又要回去了。李荇，别点多了，年岁大了，晚上吃不多，咱们说说话。

对了，李荇就是她的名字，是我的搭档。"荇"就是《诗经》里"参差荇菜，左右采之"里的那个"荇"。荇菜在南方常见，看你是北方人，不知见过没，现在荇菜花已开，黄灿灿的，远远看去好像睡莲。她第一次给我留下了很深的印象，就因为这名字。感觉跟我的"菁"，像一对姊妹花。后来读了《诗经》，我就对她更感兴趣了。我喜欢台上台下都把她叫"贤妹"。虽然她比我大半岁。

先生让退掉三个菜，说，人老了，想说的话很多，多少话题还是关于昆曲的。我爱人去世了，女儿在公司，整天忙得焦头烂额，儿子也对昆曲不感兴趣。我就想呀，这些话只有对你们说了。不说，怕只能带到棺材里了。就唱了这么一出戏，半小时还不到，排了半个月，差点还唱不成了。先是我的老搭档杨先生，忽然得了心脏病，换成了吴先生。吴先生又摔断了腿，只好换成张先生。张先生几十年不唱戏了，记性也不好，但票已售出，只好仓皇上阵。好在，总算对付过去了。告诉你们，也不怕当学生的笑话，站到了舞台上，我还疑心在做梦。演出的梦我做过不知多少遍了，有时连我自己都分不清是现实还是梦中。人老了，就这么糊涂。好在，台词一句都没唱错。

老师，您唱、念、做都跟以前一样棒。来来来，不要顾着说话，吃菜！我知道老师不能吃辣的，专门点了清淡的。菁菁爱吃肉，这个糖醋排骨是给你点的。

有些力不从心了，演出时肯定没瞒过你们内行的眼睛。好在，观众对我这年迈之人极其宽容。一场走下来，我已经很吃力了。不像你们，四十来岁，正当盛年。

哪呀，老师，我已五十了。我一直以为自己还年轻，前天去体检，发现我额头上有块斑。喏，就是这个。一问医生，医生说，老年斑。没想到这么快就步入老年了。

我也老了，都绝经了。我马上说。

你们俩，我最放心不下。先生说着，左边拉了我的手，右边又拉着贤妹的手，握在一起说，昨晚演出回来，就想见你们，实在太累了，可也怪，那么累，却怎么也睡不着，好容易睡着了，却梦到当年在上海滩与师姐沈世平同台飙戏的情景。我们都是昆大班同学，国家培养出的第一批昆剧演员，老想着要好好演。你们还记得那次我们打擂台吧？

当然记得了，贤妹抢嘴道，老师那时演杜丽娘，我演春香嘛。

酒厂老板请我们到上海来演出。沈老师不服,自己也联系了上海一家食品厂,戏台搭在我们对面。那个热闹呀,我到现在都历历在目。

先生说,那时我四十岁出头,精力旺盛,七天,唱了二十台戏。戏唱得人好像都疯了,下到台下,腿还是飘的。人好像还在舞台上,恍惚得看谁都很陌生。

我记得那时,老师第一晚演《牡丹亭》《百花赠剑》。沈老师他们演《西厢记》《思凡》。咱们又演《紫钗记》。沈老师又演《红楼梦》。连续七天,简直把水乡明澈的天空都演红了。

从此,她们一南一北,较劲了一辈子。可谁能想到,沈老师五十岁的盛年,却在一次演出途中,不幸遇上了车祸。

往事使先生眼神迷离起来,她说一想起师姐,就想唱《离魂》中的《集贤宾》。

老师,来一曲,我给你按板。贤妹说着,拿起筷子在碟边轻轻敲起来:

海天悠问冰蟾何处涌?玉杵秋空,凭谁窃药把嫦娥奉?甚西风吹梦无踪,人去难逢。须不是神挑鬼弄。在眉峰,心坎里别是一般疼痛。

老师边唱边流泪，我们也跟着哭了起来。

正在这时，贤妹手机又响了，这已经是她的第三个电话了，她忙把电话挂了。我说，贤妹真是好忙呀。让我没想到的是先生却说，快接，一团之长，肯定有不少要紧事，快去接。满脸都是理解。

贤妹抱歉一笑，出去接电话了，先生也不说话了，好像专等着贤妹回来再开口。片刻的静寂让我心里很不是滋味。贤妹不知有什么魅力，反正只要她出场，肯定就是中心。每个人好像都被她无形地牵引着，就连在昆曲界以傲闻名的先生也不例外。

贤妹一落座，先生就笑着说，我不说，你们也知道，我跟师姐曾经争得不分彼此。后来她去了东方昆剧团，我就是咱们滨海昆剧团当红闺门旦了。本应当高兴，可当她走了，我忽然觉得没劲了，从那以后，演出好像没了动力。这次为什么演？我近两年，连续不断地梦到她，她仍在唱戏，在那边。那边其他我记不起来了，但她的水袖特真实，白得那么耀眼，甚至我都能看到她染的红指甲，无名指上的钻戒。她抛水袖的动作简直美极了。我要跟她学，她嫣然一笑，说，舞台上见。她还说，她没有死，她永远都不会死，她要跟我争到永生。一两次梦就罢了，可近些日子连续做梦。我还到她墓前，献了花，说自己年岁大了，不能再上台了，若在舞台上出了险情，一世英名就毁了。可还是会梦到她。一月前的一次梦中，她的面目特别清晰，那双漂亮的凤眼冷冷地看着我，让我很害怕。于是我就冒着风险重新上阵了。你们说怪不怪，从我决定上台，就再也梦不到她了，大概是她安心了。所以我只要身体还行，就要唱。好在，老板说了，只要我上台，就是胜利。我当然要唱到最好，要不，怎么能对得起观众呢。先生说着，又拭起了眼角，我们正要安慰，她忽然又说，我不难过，我高兴。只要我能走上台，我就要实现她没来得及实现的梦想。想想她走时，比你们还年轻，我心里就好难过。而我的时间也不多了。先生说着，哽咽了。

服务员进出添水递茶时，不时听到大厅里年轻男女大声唱歌嬉闹，每每这时，我要关门，先生都摆摆手，说，别关，听听这些年轻的声音，也是好的。

对了，李荇，说说你们团里的情况。

哎呀，正要跟老师和师妹汇报呢。说实话，这个团长没当上时，很想当。当了以后，千头万绪，忙得焦头烂额。我们老团长常年病着，演出基本都是我管。我当然诸事要跟老团长汇报，她对我很放心，说，你大胆干，不用凡事都来跟我说。

那怎么行呢，我当然要说。但要反复想好了再向老团长汇报。

我首先想，近几年昆剧在白先勇的推广下，在全社会引起了普遍重视，但具体到我们团，还有距离。我就想，团里那么多演员，都想上，捧年轻的不行，捧名演员也不行，怎么办？第一，调动每个人的积极性。一场戏，不能光是旦生，还要有老生、丑角，大家齐上阵。而且不能光用名角，还要培养新人，新老结合。这样，各路人马的积极性就都调动起来了。第二，把冷戏变热戏，独创最关键。一个团不能老是演传统剧目，总得有自己叫得响的新剧目。老师、菁菁，你们要多帮助我。我最近正在组织团里新排昆剧《王熙凤》。王熙凤这个人物，《红楼梦》已塑造得很成功，但据我所知昆剧还没有。她的人物关系很丰富，无论从宝玉、黛玉、贾母、贾琏、平儿等每个人的角度，都能生发出许多故事。我们正在排。它新在哪里，要给观众一个什么样的面貌？我现在正在做的就是这事。第三，跟各大昆剧团增进交流，共同演戏，这样既搞活了自己，也切磋了技艺。第四，精选团里七十年来的优秀剧目，准备在年底建团七十周年之际隆重推出。总之，原则是冷戏要热演，好戏要精演，熟戏要生演……

好好好，你做得很好。昆曲不能丢，要一代代传下去。先生不停地点着头。

3

我们聊到十一点,要不是她女儿来接她,先生还不肯离去。上车时,她忽然说,对了,人老了,差点把正事忘了。一个月后是母校建校六十周年,有台演出,历届学生均登台演出,问我们能否演出。我说离开舞台太久了,心里没底。贤妹也摇摇头说,怕顾不过来。

先生停下脚步,扳着指头说,沈世平的老师,也就是我的师兄汪世杰会携他三个弟子上台。他们是三代柳梦梅,汪世杰唱的是他最拿手的《叫画》。

先生说到这里,看着我们。

贤妹看了我一眼,而我正好看她,想着自己该说些什么。我说,贤妹这几年还彩唱,我可是十年没登台了。

我自作主张给你们报了名,我唱《离魂》,到了我这岁数,恐怕这时才最能理解这出戏的魂魄。争唱《惊梦》的有好多人,老师豁着脸皮为你们争到了。

这……

就这么定了。想我杨纯梅来日无多，残留的梦想就是最后与我两位优秀的学生手拉手谢幕。听说，中国文联的领导也将观看演出，他们最近在滨江省考核昆剧团领导班子，团长快到期了。

先生上了车，又说这可能是她人生最后一场戏了。老师说完，我关上了车门。贤妹站在一边，我亦站在另一边。车驶出一阵，又倒了回来，先生头伸出窗外，嘴张了张，一拍脑门说，还有个要紧事。怎么忽然忘记了？人老了，千万别是阿尔茨海默病前兆。

先生一走，我们两人一时无话，我说到我房间坐会儿，离这不远。

贤妹看了一下手机，抱歉地说，太晚了，我得回去。

十二点多了，我不忍她一个人回去，叫了车，要送她，她说不用了。

我有些气恼，但语气尽量压得平和些，怎么可能？我是男人，哪有让小姐一个人回去的？我的话让出租车司机怪怪地看了我一眼。我笑道，我们在台上，她是女人，我是男人。

司机是个五十来岁的同龄人，微微一笑。

真好，终于又跟她这么近地坐在一起了。二十年了，我仍能闻到她身上的香气。感觉过去的美好时光缓缓地浮在眼前，想着今晚我们好好聊一聊,聊他个通宵,我想知道这二十年她生活的点点滴滴。结婚、生子、当团长,甚至她的忧伤,她的一切我都想知道。谁料我们还没说多少话,宾馆就到了。她下车,却连句邀请的话都没有,只说,再见。头也不回地走了。

就在她走进大门时,我大声说,小姐,小生这厢有礼了。我想着她会扑哧一笑,朝我摆摆手说,上楼吧。

可是面对我的是宾馆空荡荡的大门。我想着她也许十分钟后会从窗口看到仍痴痴站在楼下的我,可她房间的灯黑了。

戏上多是痴情小姐负心郎,而我这个多情公子遇到的却是薄情小姐。不对,不能这么说她,她是我心中的女神。你没见过她,她可漂亮了。对了,照片,肯定有,一会儿我给你看。现在她的名气可大了。

我刚进房间,手机响了。我心里一热,心想她一定反思到自己的冷漠了,要跟我好好聊聊,没想到却是先生:刚想起我要跟你们说的话了。半月后,咱们排练厅见。我琢磨了几个新动作要跟你们一起练呢。

4

排练《惊梦》时,我跟贤妹配合默契得像二十五年来我们从来没有分开。我柳梦梅的台词多,她杜丽娘台词少,但表情仍如往日般丰富。不,五十岁的杜丽娘,比二十五年前的杜丽娘更有味道,娇羞多情,妙不可言。

只是我不明白,在舞台上,她对我情意脉脉,下来却甚是客气。所有的礼数做得无可挑剔,送了我一条灰色的羊绒围巾,还带了她所在城市的特产,问了爱人,也问了儿子,还给我儿子带来了复习考托福的参考书,可单单就少了昔日我们闺密之间的那种热乎劲。问她是不是对我有误解。她睁着一双会说话的眼睛反问道,怎么会?我们又不是三岁孩童,还这么幼稚。说着,长长的睫毛忽闪个不停,闪得我忙扶住了旁边的椅子。

我问,你这么多年生活得都挺好吧?

她说挺好。

我吭哧半天,又问,你那个连长对你好不好呀?

她笑着说,他已经是师长了,挺好的。

我琢磨着她没说出的话，不禁想起我们那让人难忘的青葱岁月。

我起初学戏时，先生说我活泼、行动敏捷，脑子反应快，让我演花旦。可我想演小姐。我们昆三班的女学员全是美人，一个赛一个，我只好当春香呀、红娘呀什么的配角。

她跟我同年，富阳人，家离学校只有一小时的路程。我们住同一间宿舍。报完到，一见到她林黛玉似的娇小样子，我就有一股怜惜之情，胸脯一拍，说，我力气大，住上铺。不由分说，就把她的东西挪到了下边。

南方的这个城市怎么说呢，对我这个从小生在北方的人来说，看着是好看，冬天树叶绿油油的，花花草草更是惹人恋。那些繁茂的植物大多我见都没见过，连名字都好听，凤凰木呀、蓝花楹呀。这里比北方诗意柔美，可是实在不受用，比如冬天冻死人了。我们宿舍没暖气，盖上被子还冷，得上面再盖件大衣。夏天，又潮又热。起初我不习惯，还皮肤过敏，她三天两头地给我从她家里拿药，她妈妈是医生。我们像姐妹一样亲，但我时不时还会冒出嫉妒劲来，因为她一直演小姐。

老师让我演柳梦梅，她比我还高兴，说，虽然你唱念做打都不错，基本功可以，可是你浓眉大眼，多的是男孩子的英气，当小生肯定成。起初我有点不情愿，好端端的女孩子，当什么男人。要学男人走路，学男人行礼，学男人说话，幼时，小伙伴会叫这样的人假小子、男人婆。可方巾一戴，花衫一穿，我手执折扇，走了一个圆场，大家都说我天生就是演小生的。特别是她，怔怔看我半天，忽然抱住我，说，菁，以后咱俩就搭戏，演一辈子神仙美眷。为了她这句话，我就决定今生只吃小生这碗饭。

小生化装，一小时足够了，可旦角化装得个把小时，因为她们要吊眉、贴片子、勒水纱、插泡子、戴发饰、戴簪钗。第一次彩排《牡丹亭·惊梦》，我站在舞台一角候场，心怦怦跳个不停。

《万年欢》曲子一起，我手执柳枝侧身而出，她亦背身移步而来。我一回头，不知是舞台的灯光，还是彩妆，甚或她欲语还休的表情，我真以为站在我面前的就是杜丽娘。那些玉的、金的、银的、点绸、点翠、烤蓝，鲜嫩嫩的，步摇明晃晃、亮晶晶的，好是炫目。还有那淡粉色的花褶子上的小蝴蝶，使她恍若仙子。她似婉拒我，却在诱惑我，无论是声腔、气息抑或动作的幅度，举手投足之间，在那一刻，我感觉她就是那个饱读诗书、不食人间烟火、为情而死而复生的终生恋人杜丽娘。

闺门旦的服装多以鹅黄、湖蓝、淡青色为主，轻柔明媚，与其身份相映成趣。她穿哪件都好看。她演杨贵妃，处处写着雍容华贵；而演杜丽娘梳妆时，眉眼之间都镌满大家闺秀的端庄与内敛；而《桃花扇》中的李香君因为是青楼女子，她在表演时，身子扭转，头部不动，而眼神却早已让我这个侯方域"飘"得忘乎所以。她演谁像谁，我一直不知道哪个才是真正的她。

唉，事隔多年，每每看到过去演出的光碟，我都情不自禁地流泪。她的身段、小表情是她独有的，是她反复琢磨出来的，别人再学也不像。我们宿舍的小客厅有个穿衣镜，有时，睡到半夜，我听到响声，醒来发现她还在练。一看到我醒了，她说，快来，看看我这个水袖抛得美不美。我给你说，她生气时噘嘴、无措时脸上的茫然、水袖舞动时的优雅、责怪时的跺脚，既可爱又憨嗔。她绰约的身姿、繁复的身段，在昆曲界是公认的无人能出其右。一句话，她的全身都是戏。她不但自己演得好，还经常根据剧情改编剧本。大至给人物加戏，小至桌椅的摆设，甚至我们两人的身段，她都有自己独特的看法。而且她总能说服老师、说服导演，按照她的理解来。她常说要熟习有观众，就必须生演，情节台词不能变，那么就要在细节的处理上下功夫。

她对我的表演也赞不绝口，说，舞台上玉树临风、情意绵绵的书生，我怎么也难与那个整天爱吃巧克力、好黏人的女孩联系起来。舞台好神秘，它把我们变得更美。是音乐、服装、化装，还是观众一波又一波的掌声使我们成了戏中人？我说不清。

我们台上相依相偎，台下形影不离。有时，她会笑着说，好像做梦呀，你一会儿是男人，一会儿又是女孩子。我都分不清我喜欢的是哪一个你了！我也笑着说，贤妹无论台上台下，都爱杀小生了。

那时我就想，我要真是个男人就跟她舞台上是如花美眷，现实生活中为柴米夫妻，我们一生以昆剧为生。为了一直能与她配戏，我学岳美缇、石小梅这些女小生。石小梅虽冷，但英气逼人。岳美缇是羊脂白玉的气质，温润儒雅，却少了书生的俊气。学多了，我感觉她们身上仍有女性气质，便又学汪世瑜、俞振飞、周传瑛、沈传芷这些男小生。汪世瑜的洒脱，俞振飞的风流，周传瑛的书卷气，沈传芷的风流婉转，在多次琢磨中，大家都说我的表演越来越像真正的小生了。你可不要认为走路简单，在舞台穿上那厚厚高高的靴子，刚开始就像踩在棉花上，别说做身段，有时连步子都走不稳。夏天热，脚捂在里面，可受罪了。当然这难不倒我，我只要想干事，就一定能干成。

在舞台上，我是男人，在台下，我也充当她的护花使者。为她打水、洗衣，出门逛必是我选地方，查坐车路线。出去吃饭，我去买饭，她只管坐等饭来。坐船，也是我坐船头划船。我个子比她高半头，身材比她壮，我当然得照顾她。

毕业后，我们被分到一墙之隔的滨江昆剧团，成为了团里的台柱子。

有次，那是个春天的晚上，晚风吹得花香袭人，人好像醉了般。看完电影出来，已经十一点了，我骑着自行车，她坐在身后，刚骑出没多远，她忽然说花枝巷的蓝花楹听说开花了，听说夜晚观花更有味道。花枝巷是条僻静的小巷，单行道，车辆禁行，路两边种着二十几株蓝花楹，满树开着紫蓝色的花朵，十分雅丽清秀。

谁知我们刚照了几张照片，忽然前后冒出五六个小痞子，把我俩团团围住。她紧张地靠近我，手哆嗦个不停。我拍拍她的手背，小声说，别怕，有我呢。

其实我比她还紧张，腿肚子不停地打晃。

我琢磨打是打不过他们的，不能硬来，必须智取。这么想着，我装着从容地合上手机，她吓得瘫坐在地上。

我扶她起来，让她站在我身后，对为首的一个脸上有块刀疤的人说，大哥好。那人笑着说，两个小妮子好漂亮，一个英气，一个俊气。今晚我们都要了。

她紧紧握住我的手,那时我感觉只有我是她的靠山,瞬间,一股胆气顿生。我扶着自行车,笑着说,哥们儿,知道我们是谁吗?

刀疤脸笑着说,知道呀,你们是绝色佳人呀。

我说,我们是省昆剧团的演员。我想说出省团,也许能镇住他们,没想到情况更糟了。

唱戏的?太棒了,哥们儿还没玩过戏子呢。就说嘛,怎么这么漂亮。戏子更有味道,耐嚼。是不是?哥们儿。刀疤脸说着,朝左右挤挤眼,脸上的伤疤挤到了眼边,像条蚯蚓,甚是恶心。身旁一个瘦高个儿随声附和道,大哥说得对,唱戏的女孩叫床声音更浪,一条大河波浪宽的浪。

如果我们有事,你们可就完了。我声音有些哆嗦。

刀疤脸笑得像发抖,说,玩了再玩,没完没了,玩他个日日夜夜。

我扑上去就要打他,贤妹这时好像缓过劲来了,忙拉住我,向前一步,朝他们嫣然一笑,然后说,各位哥哥,你们理解错了,我朋友的意思是她是柳梦梅,我是杜丽娘。我们一起给你们唱一折《牡丹亭·惊梦》好不好?

刀疤脸一听，双手一拍说，好呀，好呀。还是这位小姐会说话。说到小姐时，又是挤眉又是弄眼，逗得跟随他的人再次发出怪笑。

贤妹又是一笑，说，观众的态度对演员的表演至关重要，你们都站着我们也上不来情绪，你们能不能坐下？坐着舒服些，对了，我包里还有爆米花，你们边吃边看，岂不美哉？她说着，竟然唱了起来，最后还做了一个万福的动作。

好好好，有味道。大家都坐下，坐到马路牙子上。我最爱听戏了，唱个有色的，妹妹。

贤妹从塑料袋里掏出半桶爆米花给每人抓了一把，然后把自行车头摆正，朝我微微点头。我定定神，唱起了《惊梦》中的《山桃红》，她也在一旁柔情脉脉地配合着我载歌载舞起来。

则为你如花美眷，似水流年，是答儿闲寻遍。在幽闺自怜。转过这芍药阑前，紧靠着湖山石边。和你把领扣松，衣带宽，袖梢儿揾着牙儿苫也，则待你忍耐温存一晌眠……

我越唱声音越大，是想吸引路人，结果这几个人更乐，那刀疤

撩人春色是今年 147

脸边吃爆米花边晃着腿给我们打起拍子来。

几个路人,有男有女,三十岁上下,大概听到唱戏声,从对面走过来。他们一来,我放松多了。唱完,我本想说抓流氓,但又一想,这些人无法无天,可不敢得罪他们,识时务者为俊杰,便笑着说,欢迎大家到我们团来看演出,我是唱小生的柳梦梅,她是唱旦角的杜丽娘,我真名叫刘菁,买票时说我名字,就会打八折。《牡丹亭》很好看,人为情而死,为情而生,特感人。

在众人还愣着时,她悄声说,快跑。我骑着自行车载着她赶紧就溜,一口气把自行车蹬到剧团大门口,身上衣服全湿透了。

后来她问我如果那些小流氓不听戏怎么办?我说,那我就打他们,反正我一定要保护你。她当即眼泪就哗哗地往下流。

你问我演小生的感受?细讲?好呀,只要你不烦,那我就先给你普及下昆剧知识。

"生"这个行当中,分官生、巾生、穷生、雉尾生,用以表演不同的角色人物。官生一行,扮演做了官的成年男子。其中按照年龄大小、身份高低又分大、小官生。

巾生与官生的表演不同,巾生饰演风流儒雅的年轻书生,潇洒飘逸,歌要求真假嗓结合,假嗓成分较大,以清脆悦耳为美。官生在表演上更洒脱大方，更富于气派，在唱法上虽也是真假嗓结合，但真嗓落在比巾生更高的音域，他们以洪亮为美。

昆曲对小生的气质要求很高，首先身上要充满书卷气。为此我一有空就读书，还画画，我画的兰花还得过奖呢。为了身材壮一些，我就拼命吃，把胃都撑大了，走路学男人故意垮着，甚至走八字脚。

巾生的声音要求亮、甜，要挺拔，听上去很干净，而且表演一定要细腻。

比如脚步。旦角出来是半步，脚踩脚。巾生的步履要求稳、轻盈。主要是膝盖和胯要收住，一步一步要站得住。往前走的时候，脚后跟蹭在地上走，下面的膝盖就蹲一下。越慢越难走，完全靠一条腿的控制，一步一步地蹭出去，落地非常轻。看着简单，但这个台步跷起来，不好走。先生在教我走这个台步时，整整走了三个月。你受不了这个，味道就出不来。我们当时十个人在一起练，他们都是男的，就我一个女的，走一圈都难，但坚持到最后的只有我跟另一个人。

昆曲的特点是载歌载舞，在《惊梦》中，柳梦梅拉着杜丽娘的水袖在那里晃，你看那像不像舞蹈？他在用舞蹈跟她讲话，但又不是单纯的舞蹈。比如演"和把你领扣松，衣带宽"这一段，好像有些露，但昆曲能把它变成一种诗化的肢体语言，让你去想象。柳梦梅水袖内翻想去抱杜丽娘，靠杜丽娘很近了，杜丽娘一个水袖外抛跑掉了。柳梦梅小快步追过去，他温文儒雅地恳请她，杜丽娘回头一看，碰到他了，又跑掉了。就这样两人在舞台上追逐着，调度了好几个方位。柳梦梅唱到"袖梢儿搵着牙儿苦也"时，慢慢过去拉杜丽娘的袖子，握着她的手，杜丽娘害羞地把头躲起来。他拉着她的水袖，眼梢看着她水袖前后晃。她拖着水袖，脚也跟着晃。观众就能体会到这是他们内心情感在荡漾。

柳梦梅唱到"则待你忍耐温存一晌眠"时，慢慢走过去，抱着杜丽娘的肩膀，我们叫"揉肩"，这是爱情的深切表达。他偷偷地看见她，她涨红了脸，眼睛又不敢看他。昆曲就是这样美地来解释和表演这段情节的。

学每部戏之前，先生就给我们这么讲戏，边讲边表演。

都是书生，每个人因为出身、经历不一样，你就要塑造得不一样。他们都痴情，但张生，你要演出他的老实，潘必正你要演出他的大胆，柳梦梅你要演出他不怕鬼魂的勇敢。这就要通过你脸上的每个表情、每个水袖，甚至眉头眼神来把他们的内心展示给观众。

你要是有事我就不说了。你在手机上记录我说的？好感动。原来作家是这样子积累素材的。我还想着你累了我就不讲了。你的行动鼓舞了我。那么我就再给你讲讲我的代表作《占花魁·湖楼》。那个故事就是《卖油郎独占花魁》。你读过？那好，剧情你知道了，我就不重复了。我就说说我是如何演这个卖油郎的。先生说秦钟可以巾生演，也可以穷生演。所以我用了一点穷生的指法和脚步，又用了些巾生的美。先说他的穿着，我让他戴的是鸭尾巾、黑色帽子，脑门上绣一圈白色的花，显得他年轻漂亮。他穿一件蓝色青衫，黑领上也有一圈白色的小花，很漂亮。穿着黑丝绒做的镶鞋、竹袜。巾生是踱脚，站的时候用丁字步，但用在卖油郎身上就不像了，卖油郎是下苦力的，须用小八字脚。他的步子比较稳，膝骨有力。手指也不能像巾生那样用兰花指，而是三个手指捏住，以此显示他身份低。他的眼神不能像巾生那么亮、邪，有些飘。他没多少文化，比较憨、善良，对未来充满希望，看人时眼睛和脖子一起转，眼神是正的。这样就表现出了他爱花魁女的真诚。

5

快四点了吧，要不，休息会儿？我？不累。你问同样的戏、同样的台词，每个演员都演，怎么能演出自己的特点？这个问题问得好。我们每个人演出时，都会根据自己的理解进行小小的改动。我跟贤妹的许多表演，都是在她的建议下，越改越完善的。

比如，我们演《牡丹亭·惊梦》时，不仅要演出"情"，还要表现"性"，又因为它是一个大家闺秀之梦，表演就要符合人物身份，含蓄、典雅，不能太露骨。我们俩白天想、晚上想，还是她出的主意，用水袖。她说用水袖的勾搭、飘移、飞舞表示杜丽娘与柳梦梅两个人的一见倾心，再跟舞蹈一起来呈现。果然，一演完，大家都叫好。

我们做的第二件事情就是把柳梦梅这个人物的戏份儿加重，这也是她的主意。她天生就是吃昆曲这碗饭的，只要说起戏来，她就是在病中，也能精神大好。有天，我问她你喜欢柳梦梅什么？她说英俊、体贴、痴情呀。

我一拍手，说，这就对了。我们反复观看了以前的演出，总觉得《牡丹亭》里杜丽娘的形象很饱满，但她的梦中情人柳梦梅形象相对来说比较弱。假如体现不出柳梦梅的形象，杜丽娘还魂就没有说服力。所以我们在排戏时，做了很多功课，千方百计地要把柳梦梅独特的个人魅力发挥出来。晚上，我们边吃零食，边把汤显祖的剧本翻了又翻，凡是对柳梦梅有利的章节反复看。你是作家，肯定看过原著，原来《言怀》在《游园惊梦》的前面，这也是老的一种传奇的写法，我们改为柳梦梅第一个出场。同时交代他也做了跟杜丽娘一样的梦。他为了这个梦，把自己柳春卿的名字改成了柳梦梅，改名的目的就是要寻访自己的梦中情人，等于说他与杜丽娘的寻梦一样，也在寻自己的梦。他从岭南一直往杭州赶，在路上经历了千辛万苦。为此，我们特意加了一场雨，表明他为了情也受尽了折磨。这样柳梦梅的行为和杜丽娘寻找不到就病、病不好就死的道理是一样的，把两条线同时展开。这样柳梦梅的行为就得到了升华。尤其是杜丽娘死后，柳梦梅拾画、叫画，把杜丽娘的魂叫了出来，向杜丽娘明誓我非要把你救活不可，冒着杀头的危险去开棺救活了杜丽娘。再下来他冒着横尸沙场的危险，去寻找杜丽娘的父亲。这个时候又遭受了磨难，他被杜丽娘的父亲认为是盗坟，父亲不相信女儿还能够死而复生，所以有了《硬拷》。这样就把柳梦梅的正直和痴情表现出来了。这样让观众觉得柳梦梅这个人是值得我们喜欢的，也是值得杜丽娘爱的。为此，我们给他的上场设计了好几种形象。

他是杜丽娘梦中的情人，所以他第一次出场，至关重要。一枝柳拿在手上，在花神中间朦朦胧胧地背身而出。用柳枝先把眼睛挡住，然后眼神慢慢亮出来，有一束光照到他，给观众第一感觉，这小生长得好俊雅，好一副玉树临风样。这个出场跟我们过去《惊梦》中柳梦梅的出场不一样，传统的出场他只是摇晃着柳枝。我们在这里要强化他们俩，一个人下意识地转身过去，一个人下意识转过来，两人停住，然后再转到两个人交叉，彼此打量，再展现两人倾心相爱的内心情景。

第二次出场是他做了梦以后。因为我想柳梦梅是饱读诗书的秀才，我给他设计出场时拿了本书，因为全场没能展示他跟书的关系。他以后还要中状元，不展现他读书的细节就交代不够。

《旅寄》一折，我要让他的行为告诉观众，他不怕艰难，为情宁可冒着生死去拼搏。所以这次出场时，我让他拿着伞跟风雨搏斗了一番。最后病了，住进了梅花观中，而杜丽娘的画就埋在此地不远的太湖石下，为下面的细节埋好了伏笔。

《幽媾》一折是人鬼情，这两个人的见面也是我们改编过的。柳梦梅听到有人叫门，拿着灯出门没有看到人，进了门以后，突然发现书房里有个美人。杜丽娘昨天已经在他书房里面看到了自己画的写真，又看到了柳梦梅在上面的题词，但没有正面看过柳梦梅。因为前面是梦，所以她看到了灯光下的柳梦梅，这正是她真正向往的才子，所以她是有意识地靠拢他，让他仔仔细细看她。而柳梦梅边看她边想这是怎么回事？如果柳梦梅真的是来者不拒，杜丽娘也不会爱他。所以我表演时就突出了柳梦梅看到杜丽娘美丽的形象而惊讶，只有当得知对方就是自己所梦之人时，才有了欢会。一个女孩子大晚上跑到书生屋里，但书生又不能完全把她拒之门外，所以这个细节表演时我就特别注意。

我跟贤妹合作了十五年，四五十部戏，大家都说我们是黄金搭档。我们还发誓，要在台上演一辈子夫妻。我喜欢她跟我不一样，我喜欢穿牛仔裤、T恤，喜欢白色，喜欢亚麻、纯棉，她喜欢丝绸、蕾丝。她喜欢一切温柔的因未知而危险的事物，而我喜欢秩序、稳定和责任感。她喜欢独来独往，而我认为生而为人，就应相伴、相助。

有次她问我，老演这些熟悉的戏，你烦吗？

我说不烦,虽然情节台词都一样,可随着阅历、年纪的增长,对人物与美的领会,每次演都有新的感觉。我说你呢?

她说老演同一个戏,有些烦。

我说怎么是同一个戏?我们合作了二三十部戏,《占花魁》《西楼会》《西园记》《玉簪记》《牡丹亭》《西厢记》,走遍了全国各大城市,每次都有新鲜的感受。吃陕西的面条、四川的水煮鱼、桂林的啤酒鱼、贵州的杀猪菜、西昌彝族的坨坨肉。哎呀!就是说一夜也说不完。我们也遇到过危险,一次下乡演出,遇到洪水,我们手拉着手穿过洪水,硬是把舞台搭到水面上,给架在树上的老百姓奉上了精彩的演出。

她又说,你听到大家对我们的议论了吧。

我说管他们呢,只要咱们把戏唱好,哪管世人论短长。

她略有所思地望着远方,又问我,你喜欢看陈凯歌《霸王别姬》的电影吗?

我说当然。咱们不是一起看的吗,我还哭了。

她问,你真的看懂了吗?

我说,你怎么能问这样幼稚的问题,演虞姬的张国荣太可怜了,演霸王的张丰毅太无情了。对了,我刚看到一个资料,关于蓝花楸的。它的花语是"宁静、深远、忧郁,在绝望中等待爱情"。

她呆呆地看着我,摇了摇头,半天没有说话。我那时好迟钝,没有感觉到她内心的细微变化,不知道她要演"姬别霸王"。也怪我,我生性木讷,一心只能一用。在舞台上,我能捕捉她任何一个细微的表情,却忽视了现实生活中她内心的变化。

6

我们最后一次合作,是九六年四月八日晚上,在北京人民剧场演出《西楼记·楼会》。那是我们合作演得最棒的一次,可以说轰动一时,还得了青年演员大赛一等奖。

这剧你可能在《红楼梦》里见到过,于叔夜的小厮文豹说到贾府领赏去,说的就是这一折。故事讲的是书生于叔夜看到歌伎穆素徽抄写了自己的诗,欣赏自己的才华,便到素徽家去看她。这出戏讲的是两人初次见面,没有冲突,因为素徽还在病中,也不宜做过多的身段,这么一个冷戏怎么演?为此,我心里没底,贤妹却蛮有信心,提议我们两人面对面坐在桌前,素徽无意中把手放到桌上,于叔夜立即把自己的手覆在素徽手上,就像两个小儿女,四目相对，双手托腮，边做动作边唱。

我们演到这里，台下掌声四起。

于叔夜走时，素徽送他，于叔夜给她披上斗篷。我帮她拭泪时，发现她真的哭了。下楼梯时，于叔夜双手拉着素徽的手后退着，一个台阶一个台阶地下。我感到贤妹的手在不停地抖，这是从来没有过的。

下了楼，文豹催于叔夜上马。于叔夜让素徽进去自己才好走。素徽又说叔夜走了，自己才好进屋。拗不过，素徽只好进去，刚进去又说相公有暇多时就要来会的。演到这里时，我听到贤妹的声音里带了哭腔，步子也有些乱。这些我都从没往其他方面想，以为她是太投入了。因为是参加全国大赛，我们几天几夜都没睡好觉，真的铆足了劲。

后来离京，回到宿舍，她说肚子饿了，我说我来做夜宵。她洗碗时，打碎了一只。我给她包扎手指伤口时，她忽然说，她要结婚了。

我一下子蒙了。我们住一套房子，除了睡觉，都在一起，她是什么时候谈恋爱的？我怎么不知道。即便她回家，我也要送她到家门口。我送她回去过几次，她还陪我到鹳山公园玩，沿富春江去了郁达夫故居纪念馆。还去了桐庐，说黄公望就是在那儿画《富春山居图》的。

她说在一月前，她认识了一个军人，婚后要跟着他到北京去。

那我咋办呢？情急之中，我脱口而出。说完又忙解释，陈妙常走了，潘必正还怎么唱《琴挑》和《偷诗》。素徽不在了，于叔夜还跟谁唱《楼会》呢？

她给我擦着泪说，别哭呀，贾宝玉不是说了吗，世上没有不散的筵席。再说，会有人跟你配戏的。

我追问，为什么不早告诉我，我可是你的官人呀！她说，我们只是舞台上的搭档。都是假的。就如杜丽娘一样，只做了一个梦而已。

怎么是假的？柳梦梅爱杜丽娘当然是真的，真才会去掘墓，真才会有情人终成眷属。

可咱们是假夫妻呀。我们快三十岁了，三十岁的女人一不留神就成豆腐渣了。她说着，起身要走，我挡住她。她腾地倒到床上，给我一个后背，拿毛巾盖住脸。

那个军人有那么好吗？比我对你还好吗？想当初，团里给我们分的这套房，厨房厕所公用，卧室一人一间。我们一起做饭，一起看电视，一起对台词。灯坏了，我修。煤气没了，我去换。我感觉我们好像真成了一家子。你的教授妈妈来住过一周后，就给团里说，让我们分开，说我们都大了。我都不知她怎么了，刚来还好端端地让我跟你们一起吃饭，到第三天忽然就不叫我跟你在一起了，惹得团里流言四起，气得我七窍生烟，把我们想成什么人了。我们只是亲如姐妹，有了真情，在舞台上才能配合默契。好在团领导信任我们，听了一笑了之。后来你妈走时，还把你带回了家，说你爸病了，难道叫你回家就是给你找了个军人对象？

我说到这，她腾地坐起来，说，咱们这是演戏，可我们还是要过日子的，要结婚生子。你的孩子要叫我姨妈，我的孩子要叫你干妈。青春年华像烟花一样易散。我爸妈都打电话催了几次了，我若结了婚，还可以演戏的。你也是，该谈朋友了。对不对？咱们是姐妹，不是夫妻。

我当然知道她是对的，可我当时还没有想过谈恋爱，总觉得好姐妹是老天赐给我最好的礼物。我的父母，还有周围人的婚姻失败的太多了，我对婚姻很恐惧，便生气地说，你为什么不早告诉我你心里的真实想法？

她沉默了片刻，说，一个月前，我给你说，咱们在舞台上演戏长了，都没有新鲜感了，我说过这话没？

她是说过，可这就能说明她有男朋友了？

一周前，我还问你，体会过谈恋爱的滋味吗？

这话她也说过，可我说，当然呀！在舞台上我们天天体会呢。你的一颦一笑百媚生，我不敢有失连理比翼栖。

她说连皇帝都有九重外，会离魂，天长地久有时尽。留一曲情深不绝绕梁音，这就最好了。

我说可是你走了，我一个人怎么办呀？还有谁再跟我逛公园，我的悄悄话还有谁听？我说着眼泪很不争气地流了下来。

你真傻，真是个傻大个儿。她说着，手指替我拭了一下泪，又说，你真的没有想过男女之爱？如果没有，就抓紧时间谈恋爱，好好体会一下吧。

那你答应我不要走。

她拍拍我的肩说，好了，去休息吧。明天还要排练呢。

我以为我说服了她，心满意足地回屋休息，一夜无梦。可一周后的清晨，她趁我跑步时，去北京结婚去了。我压着指头数着她总算要回来的那天，跑到车站去接她。可我一去，人整个就晕了。那个连长一手提包，一手拉着她手的恩爱样子，让我的心一下子空了，闷闷地回了宿舍。

没多久，她就办理了调离手续，跟着那个连长去了北京。我真想追上去质问她，不是说过要演一辈子夫妻吗？从十二岁起就发过誓拉过钩的，怎么不守信用呢？可是跑到半路，我就跑不动了，大声哭了起来。那瞬间，感觉全世界都成了黑白片，所有的人都像画中人，朝着我恶狠狠地拥来。我最后晕乎得都不知是怎么回到宿舍的。

我不知道是不是贤妹的意思，反正她走后她妈妈孙阿姨就来了，每天都变着花样给我做饭。我说阿姨，我吃不下。

她说，傻孩子，不吃饭怎么行？娘儿俩都说我傻，听得我觉得自己可能真的傻。孙阿姨说，傻孩子，你都二十七岁了，你父母不关心你谈恋爱的事？

我爸爸在我五岁时爱上了他的学生，与我妈妈离了婚。我妈妈在我八岁时得病去世了，我一直是奶奶带着。十岁时，跟着奶奶到了叔叔家。十二岁因为爱唱戏，进了昆曲学校。奶奶去世后，叔叔对我很客气。有天我去他家，我在路上看到他跟婶子在阳台上浇花，我叫门，门却一直没开。从此，我的世界就只有贤妹了。

我说呢，女孩子大了没父母操心怎么行。这样，你就把我当你妈妈，荇走了，你就是我的姑娘，经常到阿姨家来玩。阿姨知道你是个实心眼的孩子，跟荇很要好，可你们都长大了，长大了就得干大人的事对不对？比如结婚生子。她说着，取下眼镜，拭起眼泪。

阿姨，我没事。

阿姨知道你离不开荇，荇也离不开你，你们唱的戏，扮相好、唱腔好，关键配合得好，出出戏阿姨都看。可戏台毕竟不是生活的全部，对不对？

可现在满房子都空荡荡的，我眼前全是荇的影子，她好狠心呀。她对我那么好，说走就走了。难道我们十多年的情意都是假的？

阿姨轻轻拍了我脸一下，笑着说，又傻了不是？台上那是演戏，当然要像真的一样，可台下就不能当真了。你看看，哪有两个女孩子待一辈子的。你呀，真是孩子气。阿姨给你找对象，一定保你满意。有了对象，你就知道，好丈夫比姐妹更可靠，那是你终身的伴侣呀。

也有一辈子好姐妹的。

她说那个连长很爱她，她也离不开他，只好跟他走了，连我们做父母的都丢下了。我们就她一个孩子，这一走，就千里之外，你以为阿姨不生气？可鸟儿大了，总要飞的，对不对？老守着父母永远长不大，对不对？阿姨说着又哭起来了。

阿姨就像在跟小学生做工作，一会儿举例，一会儿现身说法，循循善诱，我像是听懂了却仍不理解。当然，婚姻的事我考虑过，我还想着荇在，能给我参谋呢。夫妻之间不能说的话，姐妹就能说。心里有难解之处，姐妹能帮你解开。没有一个丈夫能陪你在商场逛一天，可是好姐妹就行。试衣服时，你帮我参谋，我帮你选购。吃饭时，两人边吃边聊，你的心思她最懂，可这粗心的丈夫就做不到。她那个连长，除了长得好外，满口的京片子，连戏上的官生巾生都分不清，彩旦闺门旦更迷糊，跟他能有什么共同语言？可偏偏就迷住了她。爱情真是把人变成了弱智。

即便找对象，她也应找个本市的。我们一同变老，我们的孩子相伴长大。我有事，孩子在她家；她有事，孩子就在我这个干娘处放着。可她偏偏就这么狠心地舍弃了我。

我越想越不能理解，做梦常梦到她，很想给她打电话，可她一个电话也不打，好像我们从来就没认识过，好像我们从来就没合作过。

谁知她妈妈说到做到，给我介绍了个大学老师，说是她的同事，年年先进工作者。我又不是组织考核干部，要一个先进工作者干啥。我没同意。第二周,又领来一位医生,说是外科一把刀,靠手中刀就可以吃一辈子饭。人还可以,挺书生气。可是跟我约了一次会,就跟媒人说我凡事太主动,吃饭自己点菜,散步比他走得还快,他不能娶一个男人婆回家,搞得我啼笑皆非。在孙阿姨又要把第三位带来时,我告诉她我已经有了。她不相信,到团里来,非要见人。情急之中,有个熟人给我介绍了一个高中数学老师,结果,两个月后,他就成了我爱人。这次会面我压根儿没在意,只是为了对付一下孙阿姨。所以一点儿也不积极,不想说话,也不想赔笑脸。吃饭时,更不会给对方递水倒茶。有意思的是,这位数学老师认为名演员就该这样有股傲气。可能是我太累了,忽然一下子找到了做女人的感觉。也可能是一个学数学的人,觉得在戏台上生活的人新鲜,反正我们俩谈了一年,他还想跟我在一起。我们夫妻关系,虽然不像戏上唱的那么郎才女貌,但也相敬如宾。爱人对我很好,我病了,他会一手端水,一手把药递到我手心。我不会开车,我去哪,他随时接送。我吃杏子,他就吃核。他对我好,让我慢慢体会到夫妻之爱比姐妹情深更现实。

但在舞台上,就是另一回事了。李荇走后,我真成了一个孤独的小生。团里给我配了更年轻的演员。小杜丽娘年轻漂亮,可是技艺不行，她的一招一式的确都做了，伤心时，拭泪；恐惧时，水袖护肩；含羞时，低头莞尔。可我就是找不到跟李荐在台上的那种激情，找不到心动的感觉。我老木呆呆的，年轻演员也觉得我没劲，还跟导演抱怨，两个女的来不了电呀。一出戏，折腾了大半年，谁看了都摇头。导演又给我换了另一位演员。这位年纪跟我差不多，也是一名老演员，演技纯熟，可是她有个性，演的杜丽娘很现代，我还没表白，她就已主动投怀了。而且身段像跳芭蕾，她是在演自个儿，而不是演大家闺秀杜丽娘。如果拿她跟李荐相比，她是火，李荐就是水。李荐天生就是唱闺门旦的，要不，她怎么能在我们那一批女演员里面，稳坐闺门旦第一把交椅呢。她清雅，非常贴合满腹闲愁的大家闺秀形象。她演未出阁的少女，像。演杨玉环，马上就能像身份尊贵的少妇。她们大多性格内向、腼腆娇羞，一举手一投足，或灵动娇羞，或端庄大气。台步轻移，绸绢曼妙，眸子只是轻轻一点，流转而生动的眼波就扫亮了全场观众的心扉。别人老问我为什么喜欢跟李荐一起演？我就一句话，无他，一个字，美。她实现了我未了的旦角梦，呈现了我心目中闺门旦最美的形象。我们在一起时，我经常告诉她，你就是我，我就是你。我们是彼此的AB面。

而这个女演员，她太热情，艳得就像一束美人蕉，演春香还不错，却演不像大家闺秀杜丽娘。我心里排斥她，情绪上就来不了电。我给她说，你热情有余，含蓄不足。我没有感觉就没法打动观众。我一说，她比我还生气，觉得伤了自己头牌的面子，立马找团里换男演员给她配戏。说实话，那小生唱得没我好，可两人配合很是默契。

结果呢，我只好演独角戏《牡丹亭·拾画·叫画》《西楼记·拆书》《长恨歌·哭灵》。后来，连折子戏也无法演下去了。演员没戏演，你在团里，就什么也不是，大家就当你不存在。我是一个要面子的人，反复考虑最后决定调走。团里领导还找我谈话，说我是一个优秀的小生，但是脾气得好好改改，我说改不了。立马走人。

我到昆剧学校当了老师，专门培养小生。女孩子越来越不愿意演小生了，嫌累，小生学员都是男孩子，一个个长得挺拔、俊气，可演技基本是零，我只有从头教起：台步、圆场、眼神、水袖。

你没唱过戏，不知道，一个在舞台上待了十年的人离开了舞台是怎样的绝望，特别是当我看到李荇在台上一会儿杜丽娘、一会儿陈妙常、一会儿花魁，我简直恨死她了。我想我走到这步田地都是她害了我。

恨是恨，可在教学之余，我想得最多的还是她。那时我已结了婚。爱人说不在舞台上，搞教学更好，生活规律，家也照顾得上。

他说得不错，我把儿子带得挺好，他现在一所名牌大学上学。可只要在报纸电视上看到贤妹的演出，我就彻夜睡不着。我想要是她不走，我肯定跟她一样有名。

随着时间流逝，恨变成了一缕缕牵挂。特别是听说她生了孩子后，团里其他女演员本来对她一个外来者挑大梁就不服气，她一怀孕，角色马上被人顶了。后来她跟我一样，在团里可有可无，只当配角。

听到这些，我心里好悲凉，原来盼着她倒霉，可她真的上不了舞台，我心里比她上了台还难受。有天，我忽然想，我要把我们两个人十多年来的演出经过写下来。把她的身段绘制成图片，把关于我们所演剧目的改编细节记下来。有一天，我要把这些当面送给她。

做这些时，我感觉心里得到了莫大的快慰。恨没了，失落的心又重新充实了起来。日子也从黑白变成了彩色。

后来呢？

谁料五年前，她忽然出山，凭着一出折子戏《寻梦》，得了戏剧界最高奖——梅花奖。三年前,又当了北京昆剧团副团长,演出越来越多,我一下子又睡不着了。她在那红红火火,我却牙痛得连菜都咬不动,老想活着还有什么意义。她得梅花奖的那一夜,我一个人在江边坐了一夜,要不是儿子,真想蹚进水里,了此残生。当然我没死,又接着写我们的回忆文《生旦忆》。

去年,我们昆三班同学毕业三十年聚会。昆曲虽然美丽,但很寂寞,坚持到最后的没几个。来的大多数同学,因为各种原因都不唱了。有的搞教学了,有的从政了,有的出国了,也有些下岗了。贤妹她没来,同学们提起她来,什么话都有。一位跟她在一个团工作的宋姓同学说贤妹结婚,不是真心喜欢那个连长,那人头发少得都能数出来,而是因为那连长的叔叔是北京昆剧团的领导。所以她一个外来者杀到首都昆剧团,没几天就当了主角。后来,坐了冷板凳,是因为那叔叔退休了。

我听着很不舒服,讥讽道,照你这么说,她得梅花奖是因为那个叔叔又复活了?

叔叔倒没复活,又认识了一位干爹。这位更厉害,是戏剧家协会的副主席。

宋同学话还没说完,我就把一杯啤酒泼在了这个贱人的身上。

人家把你甩了,你还护着她。她是个什么货色,全团人,不,全昆曲界都知道。她除了对戏有真情,对任何人都无情。当年她长得那么漂亮,又是团里的当家小旦,为什么要嫁一个当兵的?还不是因为人家家在北京,有个叔叔是昆剧团的领导?那个军人是工程兵,常年在全国各地施工,听说是为导弹筑巢,照顾不了家,又充满了危险。她竟找他,能没所图?鬼才相信呢。

丈夫不在,她不就更方便了。另一个胖得都走不动的女同学"咯咯"笑着,做出一副猥亵的表情。

我一把揪住胖子的衣领,要不是被别人拉住,真想朝她脸狠狠扇一巴掌。我丢开她,大声说,你们只知其一,不知其二。她是怎么爱上她丈夫的?是因为她有次在医院里看病,发现一个军人脚指头断了两根,当时好奇,就打听缘由。原来这位是解放军火箭军部队的一位连长,一次施工会战,他扛着上百斤的钢模板一路小跑。突然,一块钢模板倒下来,砸中他右脚,要不是抢救及时,差点截肢。

那军人说,他们工程兵没有固定的营房,天南海北地跑。一会儿在雪域高原,一会儿在四季如春的南方。反正都在荒无人烟的大山深处干比民工还苦的活。在地表深处打眼、放炮、掘进、支模、喷浆，白天见不到太阳，夜晚看不见月亮。晴天一身水，雨天一身泥。清晨七点进洞，晚上八点离开。常年在洞里工作，夏天都得穿棉衣。所从事的工作因为是为导弹筑巢，上不能告诉父母，下不能告诉儿女。工区没有邮局，电视信号弱，读外省的报也要等一个星期。

苦累不说，常常还有生命危险。一天凌晨，他跟班检查钻爆进度，发现拱顶上方有一道裂缝正在扩大，他大吼一声："快撤！"一手拎起惊慌中摔倒的战士，一手护着其他战友，拼命往外跑。跑出三十多米，身后传来一声巨响，坍塌的巨石把作业面堵得严严实实。生死瞬间，惊魂未定，他整队报数清查人员。得知战友全在时，抱着大家一起哭了。入伍十五年来，他十多次担任突击队长，与战友并肩战胜塌方九次。有位战友，死在自己的怀里。另一位战友，因塌方，双腿残疾，再也站不起来了。

她流着泪问这个军人成家了没。

军人说，哪有时间谈恋爱。再说，有哪位姑娘肯嫁一个长期不在家的军人。一股怜爱之情涌上心头。他们分别后，书信交往了两个月，就结婚了。她爱他的理由是那个军人不但爱自己的工作，爱自己的战友，还深爱自己的家人。跟她相处的一周里，一会儿给妈妈买衣服，一会儿又给哥哥的孩子买衣服。她认为一个男人能爱自己的父母，爱自己的工作，肯定也爱自己的妻子。这种男人最可靠。

刘菁，你跑题了，咱们说的是老同学李荇。旁边有人提醒我。

正因为听了他的故事，李荇才决然地离开父母、离开舞台，来到了北京，照料他的父母。丈夫常年在外地工作，她一个人带着孩子，又当爹，又当妈，把孩子从幼儿园送到大学，有多少个春夏秋冬，有多少个寂寂长夜，她是怎么过来的？她是一位优秀的昆剧演员，更是一位优秀的军嫂。有次，她去看丈夫，发现他刚下班回来，戴着安全帽，穿着满身是土的迷彩服，扑在他怀里说不出话来。要是几天接不到他电话，她就彻夜睡不着。这样的日子你们试试能否过一天？

你在说书吧。他们要是过得幸福，为什么网上、报刊上很少有他们夫妻生活的报道？她出的书里也没提丈夫，更无合影？宋同学又质问道。

军人嘛，焉能四处发照片？部队有纪律。再说，我们演员，谁愿意向外界披露自己的家庭生活，唱戏才是我们的根本呀。

只怕另有隐情。又有同学说。

不许你们这么说她。你们到部队、到团里去打听打听，就会为你们的信口开河而羞愧。我越说越激动。

宋同学看了我一眼,说,你呀,真是对她一腔真情,可她对你呢?你跟她仅同台十几年,我跟她共事二十五年,她是什么人我不清楚?她为了巴结一位主管我们的领导,老到人家家去,怕领导夫人对她有看法,就叫领导叔叔,还陪着领导夫人逛街买衣服。领导夫人病了,她比亲闺女还亲,守在人家病床前,又是端屎又是接尿。你真以为她那个副团长是唱出来的?你也是演员,你也清楚,上不上舞台,演谁,是领导说了算。你说的那些是她告诉你的吧?全是瞎编的。

我想起了一本书里说的,社会是二元甚至是多元性的,一个是真实的社会,另一个或多个,是人们认为的社会。因此,复杂不在社会本身,而是人心。我说的她的故事都是取自她既编又演的昆曲现代戏《为导弹筑巢的人》中的细节。是二十多年里,从老师和同学的口中断断续续得知的。而问她,她总是轻描淡写地说,我挺好,爱人孩子也很好。语词简洁,好像要急于转变你给她设置的话题,而说起表演来,则滔滔不绝,每个细节都不放过。

你这是妒忌,是造谣。肯定的,你们都在一个单位,主角只能有一个。荇当了,你就得下。再说,有哪个演员不想上舞台。后面的话是我在心里说的。

哈哈，你知道桃子是结在什么上面的吗？宋同学尖声笑道。

难道是结在李子树上的？

桃树是贴着梗长的，你仔细去看看。李荇从进我们团的那天起，就很有心计，对有用的人，诸事奉承，对男人，眉眼传情，对女人，低眉伏小。可恨她是春心无处不飞悬，可叹你是一片痴情付水流。

宋同学话还没说完，我揪起她的一缕头发就扭打起来。

我鼻青脸肿地回到家，爱人大吃一惊，边给我抹药边问我怎么了。我谎称两个学生打架，我劝架时，挂彩了。

夜深人静，爱人儿子都睡了，我在书房打开我跟贤妹过去演出的剧照看了好几遍，不禁唱起了《叫画》。唱着唱着，情到深处，忘了时间和场所，声音越唱越大，眼泪越来越多。

  向真真啼血你知么？叫的你喷嚏似天花唾。动凌波。盈盈欲下，不见影儿那。

  ……

爱人出来，看我唱戏，指指表，说凌晨两点了，快睡吧，又悄悄关上了门。他就是这么体贴，只要我唱戏，他就轻轻走动，生怕打搅了我。虽然我说只要唱戏，天塌下来，我都不予理睬。然而，他多年仍如此。

我冲进卧室，大声对爱人说，红氍毹！我要上红氍毹！

爱人除了给学生拿着三角板边画图边讲已知求证外，哪知道红氍毹是什么意思。他说，红什么薯？明天我给你去买好不好？

我借此又大哭了一场，反复追问他为什么对我那么好。

因为你是我妻子呀。

还有呢？

因为你是我儿子的妈妈呀。

还有呢？

老实人急得满脸通红，半天才说，因为你就是你呀。

他永远也不会回答我最想听的话，那就是"因为你是一位优秀的昆剧小生呀"。

第二天我醒来，他又问我红什么薯，他要去买。我说管他什么红氍毹，你就是我这一生中最美的红氍毹。

想了几天，我都不相信贤妹是宋同学所说的那种人。可她是什么样的人,我又不能确定。八年,抗战都胜利了。二十多年,一个婴儿都长大成人了。何况我们呢。

她爱戏,胜过爱一切。如果不让她演戏,还不如让她去死。这是她曾经说过的话。难道她跟那个军人丈夫真的没有感情?还有那个干爹是真的?我又打开电脑,找出她得奖的《寻梦》,反复看。那时她已四十岁了,已经不再年轻,可她的确唱得好,得奖实至名归。

得奖实至名归,那么当个分管业务的副团长当然也实至名归。漂亮的女人,只要一入仕,人们都会那么想,不奇怪。再说我也有充分的理由证明。她平常的行为我不知道,至少和先生聚会的那晚,她给我们大谈她抓的几件事,还是很有魄力和领导远见的。

母校校庆,我们演出很成功。

"刘李配"分离二十年后再演《牡丹亭·惊梦》,我唱得激情飞扬,她配合得情深意切。

事后一家报纸记者采访问我,这么多年为什么不跟她合作了?

我流着眼泪,只直呆呆地盯着贤妹。记者又问她,她淡然回答,我结婚了,调到我爱人那儿去了。

离开熟悉的舞台到一个陌生的地方再重新开始,你是不是很失落?

随遇而安。

听得我肝肠寸断。本来计划送她我已出版了的二十万字的《生旦忆》,却再也没心情拿出来了。

我想等演出结束,我们陪着先生在母校转转,看看老师和同学,她却走了,说团里很忙,儿子又要考研。说实话,我们从十二岁学戏,到二十多岁离开,我以为我了解她,什么话都跟她说,可是她的内心却像大海一样深邃,除了戏,啥话都不跟我说。越这样,我越想了解她,可她根本不给我机会。

二十多年的等待,只换来这一场演出,好不伤感也。

7

先生得知她走后,叹息了一声,握住我的手说,有机会就唱戏吧。咱们的人生就在舞台上。

我陪着先生走进母校,校园仍在,教学楼虽漂亮却陌生,一个个年轻的身影出出进进,可再也没有了我们曾经的身影。坐在已经面目全非的湖边,我说,老师,你说李荇会想我们吗?本来我想说的是会想我吗。

先生望着远处，没有说话。

我又说，老师，你说贤妹为什么只要说起戏，就那么有激情，演得那么投入，可一下台，怎么就那么冷若冰霜？大家说她为了戏，什么事都肯做。难道她心里就没有一点点对我们的留恋？演出一结束，立马就走。有那么忙吗？

老师拍拍我的手，说，你真是个实心眼的孩子，还跟当年一样。演戏，就投入地演。教学，就投入地教，两耳不闻窗外事。有个消息你可能不知道，李荇要调到咱们滨江昆剧团来了。

真的？这家伙也太深沉了，一个字都没露。这下好了，她正当盛年，肯定又是头牌。我就说嘛，年轻演员只是皮相好，要论实力，还是我们这些正值盛年的演员。演技，以及对角色的理解，现在都炉火纯青了。

先生微笑着说，她想做的事肯定能做到。

这么说我们又可以经常见面了？剧团离我们学校只一墙之隔。

老师笑着说，只要你想唱戏，还怕见不到昆剧团团长？

团长？谁是团长？

傻孩子，不是她，又是谁？我早料到她有这么一天的。

我木然地站起,心里五味杂陈,难以述清。半天才说,她人已中年,又离家,得不偿失吧。我想起了同学们关于她的传言。

她儿子考上研究生了,爱人退休了,说要陪她来。

我就说嘛,人家夫妻感情肯定很好。我脱口而出。

先生探寻地望着我,我忙解释,夫妻在一起好。对了,老师,你说李荇到底是个什么样的人,同学们对她什么说法都有。恩师呀,贤妹她教人难揣摩呀。

先生没接我的话,却手一指,快看,戏台映在水里多妖娆。这是我一生中见过的最美的风景。我循着她的目光望去,湖里灿灿的水波中,戏台的倒影流光溢彩,胜似蓬莱仙境。要不,先生、她的师姐、贤妹,还有我,怎么心心念念它呢?

说到舞台,我又想起了这次我去北京参加演出之前,我爱人送我来机场,忽然说,我知道红氍毹什么意思了,老婆,我崇拜你。

哟,天亮了,雨停了,飞往北京的航班开始登机了,但愿我们有机会再见。作家,谢谢你听了我一夜的啰唆,希望对你有点用。对了,我强烈建议你看看我贤妹唱的《牡丹亭·寻梦》,我认为那是昆曲界最好的《寻梦》。网上都有,最清晰的是在爱奇艺上看,你搜"昆曲李荇",所有贤妹的演出信息就都有了。中央电视台戏曲频道录制的，视频封面她着孔雀蓝褶子，双手舞着水袖，水袖的一头好像飞了起来。满头珠翠，含情脉脉地看着你，真的是烟姿玉骨尘埃外，我看了不下五十遍。你还要看我们俩合作的？那我建议你看《西楼记·楼会》，那时我们才二十七岁，年轻得我都想哭。好了，我走了，再说一句，我爱贤妹，无论她做什么，都是我的至爱。这次，我就是要跟她一起到北京演《王熙凤》。至于我演谁，你若关注，自然就知道了。我说着，诡秘一笑，拉着行李箱，汇入了人流中。

花似人心向好处牵

1

柳昳韵告诉我她要学昆曲，这消息不亚于一位盲人说她要开战斗机，我吃惊得差点把车撞在马路牙子上。我们出版社，有十三位女编辑，除了柳昳韵，谁学昆剧我都不诧异，可柳昳韵四十九岁，体重六十五公斤，驼背，戴酒瓶底厚的黑框眼镜，军事学博士，她常年待在顶楼西头一间偏僻的办公室编军史，跟人鲜有往来。上下班在院子跟同事碰见，也不打招呼，但我们编书，遇到军史问题，总去找她，敲半天门，无人理，只好推开她那扇咯吱乱响的门。办公室书柜上是书，书桌、地上也是书。墙上呢，是三张发旧的军用地图：左边是《解放战争三大战役及渡江战役形势图》，右边是《解放战争战略防御形势图》，中间地图最大，是《淮海战役》，那上面蚂蚁似的字，看着都晕。我们说半天，她脑袋才从那些成堆的书里露出来，放下手中的放大镜，掸掸褪了色的蓝色套袖，推下眼镜，仔细看你好半天，好像确认你不是敌军后，才回答你的问题。她能准确地给我们说出哪场战役是几点打响，参加的最低职务的人叫什么名字，哪地方人，参加多少次战斗，打死多少人，比军事辞典还准确。

我从一家部队医院调到出版社文史编辑部，要编一些军事纪实文学图书，常有专业性知识向她请教，她每问必答。再在院子遇到，她仍视我为路人。我热情上前，聊了半天，她木木地听了一会儿，然后说，对不起，就急匆匆地走了。吃饭，她也是最晚到，来了，坐最后一排靠窗角落，背对大家，面墙，埋头吃饭。她除了工作，对其他事都不感兴趣。单位春游、聚餐什么的，她总是借口她妈病了、家里水管漏水等等，极少参加。

上班，从家属院到单位坐班车半小时，我们女军人虽然深爱着合体的新军装、姓名牌、资历章，可我们谁也不愿意在上下班的路上着军装。在这短短的时间里,我们一个赛一个地比着看谁穿得最漂亮。如果有某位一身衣服两天没换,我们就感觉她生活得实在潦草。而柳昳韵就是这样的人,她一天到晚都穿着军装,上班穿,下班穿。略不同的是,冬天穿我们部队发的冬常服,秋天穿春秋服。夏天呢,我们都穿花枝招展的裙子了,她也穿,只不过仍是深绿色的军裙。别人跟她说话,也只限军事内容。你再聊其他话题,她听半天,然后双眼一合,做摇头状。据说她刚来时,更呆。第一次穿军裙,竟然把前开衩穿到后面去了。当然,老百姓第一次穿军装,难免出错,我们姑且原谅她。还据说她起初到食堂吃饭是跟大家同步进行,结果又出事了。那时我们还没有采用统一的不锈钢餐盘,大家自带饭盒。据她自己回忆当时的情景,是这样说的。她吃饭时,感觉好像有个影子戳在面前,她没理,只管埋头吃饭。喝汤时感觉勺子好像比平常大了一些,进到嘴里不太舒服,但也只是想一下。她吃完饭,正要起身时,那个影子忽然开口说话了,不用洗了,那是我的饭盆。她这才仔细一瞧,可不,这饭盆跟自己的饭盆都是搪瓷的,上面花色也差不多,但比自己的旧,牡丹花多了两朵。从此大家暗地里就叫她呆子,书呆子。有人还总结道,怪不得是柳昳韵了,谁愿意娶这样的呆子做老婆呢。前阵子,她母亲去世，政委代表组织去吊唁，她竟把政委喊成了主任，生生给人家降了半级。陪政委去的军事编辑部主任，也就是柳昳韵的领导忙给调来一年的政委解释，柳编辑从小失去父亲，是母亲一手带大的，伤心得糊涂了，请政委理解。我不这样看，我认为这是柳昳韵心里根本没有这些俗世观念。比如前不久的一天凌晨，大概四五点钟，她忽然给我打电话，边抽泣边说，不得了了，我起床上卫生间，忽然发现地上有好几只蟑螂，吓得跑到我妈屋子里，叫她也不应，推她也不动，我不知道该怎么办。说实话，那时我只到她办公室请教过几次问题，远远没到跟她分享这样伤心事的地步。我揉揉惺忪的双眼，不耐烦地说，这事，一，你应当打120；二，报告你们编辑部领导；三，如果情况恶化，赶紧通知所有的亲戚朋友，准备后事。好的，好的，我马上打120，马上报告我们主任。不过你能来吗？我好害怕，都不敢在屋子里待，我从没经过这样的事。

那是我参加过的葬礼中最简陋的一次，除了他们编辑部，加上我，总共五个人。我说你没通知亲戚朋友或者其他人？她摇摇头说，别麻烦人家，咱们社领导要来，我都没同意。灵车来后，我们几个人帮着她把老人遗体放上车，她让大家都回去，自己一个人跟车前去处理后事。她上灵车时，我发现她腿直打哆嗦，便陪着她一起到了殡仪馆。从那以后,她不再叫我赵编辑,而叫我芷。此后,三天两头给我打电话,芷,我家水管漏水了,怎么办?我说找物业呀。我没电话。这事刚解决完,她又打电话了。芷,你说炒菜放少许盐,少许是多少呀?你别烦我!你是我最好的朋友,这些事以前都是我妈妈做的。想起我妈妈,她好狠心,怎么能丢下我不管呢。噢噢噢。行了,你不是三岁小孩,你快五十岁了。

自从她妈走后,她过得更马虎,上下班仍穿军装,不是把右领上的领花别到了左领上,就是把冬天的硬肩章别在了短袖上。有时,我们在班车上无聊,除了说说衣服品品电影,偶尔也开开玩笑。有次,不知谁说假若你有一双翅膀,咋办?有人答,飞往世界各地,看从未见过的景,吃从未吃过的美食。也有人说到人迹罕至的地方,邂逅一两次艳遇多妙。这时,社花忽然回头问柳昳韵,你呢?柳昳韵好像大梦初醒,待明白问的内容,一本正经地说,那当然得去医院把翅膀做了呀,要不,岂不成了怪物。逗得我们大家差点笑岔了气。她仍一脸无辜,我答得没错呀,这是一道脑筋急转弯题,不信,你们去看央视二频道五月九日的节目。

所以,我不相信她这样的人能学会昆曲。昆曲是什么,是缠缠绵绵的水磨腔,是你侬我侬的儿女情,一个不晓得风花雪月无意激

花似人心向好处牵　187

滟心事的柳昳韵扮多情小姐,我想大多数观众跟我一样,没有兴致瞧一眼。

你说,我能不能学会呀?她在电话里不停地问,声音迫切而急促,好像我说她会她就立马能登台。

我把车停在一处安静的路边,说,我听的感觉就像是要把大炮磨成绣花针。柳编辑,你怎么会冒出这稀奇古怪的念头?

柳昳韵在电话里清清嗓子说,这不是还在疫情期间嘛,咱们在家办公,编稿之余好无聊。一次偶然的机会我知道了昆曲这个剧种。一出戏没听完,竟迷进去了,我这半月反复看张继青、沈世华、华文漪、王奉梅等这些名家的演出,同一支曲子,我看了不下五十遍,每天往电脑前一坐,就想看,而且一点儿也不烦。我看了老一代的,又看中生代的,你看看张志红五十多岁了,那个美,简直就是仙女下凡。人家跟我同岁,可你看她们美得不可方物。沈世华多少岁了,老太太七十九了,你去看看她的《牡丹亭·游园》,妥妥的一少女嘛。这么一看,我就再也放不下昆曲啦,就想说不定我也能学昆曲呢。芷,我给你说,我琢磨了好几天,越发明白女人不学昆曲,这一辈子算白活了。

我记得你好像在社里组织的青春奋斗演讲会上,说女人不当兵，这一辈子才白活了。

哎，当兵是职业，昆曲是爱好嘛。

看我没接话，她在电话那头仍在追问：你听见了没，快说话呀。你是不是觉得我这把年纪了学不会。可你就不想想，穆桂英五十还挂帅呢，她婆婆佘太君更厉害，百岁还出征呢。

人家只是克服体能上的困难，而不是半辈子或百岁才初次学艺，博士，拜托，你要搞清概念，方可辩论。

吴昌硕四十岁时拜师学画，齐白石六十岁才成正果，金星都把自己的男子身变成了女人体，这世界上没有办不到的事，只有你想不到的。我打电话问过全京城最厉害的昆曲胡同一号，问我这种老白能不能学会昆曲，人家说，还有八十岁的老太太来学呢，我还不到五十，胳膊腿总不至于硬过那老太太吧，你说是不是？

我望望大街上戴着口罩的人群，知道她一根筋，一时半会儿劝不住，本想调侃，我还没见过戴近视眼镜的杜丽娘，又怕伤了她敏感的自尊心，便打断她的话，说我正在开车呢，晚上到家后给她电话。

她说，真的，芷，昆曲好美呀，你一定要听听，一定要听听，现在疫情期，不能出去，听听昆曲，也是一种享受。真的，特享受。我就想如果我学会了昆曲，也许我的生活就跟现在两样了。

你就能从大校军官变成闺门旦？

啊，你也知道闺门旦？看来我找对人了，好好好，我不说了，你开好车，晚上到我家里来，咱们好好聊聊。

我们住在一个院里，共处一年了，这是她第一次请我到家里去，实属难得。听同事们说，她从来不让人去她家。但现在非常时期，我除了家，连买菜都不敢去，更别说到别人家去了。

等疫情结束吧。

来吧，来吧，芷，你是我最好的朋友，没有之一。我有要事与你商量，刻不容缓。求求你了。你不来，我会失眠的。失眠你没经历过，得上了，就像得了新冠，可不好治呀。

我犹豫片刻，答应去。我可知道失眠的痛苦。再说我编辑的一本书《中国战舰备忘录》，能得部队优秀图书奖，她功不可没。这书当时只是一个业余作者写的一部反映本单位建设的报告文学，我为了史料的准确，让她给我把下关，因为是人生中编辑的第一本书，又是初次从政工干事转身当编辑，心里没底。而她是出版社的优秀编辑，名牌大学毕业的军事学博士，这对我这个从战士入伍，后来上了军校的人来说，是炫目的前辈。还有令我信服的是办公楼大厅两边的优秀编辑排行榜上，她是第一位，佩戴大红花，厚厚的眼镜下，那眼神凛然，好似傲视众生。虽然在众多帅男靓女中，她一点儿也不突出，相反，显得又老又憔悴，但是她排名第一的图书销售量，还是让我下决心，让她帮我看下书稿。第一炮，要打响，你才能在这个知识分子成堆的人群里站住脚。这是当过兵的爸说的。

　　结果，她不但把军舰型号、吨位，还有鱼雷尺寸，甚至声呐、舰艉这些专业用词一一核对，还在全书结构上，提出了建设性意见，比如此书不能只写北海舰队，要写全海军的驱逐舰，甚至要延伸到全世界的驱逐舰最新状况，书名叫《中国战舰备忘录》，既全面又有权威性，而且肯定有良好的社会效益和经济效益。

　　我把此事跟作者说了，作者在后记里不但表扬了我，还表扬了柳昳韵。柳昳韵看到书稿后，拿起笔，就把自己的名字画掉了，说，一，我就是一个编辑，不是作家，还知名作家？言过其实。二，自己做点力所能及的事，不是为表扬，为的是朋友的信任。她的一番话让我脸红心跳，因为我在作者后记中提到我是一名作家后，发现他少提了我一部书，还特意加上了。听她这么一说，立马把写我的那部分也删掉了。

书得了奖，还拿到一笔不菲的奖金，我好兴奋，要请她吃饭，她一句话就把我怼了回来：你怎么那么俗气呀？虽如此，我仍感觉欠她一份人情，没事时，常到她办公室坐坐，虽然跟她谈话很无趣，她不是枪，就是炮，但也能增加业务知识，跟她就比别人走得近些。

她现在能把这么重要的决定告诉我，还再三不让我告诉别人，我更感到信任是多么的弥足珍贵，决定冒险去她家。

2

她家不跟我家在一个单元，她再三叮嘱我走防火通道。防火通道低低的天花板，好压抑，常年人不走，里面肯定灰尘遍地，便问她为啥非要走此偏道？

走防火通道，你就不用换出门衣服了。

这话，让我心里一暖，没想到一向待人冷淡的她还这么贴心，晚上吃过饭，给爱人说我去一下同事家。爱人说，疫情期间，你乱串什么门？

院子管理这么严，再说都一个单位的，安全，待在家里三个月了，除了一周上一天班，整天一家三口都在家待着，好烦。

那也得戴上口罩。

那是当然。

在电梯里，我一直想象柳昳韵的家肯定跟办公室一样，全是书，博士嘛，不读书，怎么成博士？

到了她家门口我正要摁铃，门开了，她戴着口罩，手里拿着电子体温表，好像守在单位和家大门口的看门人，我刚还感动的心立马凉了，摆摆手说，算了，我还是不进去了，有话就在这说吧。

安全第一嘛。柳昳韵说着，抓起我的胳膊就测体温，我这才发现她也像守门人一样戴着橡胶手套，更没兴致跟她讲话了，想挣开她的手，她却主动放下了，说，三十六度二。你有什么不舒服吗？

我新冠。我气呼呼地说着，转身就要走。

她笑着一把把我拉进门，又让我踩脚垫，又在我掌上喷上消毒水，还让我搓下手，更让我恼火的是，她拿出一身睡衣，让我换上，再三说这是新买的，她刚洗过。但我这次没主动提出走，也没生气，因为她说这是专门给我预备的，还说我是她唯一的好朋友，她可是第一次请好朋友到家来做客，我不能不给她这个面子哟。

我是一个易感动的人，听她这么一说，就听话地换了衣服，要坐沙发时，又不高兴了，她的布艺沙发上，还铺着一块格子棉布。

你不要多心，我每天就是这样的，一个人拆、套沙发套，可折腾人了，累得每次都是一身臭汗。柳昳韵说着，要给我沏茶，我说不用，我坐坐就走，有什么话赶紧说，非常时期，不应串门，不宜聚集，这是社里三令五申的。她还是进厨房了。我瞧了下四周，没想到书柜上一本书都没有，门后倒是放了三大堆书，都捆在了一起，显然是要卖的。茶几上除了一个杯子和电视遥控器，空空如也。阳台无花无草，只有一件睡衣寡淡地挂着，一看就是一个没有情致的女人住所。

这样的女人，活该单身，还学昆曲，真是痴人说梦。我心里暗想。

她端着一盘苹果出来。拿着刀子削皮时，苹果滚在了地上，她不好意思地又拿起一个，笨拙地边削边解释，我这还是第一次削皮，人说，吃苹果，连皮吃，有营养。不瞒你说，我是独生女，妈一直惯着我，我除了读书，啥都不会。

看她把皮削得那么厚，果肉上都有了指痕，我相信她是第一次削，便接过来说，我自己来。她说，这怎么好意思，你到我家来。我削好一只，递给她，自己又削，她像研究军史一样，扶着眼镜一眼不眨地看着我削说，你真可以，削了一串整皮。好厉害呀。你给我讲讲，你是怎么把苹果皮削成一个完整圈的？

我咬了一口苹果，味道还不错，说，你叫我来不是为学削苹果的吧，快说，何事？

她腾地站起来，指着客厅空空的书架，说，我要换一种生活了，我要和旧我告别了，想请你帮我出出主意，怎么布置房间。你看，四个房间，我都清理出来了。

的确，除了卧室有张床和衣柜，其他每个房间也是空的。

我说你不是学昆曲嘛，这与房间有什么关系？

就因为要学昆曲，才要营造美的环境嘛，现在不用每天上班，刚好有大块的时间可以支配。

可疫情期间，你怎么布置，得安全了再说。你连我都信不过，买东西，外人怎么进来？

这我已经想到了，可我一天都不想让家还是老样子了，你帮我出出主意，怎么布置房间。其他的事你就不用管了。

我说房子嘛，我不能给你具体说，但得有花，有草，有可爱的书、别致的茶具吧。你一个人，房子大，比如这十四层的阳台，叫上三两知己，晚上坐这喝茶，望着三环高架桥上的灯光，肯定不

花似人心向好处牵　　195

赖。还有别再盖咱们部队发的军用被子了。你到网上看看那些美丽柔软的织物，不仅舒适、花色雅致，也让人心情愉快。还有靠垫、地毯，都买可人的，那些淡雅的妩媚的花卉棉织品可多了。

你说得对，我得记下，你说慢些。她拿纸一一记着，还动不动说，你慢点说，这牌子名字是这俩字吧？对了，你说我这书柜是不是不好看？

橡木色泽大众了些，上面放些书、你的美照，还有这儿，吊盆花，就不错。

我布置家，老跟爱人有不同意见，在这，可是有了自己兴头。我说到高兴处，干脆拿笔给她画起来。我说衣柜，这样放。对了，客厅墙上，挂些你拍的风景照，当然油画最显档次。一句话，家里要温馨，不要像老处……

我还没说完，发现她脸色变暗了，忙改口道，不要像老楚，就是我一个姓楚的女同学，我们都叫她老楚，从上大学叫到现在。她四十多岁了，愣是找了一个比自己小三岁的男朋友，人家现在开着大奔，住在郊区的大别墅里，整天诗酒棋花旅行，天天在朋友圈秀滋润呢。我越编越有兴致，好像我真有这么个女同学存在似的。怕越说越假，忙把话题扭了回来，说，你别整天把家整得色泽灰扑扑的，好像人陷进了水泥堆，人没进门，就没胃口了。人不说了嘛，家的气氛很重要，窗明几净，温馨可人。

说得好，说得有道理。我妈走了后，我忽然想我日子怎么过呀，她在时，都是她说了算。门后那些书，是我爸的，我爸是我们县法院的，搞了一辈子法律，这些书是经济犯罪学、计算机犯罪学、刑事犯罪学、禁毒痕迹检验、法医学、刑法学、预审科、笔迹检验、法医学、微量物证与毒物检验，还有大箱子里的那一堆案例，都是他留下的。我看着名字都害怕，晚上老做噩梦，让我妈扔，我妈是农村老太太，可固执了，说，丢了就没你爸的念想了。从老家搬到我这里，说书在，我爸就在。我当时很不高兴，可我爸妈养大我不容易，我生命中最好的年华，就全给他们了。

对了，你为什么一直不找男朋友？

她递给我一杯茶，然后坐到我跟前，叹了一声说，上学时，为了考个好学校，没心思，也没精力。我是高考考上的本硕博连读，毕业后，已二十七了。工作后，别人也介绍了一些，要么是我爸不喜欢，要么是我妈不喜欢，我就顺着他们的意，结果生生把我耽误了。我喜欢过一个人，是在图书馆遇到的，他送了我回家好几次。可我妈说那男人跟我属相不合，鸡猴不到头，不让我跟他接触。后来，出去开会时，又遇到一个，我们处了三个月，带回家，我妈也还满意。就要结婚时，我妈却说什么也不同意了，你猜她说啥？她说，那男人他爸妈寿不长，估计他也活不长。我哭过，我求过她，她就一会儿上吊一会儿要吃毒药，那时，我三十五岁，一气之下，就谁也不见了。后来才明白，我妈怕我结婚了，她不能在我这长住。我一听，心里更不想找对象了。我爸走时，我妈为了怕找后爸我吃苦，就没找。我妈为了我，牺牲了自己的幸福，我还有什么放不下的。

我爸走后，我没觉得什么，因为他平常跟我关系就一般，特严肃。可我妈走后，我感觉自己的天一下子塌了，心里好空，不知道以后的岁月怎么打发。给你说句笑话，我妈刚走，我都不知道下一顿饭吃什么，怎么做。一个朋友的一句话，忽然使我茅塞顿开。他说，难道你后半生就一直守着这个死气沉沉的家？刚开始，我听了不舒服，后来豁然开朗。父母到那个世界团聚了，我要活出自己来。所以，我要把这些书全卖了，我不能再让它们放在这儿左右我的生活。妹妹，我快五十了，人生好日子越来越少。不说这些了，快，帮我出出主意，买东西，比考研可难多了，这可是我的盲区。

你可以到网上好好查查，网上什么都有，喜欢什么，买什么，这是你的家。你的家，当然你做主了。

哪个网？

哎呀，我的博士姐姐，鼠标在你手，随便点，天下都是你的呀。对了，戏剧演员都是从小练功的，你现在这腰还能下得去吗？

我仔细看了，毕竟杜丽娘下腰卧鱼的动作少些，而我喜欢的是她舞水袖和折扇的动作，或者脸上生动的表情，至于唱腔，我小时学过简谱五线谱，不成问题。

看来你真不是说着玩的，对了，咱们单位有人学茶道，有人学插花，有人学瑜伽，为什么你要死心塌地学昆曲？

因为昆曲妙不可言。我现在最难的是……

这时，爱人给我打电话，我说我得走了。

等一下，她说，今天光整理这三个书柜书，累得浑身都疼，你帮我贴几片膏药。我刚一搭手到她腰上，她就喊个不停。我说这岁数了，悠着点。长城也不是一天建起来的。

话是这么说的，可我性急，一想某事就立马坐不住了。

出门时，她给我一副手套说，你戴上手套，仍走防火通道，这样，跟人接触少。还有，不要告诉咱们社里的任何人我学昆曲的事情。

这是好事，又不是做贼。

我相信你不会瞧不起我，别人就难说了。请你按我说的去做，你得以军人的名义向我发誓。

我没想到她把此事看得如此之重，再瞧她那脸上庄重的表情，便拍着她的肩说，放心，这话我已放进了保险柜了。

结果我一回家，就失言了。刚到家，爱人正在关电视，问我柳昉韵叫我干啥。天这么晚了，不叫还不回家。

我顺嘴就说她要学昆曲，要改变生活。爱人咧嘴一笑，她能唱昆曲，母鸡就会打鸣。

我才觉得柳昉韵的叮嘱确有必要，便对爱人没好气地说，她肯定能成，而且此事不要说与别人听，否则咱就离婚。

怎么跟柳昉韵待了一会儿，你也变神经了。

你才变神经了。虽然我起初跟爱人一样怀疑，可这时我忽然想，兴许柳昉韵能成呢，人家把那么枯燥乏味的军事都能学成博士，还有啥事干不成？

3

后来我常在家里的书房窗前看到柳昳韵一次次到大门口去取快递,穿着黄色连身防护服,戴头盔般的防护镜,黄色橡胶手套,好像防化团的人。院子里戴着口罩的几个老太太坐在花园石椅上聊天,看到她搬出搬进的,不停地嘀咕,是不是这柳昳韵要结婚了?马上有人反驳这可是疫情期间,没见她跟谁去约会呀。她不知听到没,反正她目不斜视,不是背就是扛,后来又拉了辆小平板车,东歪西扭的,放在上面的好几个大小不一的箱子也摇摇晃晃的,看得人好紧张。看大门的老李可能动了恻隐之心,帮着她扶上面的箱子,手刚放上,她立马喊放下,快放下,那架势好像老李头非礼了她似的。老李六十出头,认为侮辱了自己,骂骂咧咧地说,你以为你是刘晓庆呀,边说边狠狠地踢了一下那箱子。这么一闹,搞得众人更像躲病毒一样,绕着柳昳韵走了。

一天,我又无聊地站在窗前望着满院的姹紫嫣红却不能下去细赏,爱人走到我跟前。这时,柳昳韵正要进单元门,仍是一身防化兵装备。爱人瞧了一眼,冷笑道,丑人多作怪。

难道你是潘安?

这话不是你以前说的吗,说那老处女丑人多作怪。

以前是以前,现在她是我的好朋友。

有时,她在单位,快递到了,就让我帮她取下,放到她家门口。说她要拿回去消毒的。因为现在快递小哥不能进院,快递不能放丰巢快递柜。

大大小小的箱子,不一而足,我也懒得看。但是有不少书,我倒是第一次看到,比如著名昆剧表演艺术家沈世华的《昆坛求艺六十年》、张继青的《春心无处不飞悬》,还有一本书叫《好花枝》,以及《水袖的妙用》,让我第一次以作家的心思去体察这个柳昳韵的内心世界了。

有次,她在朋友圈晒了一位书法家给她写的一幅字,春心无处不飞悬。我说这句子好美,她马上打来语音电话,说,这是昆曲《牡丹亭》里的句子,还有一句也很美,是:最撩人春色是今年。

再撩人,也出不去呀,整天在家闷着,怕再待一两个月,就抑郁了。我烦燥地说着,叹了一口气。

嗳,心里有春,就不怕眼中没春意嘛。对了,你说,这两幅字,哪个更适合挂到客厅?她又急不可耐了。

我随口道，春心无处不飞悬吧。

很好，我也这样想。

对了，你打算如何学昆曲呀，是学一整出戏，还是学一折？

先学杜丽娘的唱词，哪怕就学会《惊梦》，我也知足了。

你老实说，你为什么要学昆曲，我总觉得不像你给我说的那样简单。

她哈哈一笑，说，我听一个朋友说，像昆剧一样生活，那才是女人。还说走进昆曲，就打开了一颗少女之心。我就看了《牡丹亭·游园》一折，文辞美不说，词里还有韵律，可以吟、唱、念、做、表。唱腔美，身段美，意境美。光水袖，我统计了一下，就有翻、折、甩、搭、扭、拧、披、转、缠、掸、抖、挑、拨、勾、打、扬、撑、冲，十多种呢。水袖靠着各种基本功的相互搭靠，把人物的情感表达得淋漓尽致。还有扇子的运用，抖、遮、开、合、摇等，简直太多了。扇子呢，又分团扇和折扇，团扇主要是贴旦，也就是年轻活泼的小姑娘用，比如《牡丹亭》中的春香。折扇男女主角通用，但尺寸不同。一般生角的扇子，要大些。旦角的扇子小些，一般宫中嫔妃、大家闺秀用折扇，如《贵妃醉酒》中的杨玉环、《游园惊梦》中的杜丽娘等。文生以扇尽展其潇洒，旦角以扇掩其娇羞，花脸以扇平添其威武，丑角以扇更逗其滑稽……总之，戏曲与扇子结成了密切的关系，以至扇子被称为戏曲表演中的"万能道具"。你想想把这些动作做美了，你不美天都不容。

我的天，你这么一说，连我也喜欢上昆曲了。可你怎么学呢，拜师，还是向视频学？

我先吃透本子，理解了人物，然后拜师学唱。最近我在电脑上把北昆、江昆、上昆、浙昆等著名昆剧闺门旦的戏全看完了，又把在北京的全国著名的昆剧旦角的戏仔细研究了一番，我决定向最喜欢的昆剧名角沈世华老师学戏。

她多大，一线演员吗？得过梅花奖吗？

看来戏剧你还是懂一些的，沈老师没得过梅花奖，但她培养出了三十多位梅花奖获得者。

嗯，那她现在肯定很忙，不一定能教你。

她七十九岁了，年轻时风华绝代。离开舞台很久了，近两年才复出。

年纪这么大？复出也是老人了。一个老人，教一个零基础演员，笑死人了。这家伙真不按常理出牌，我又问，她那么大年纪，还能唱念做打吗？

你有空看看她表演，可以说这是昆剧界最厉害的一个闺门旦。她把戏演得自然极了，你看看她的眼神、手势、圆场，简直就是一个古代知书达礼的大家闺秀。我要拜她为师，多贵的学费我都出，我一人无家无业无孩子，要钱干什么，我好像第一次知道生活也可以这样过。

在她说话的当儿，我顺手点开电脑网页，沈世华真是昆曲界最优秀的艺术家，柳昳韵选老师规格都这么高，必定成功，便笑道，好呀，我等着看了。

等半年后，你到我家来喝咖啡吧，我会给你一个惊喜。

我笑着说，你不要再给我喷药就行了。

安全不能不重视，该喷还得喷。昆曲是最美的化妆品，不信，你试试。

看来我以后不叫你博士，该叫你闺门旦了。

哈哈，这称呼我爱听，我从小在农村长大，我妈说，人心里惦记什么，什么就来了。所以，闺门旦不错。不过，你务必记着，不要在社里当着同事的面叫。我不想让任何人知道我学戏。不过，你是我的好朋友，另当别论。好了，有人敲门了，以后再聊。

4

两个月后,柳昳韵又打电话让我去她家,说一切停当,让我验收。

一进门,要不是她朝我笑,我真疑心走错了门。在疫情期间,我不知道她是怎么把这些东西一股脑儿搬到家里来的,客厅书架上,仍是书,非军史,亦非法律,而是昆曲,是诗词,是花花草草。还摆了不少盆盆瓶瓶,色泽漂亮极了。比如电视柜前地上,淡灰色小桶状的花盆里插着满天星,茶几上青色的茶壶状花瓶里斜倚着一枝梅,而进门玄关处,半人高的黑色花瓶里插着一束大红的郁金香。那幅《春心无处不飞悬》的书法,挂在沙发最上面的墙上,还镶了镜框。

我笑着说,人家要么挂国色天香牡丹,要么挂瀑布山河,你倒好,挂这个。我仔细想了想,这句诗太文艺了,不,或者说,太直白了吧,好像一封情书,让进你家的人,特别是男人,会有许多联想哟。

她扶着眼镜说,有道理,这是闺阁体,不宜放在大庭广众之下，不过，我家里来的也是闺密。这诗挂着每天看，让我觉得自己还没那么老。

阳台上果然放着茶几，上面是一套完整的茶具，只是上面的包装还没拆，好孤单。她说，你是第一个坐这来喝茶的。来，红茶怎么样？

我说我先检查每个房间吧。主屋除了一张大床，阳台上放的也是花。左边床头柜上放着留声机，放着昆曲。这是名角张继青演唱的昆曲《牡丹亭·游园》，柳眹韵边给我解释边手里打着拍子，说，好听吧。右边床头柜上放着一个大镜框，上面是一位身姿绰约、满头珠翠、手执纸扇，着绣有紫蝴蝶的白袍的古代美人，含笑半倚梅树旁。

杜丽娘？我问。

是。你猜这演员多大？

我拿起相框，先瞧脖子，被立领遮着，有无皱纹，不甚分明。眼角，没细纹。一只纤纤玉手握着合着的纸扇，另一只手掩在水袖里。二十多岁，最多不超过三十吧。

芷，我也不相信，这是七十九岁的沈世华老师最近在长安大剧院唱《牡丹亭·游园》的演出剧照。

这就是沈世华？我真不敢相信一个老人的扮相满满都是少女状。

不仅扮得像，唱得更是。

到更衣室，衣架上挂着一排绣着粉色、白色、水粉色的花骨朵儿带着水袖的戏服。

真漂亮呀。

那当然，它们可都是我梦中的衣裳呀，你摸摸这花骨朵儿，可都是货真价实的苏绣。

我的天，博士，你是动真格的了。服了，真真的服了。对了，昆曲，学得怎么样了？

学着呢。

能不能表演一下？给我开开眼界。

还没过关，怎能示人。不过，我要给你表演另外一个才艺。她真的是这么说的，"才艺"一词，让我浮想联翩。她说着，拉我到沙发上坐下，拿出一只杧果，熟练地给我削起来。说实话，削得很棒，皮薄，还是整块，手又干净。强过我。

博士，你啥时学的这才艺？我笑着问。

最近呀，我就一直练，我就不信它能比军史还难搞定。手割破了，才艺也成了。她托着眼镜，笑眯眯地望着我。

不错，好女孩，继续努力。

你看，我最近是不是有什么变化？她说着，摘下眼镜，一双眼睛忽闪忽闪地瞅着我，还真有那么一点妩媚劲。

可我没说出来，装作上下打量了半天，说，没发现什么呀。

你没发现我的眼神的变化？有时我说话说到兴奋处，眼神会亮一些。不高兴时，眼神会收一些。她边说边做动作，说实话，要是她不说，我还真没瞅出来。

她叹了一声，说，算了，你太马虎，这样细致的眼神，你看不出来也罢。她站起来，在我面前呼地转了一圈，说，妹妹，这下，发现了没有？

我还是摇摇头。

我瘦了五斤，五斤呀，一袋米的重量，你竟没看出来？我晚上在家里跑步机上跑一小时，白天一起床，到公园里跑五公里。还有吃饭，数着米粒吃，唱杜丽娘没好的身材，怎么做动作，身段也不会美。

天，原来是杜丽娘给了你减肥的力量。

记着，我的目标是瘦二十斤。

昆曲光演员瘦不行，毕竟唱才是主要的。我说。

花似人心向好处牵　209

那当然，边喝茶边慢慢论证。她说你看，三环的夜晚好美。确实，远远看去，好像一条闪光的河流。我正欣赏着，她又是烧水，又是洗杯，还说要醒茶。然后兰花指伸着，递给我一小杯茶。那小茶杯里的茶是琥珀色的，不知是因为小巧的杯子，还是茶色，反正握在手里，感觉超好。

她坐我对面，微微侧着身，身材的确有些瘦，她这么一讲究，让我也不由得把搁在藤椅上的双腿放了下来，做淑女状。

她说，你随意，怎么舒服你怎么来。

我本想表扬她，可不知为什么，心里很不得劲，便充满优越感地重新把腿放在藤椅上，品着茶，装着老到地说，茶味有些飘。

她一脸懵懂地问，飘是什么意思？

我想起有一个据说很懂茶道的人的话，便说茶喝进去，口腔不滑，有些涩。

她说我买的大红袍呀。咱从来不喝茶，要喝，就要喝上品的对不对。难道这茶是假的，不对呀，人家是品牌店。

我一看她又较真了，忙说咱不聊茶经，说正经的。

她挺了挺身子，说，我给你说，我最近先把宋话本，也就是《牡丹亭》最初的小说看了，跟汤显祖的剧本故事情节差不多，剧本美在细节。怎么个美法呢，音乐曲调咱不是专业人士，说不来，可是你看看这些曲牌名，本身就像一首诗，慢慢品读，不自觉就唇齿留香。比如《鹊桥仙》因欧阳修有词"鹊迎桥路接天津"一句，取为词名。《如梦令》原名《忆仙姿》，相传为后唐庄宗李存勖自制曲，因曲中有"如梦，如梦，残月落花烟重"一句而得名。

江儿水，若叫江水儿，是不是就俗了？你听听《牡丹亭》里那些曲牌名，我把它们连起来，就是一部美妙的小说，你仔细听，告诉我讲了一个什么样的故事。

几天不见，你真玩得越来越高大上了。

别打岔。她说着，拿起一个精致的棕色牛皮本子，打开，大声念起来。

秋夜月，锁窗寒。小桃红，一枝花，滴溜子，点绛唇。红衲袄，绵搭絮。朝天懒，剔银灯。风入松，转林莺，粉蝶儿引凤凰阁。亭前柳，集贤宾。鹊桥枝，锦缠道。红绣鞋，舞霓裳。金蕉叶，定定双。香柳娘，沽美酒，倾杯序，三登乐，鹊踏枝。

一封书，梁州令。千秋岁，朱奴儿犯。簇御林，收江南。

菊花新，榴花泣，绕红楼，江头送别。鲍老催。渔家灯，清江引。一江风，夜行船。孤飞雁，罗江怨，驻马听。好姐姐，醉扶归。月云高，雁儿落，水红花。小桃红，懒画眉，意难忘。滴滴金，香遍满，醉花阴。好事近，一落索，金珑璁，长相忆。

番卜算，征胡兵。太师引，霜天晓角，破阵子。出队子，斗双鸡，胜如花。夜游朝，四边静。朝天子，普贤歌。吴小四，大迓鼓。水仙子，普天乐。杏花天，字字双。玉芙蓉，真珠帘。满庭芳，九回肠。蝶恋花，意不尽，桂花锁南枝。

你听懂了没有？

我看她迫切的样子，故意喝了一口茶，摇摇头。

我再给你念一遍，你可是学中文的，不会听不懂吧？

她又扶了扶眼镜，要念，我摆摆手说，虽说有些刻意，但故事还是有的，不就讲了一个小姐与所爱的人花前月下，爱人忽然出征打仗，小姐夜夜盼归。后来，爱人凯旋，天子封赏，夫妻团圆的故事嘛。

哈哈，证明我成功了。这只是牛刀小试。哎，芷，我给你说，

《懒画眉》，这个曲牌我最喜欢了，小姐心情不好，就不画眉毛。《山桃犯》，一个"犯"字用得真好，非挑逗、非招惹，而是浩浩荡荡的占据。你想象一下，山桃样的女子，红艳、野性、滚烫，一颦一笑间，被"犯"之人即使稳若青山，也根本来不及反应，便慌不迭捧上一颗心。还有《集贤宾》《山坡羊》，多大气，少了脂粉气。还有《好姐姐》《步步娇》，多妩媚，这曲牌之美，我就是一天也跟你说不完。你再听听这词，夜深人静，我倚在床头，反复读，越读越美，原来姹紫嫣红开遍，一个"遍"，多美、多巧。可马上就出现了断了栏杆的井，断了的粉墙。让人岂不伤春。

我听着听着，不禁忘了喝茶、忘了赏景，生怕漏了一个字。

她显然受到了鼓励，讲得更加投入：然后就到了我最喜欢的地方，越读越觉得它就是为我写的。也就是杜丽娘做梦前唱的那一段：没乱里春情难遣，蓦地里怀人幽怨。只为俺生小婵娟，拣名门一例一例里神仙眷。你听听，她要门当户对，还要能说到一起、天下少有的神仙夫妻。甚良缘，把青春抛的远？俺的睡情谁见？哎呀，芷，你说汤显祖一个大男人怎么能体察到我们女人之心呢。我可不就是在人面前腼腆嘛。我不就是和春光流转嘛，再听听，这衷怀给谁言？除问天。你说是不是我？如花美眷谁知晓，很快就似水流年。芷,一晃,我就五十了呀。她说着,放下本子,泪花点点。

说实话,汤显祖的《牡丹亭》剧本我看了不下十遍,却从未留意这几句。没想到动她情处,却是我忽略之句。我递给她纸巾,她摆摆手,可能一说完,又后悔了,马上又说杜丽娘,这梦如何醒来呢?我们一般人都会说有人叫,或被其他声音吵醒。但杜丽娘寻梦时,却说是一片花瓣儿把她吵醒了,多美。还有"写真"是工笔,也就是一个个细节,从画眉、脸、神态、动作一直到倚在梅树边。到了最后的离魂,她没有多少动作,因为《游园》和《惊梦》已经做了大量的动作,有一个人的,有双人的,再做动作观众就烦了,而且杜丽娘在病中,所以这时要体现她离世时的悲伤。凡事成是它,败也是它,所以这时虽然没有多少动作,可是能深刻地挖掘演员的内心深处,所以我突然喜欢上了它。既然已经画了像,就要给最知心的春香交代画如何处理。对不对?还有,向养育自己的母亲告别,向母亲提出把自己的遗骨埋在梅树旁。然后还盼着重生,既为后文的情节埋下了伏笔,也给全剧充满了希望,所以她的梦并不悲伤。

行呀,博士,以后你出去讲课不要再说军史了,你直接讲昆曲吧。

她摆摆手，喝了一杯茶，要续水，我忙说，你继续，我来。

现在咱抛开剧本的词美，再说这个故事点，它为什么那么吸引我？一是故事情节吸引人：一位十六岁的官家少女在自家的后花园玩后，做了一个春梦，竟然为此而死。一奇。死了还能复生，二奇。偏偏就有一个秀才遇到，整天叫她的画像，竟然把她叫来了，还让她再生。三奇。小姐痴，秀才痴，这样人物感动人。好故事的基本元素都有了。

二，人死了如何复生？这可以大做文章，也是小说最吸引读者的地方。地府里的判爷被她感动了，自己都没命了还问判爷她所爱的人到底是姓柳还是姓梅，判爷没见过这么痴情的女子，恻隐之心顿起，让她与书生相见，重回人间。

三，做梦不稀奇，寻梦才有意思。没有寻到梦，留下自己的写真又是惊人，而遇到拾画人，偏偏他又姓柳，才是奇中有奇。

四，故事情节固然稀奇，细节更有意思。比如，这秀才手里拿什么不成，偏要拿个柳枝？这样一方面显得他不俗，一方面也表明他姓柳，有画面感。再如，梦中，是花落惊醒，多棒。还有画要让人收拾好，还装到紫檀盒里，压到梅树下，太湖石边。依依可人的梅树，累累的梅果，多美呀。月落重生灯再红，不说花再红，而是说灯，是因为月亮落了，又重新升起来了，当然天黑了，所以要点亮灯。游园是欢快，惊梦是甜蜜，寻梦是失落，写真是期冀，离魂则是悲而不伤。还有少女之心的一层层描述，简直比B超还精细。当然，也有不足，如果给春香说一句好好照顾父母，我认为就更妙了。

哎呀，不愧是博士，真是一个字一个字地抠。

当然要一个字一个字地抠，研究军史，跟唱昆剧一个理。

姐姐，你不是研究昆曲，你是在学唱戏。

磨刀不误砍柴工，了解透了才能学好戏嘛。

对了，你跟沈老师联系上了吗？她同意收你了吗？我看了她的演出，视频好少，但每一折确是精品，特别是《牡丹亭》里的杜丽娘、《思凡》里的小尼姑，简直后无来者，无人企及。你这家伙，眼光刁、眼光准，导师选得好。

沈老师是名人，岂能随便见？她半天才说。

你是我好朋友，我一直在关心着你，知道你买东西总买最贵的，学习也要找大师。可是咱还是现实些吧，一步一步来。先打基础，就像你上了硕士，才能上博士，循序渐进嘛。我在网上查到小井胡同里有个昆曲班，它聘请全国著名昆剧演员作为老师，采用小班授课，点对点教学，分级教学的制度，手把手教你学唱昆曲，学费也不贵，一年八千块，包教会。学会课时内规定唱段及相应身段，达到可以登台表演的水准。同时了解相应昆曲剧目内容及背景知识。通过半年学习，能培养学员的身段气质，灵活身体协调性，掌握一定演唱技巧，提高审美情趣。每周一次课，分零基础班和提高班两类分开教学。里面还有国学、国文、国画、书法篆刻、茶艺、围棋、古筝、琵琶、笛箫、古琴等传统文化艺术课程的综合性教育培训和研究机构。他们倡导"生活艺术化，人生向美处走"的生活理念，这与你的想法是吻合的。你何不先从这起步？

不，我就要向沈老师学戏，一次找不到，我找两次。两次找不到，去三次。只要想到，就没有办不成的事。铁树都能开花，更何况是肉身，怎么可能刀枪不入？她说得豪迈，我听得凄凄，便也不好再说什么。

爱人又打电话来了，柳昳韵很不高兴地说，他什么意思呀，是不放心你，还是不放心我？别理他，今天晚上你住我家，咱们聊他一个东方之既白。

我走出门了，才笑着说，你有了爱人就知道怎么回事了。

5

因为要急着赶一套丛书，好久我没有跟柳昳韵联系。

春末，有天她打电话兴奋地说，我给你说，我今天去小月河散步，有人问我，是干什么工作的？我说你猜。你猜人家说什么，说，姐姐，你肯定是演员，好美，有种古典之美。你知道不，对方是个年轻帅气的小伙子，最多三十。

哈哈，你可防着，嘴甜的小伙子八成是骗色的。

人家穿着不俗，谈吐也文雅，看我读《牡丹亭》，还说出了男主人公叫柳梦梅，搞不好是咱们附近电影学院的学生，还戴着白金丝眼镜呢。

现在小偷都走高端了，小心不但骗了你色，还要骗你财哟，可不能引火烧身。

不跟你说了，芷，我给你说正经的，你不知道昆曲有多么神奇，我要好好学。现在我已有成效了，不能像猪一样生活啦。

真的，你明天上班不，我要亲眼看看你这个现在的闺门旦美到什么程度了。对了，我听人说你又是吸脂，又是打减肥针，减肥固然是好事，可别伤身。

那是他们胡说，我是科学减肥。

明天你上班不，我要亲眼看你是如何魅力四射的。

哈哈哈，我还没修炼好，改天吧。我给你说，我一本书也快编完了，这本军史，图文并茂，到时送你一本，你工作时查起来就更方便了。

哎呀，哪有心情编书呀，不是年底我要调六级嘛，考不过三公里，一切免谈。

三公里算个啥？你才三十来岁，我都奔五十了，现在跑十公里呢。跑步好处多多，脂肪肝没了，体重减轻了，不失眠了，人也利落了。

我能行吗？

这应当问你，只要你能坚持住，就肯定行。

跑了几次，我头晕眼花，终究还是算了。

疫情终于结束了，夏天也到了。我们都按规定，换上夏装按时坐班了。终于大家又相聚了，发现三个多月，都变胖了不少。有一位笑着说，自己胖得手指上的戒指都取不下来了，要找消防队员去。而变化最大的是柳昳韵。

大家平时都在办公室，门一关，各干各的事，只有在班车上，才跟开小会一样热闹，我们所有的话题基本都是在班车上开始的。

班车是依维柯，基本都是我们女人坐，男同事要么骑车上班，要么自驾车接送孩子上学。本来有个男同事，他可能觉着坐在女人堆里颇不自在，没多久，也骑自行车上班了。这下，班车上除了十九岁的列兵司机，就是我们一帮二十岁到五十岁不等的女人了。

因为是第一天全员上班，疫情消散后，我们大家早早收拾一新地上了车。刚落座，你的衣服好漂亮，什么牌子的，普拉达还是博柏利；哟，你的皮肤好细，用的是雅诗兰黛，还是兰蔻，杂七杂八就聊开了。

快看，被誉为出版社社花的文化编辑室的张明明指着一个朝我们走来的女人说，快看，那谁呀？

一袭中式碎花长袍，还戴副墨镜，袅袅娜娜地朝我们车走来。最后一排柳昳韵的位置空着，我说不会是柳昳韵吧。

不会不会，你看那身材多棒，最多五十公斤。

扶住车门，她就热情打招呼，大家好。这是柳昳韵第一次跟大家主动打招呼，我们都愣了一下，一时没有反应过来。小列兵反应快，嘴上回答好，眼睛一直就没离开柳昳韵。柳昳韵已坐到了后排她的老位置，也没人主动跟她说话，她戴上耳机，闭着眼睛，也不再搭理我们。

大家集体噤声，我相信都跟我一样惊诧。稍后，随着车缓缓融入上班的车流人流中，车里空气渐渐松快了，有人说话，有人咳嗽，有人玩手机。这时社花讲起一部电影，大家马上议论男演员是否帅，女演员是否有儿女。我在前排坐着，本想跟柳昳韵主动打招呼，可一看大家都不想理她，也就放弃了。快民主测验了，我可不想树敌，现在搞什么，都要大家投票。评职称，大家投票。评优秀编辑，大家投票。连干部晋升，也要民主评议。啥大啥小，我还是拎得清的。

知识分子，又是女人，之间的关系好微妙，有时，话多不好，话少也不好，那个火候，真还不好掌握。她不变，大家烦她；她变了，为什么大家又不高兴呢？我理解不了，但为了表达我与她的情谊，我给她发了条短信：好漂亮呀，瘦了起码有二十斤吧，昳韵，你绝对是出版社疫情后一景，靓丽一景，作为你的朋友，我为你骄傲。你不知道，大家刚才都被你震了，虽然嘴上不说，可我知道，她们心里不定多么妒忌你呢。

她给我回了个一连串的拥抱表情符。

几天后我们的班车上，又开起了小会。

晚上下班班车刚到新街口，柳眹韵甜甜地叫道，小丁，能给我停下车吗？姐妹们，周末快乐。

她一下车，马上有人问，柳眹韵会不会是恋爱了？你看瘦了不少，每天还换一身衣服，还描了眉，抹了口红。

对呀，她今天还主动给我打招呼了。对了，赵芷，你是柳眹韵的好朋友，她不会谈恋爱不告诉你吧？

谈恋爱？没听她说。

八成是去约会，你看她穿得多文艺，长款中式绣花棉布袍，脖子上围着淡灰色的围巾，脚蹬绣花鞋，好优雅。

一定是，只有恋爱，才能改变一个人。

哎呀，没想到疫情还能改变一个人，大家想想，她在春节前，还是一个坐在靠窗位置，穿着冬常服戴着厚厚的眼镜的柳眹韵，没想到三个月后，她就变成了只花蝴蝶，真是，女大十八变，不，女人老了也要变，春心不老，哈哈哈。社花尖细的嗓子格外突出。

估计对方是图她房子吧，她一个人，住那么大的房子，按说她单身，社里就不应当给她分那么大的房子，还是经济适用房，我结婚了，都没轮到。

人家是博士嘛。又一个粗粗的声音说。

还不知博到哪个专业上了？有人接口道，大家笑得怪怪的。

我听着，心里很不舒服，便把眼睛朝向窗外，绿化带上的蔷薇好美，而美丽的柳昳韵已消失在茫茫人海了。

事后我问她是否约会了，她调皮一笑，说，以后告诉你。

仲秋，单位组织体能测试，三公里，柳昳韵跑了全社女军人第一名。仰卧起坐、俯卧撑、蛇形跑，总成绩皆为优秀。她们那个小组是四十九到五十一岁，跑到终点的，有人跪在了跑道上，有人被两个小女兵架着直吐。只有她，在操场没事人似的看云，还嘴里哼着昆曲：最撩人春色是今年。

我们三十二岁到三十五岁这个小组考核时，风大又是逆方向，我跑得上气不接下气，跑不动了，决定下来时，她一把拽住我说，快，我陪你跑。她在草坪上不停地跑，不停地说，坚持住，坚持住，坚持就是胜利。

我在她的带动下，终于跑及格了。

下班路上，她让我跟她走路回家。我怎么也不能把现在的她跟半年前那个她联系起来,身材苗条,穿着入时,连那个黑框眼镜也不见了,换上了博士伦。望着满街的绿,她说我写了一首诗,不知怎么样,从没好意思拿出来让人看。你是作家,帮我看看。她说着,发到了我手机上,我一瞧,诗是这样的:

　　　　珍珠梅

花园是盒冰激凌

我每天都要吮一口　两口

三四口　每棵树　每朵花

里面都藏着秘密

它们争先恐后地跟我说

一树雪花　如黄金般密集

把我融化在六月的炎阳下

离开半天

她还在身后不停地说我叫珍珠梅

珍——珠——梅

我突然间就落了泪　在林立的高楼下

真好，起码我觉得好。

可能诗性不够，但确是我内心最真实的想法。最近我周末除了学戏，忽然间就写起诗来。写了好几首呢，回头发给你。你说，春天不觉间就过去了，"五一"了呀，我要是不写诗记下这美妙的瞬间，它走了都没人知道。原来我以为除了工作，除了父母，好多人、好多事都与我无关，可现在，每件事，都可能改变我的命运。比如一枝花，就能让我这个不会写诗的人，忽然想写诗。比如你，我的几次帮忙，你就成了我最好的朋友。你说，是不是我们不能忽视眼前的任何事物。自从我妈去世后，如果没有昆曲，我真不知道我能否坚持活下来。到那时，那些发黄的军史资料在我面前，枪炮已经被新的武器代替，久远的历史有多少人感兴趣？有时我想那些在和平年代有什么用，对我有什么用？可昆曲让我知道，原来女人可以那么美，原来六百年前，有人跟我想的一样。一个过去的梦竟然点燃了我生活的理想，让我感到了切实的幸福。我告诉你，每个人的一生都有贵人，我的贵人就是昆曲。你还不信，那就走着瞧。她说着，忽然跑到了马路边。原来绿灯亮着，一位大妈着急地看半天，就是不能下决心过马路。柳昳韵扶着她过了马路后，气喘吁吁地跑了回来。

真学雷锋了。

我越看她越像我妈,就顺手做了。关键是我做了,心里好愉快。

对了,今天开会时,你拿着钢笔是不是在学舞扇?有人说你犯神经。

她笑着说,什么也瞒不住你。有时,我就是不由自主。走着,走着,忽然就想体会一下沈老师教的动作,比如用眉眼如何说话,手势如何示情,你还别说,真有一套学问呢。越学越觉妙不可言。结果我们主任来找我谈话了,说我是不是有什么事想不开,要不是你说,我还真没反应过来。笑死我了。

我也跟着哈哈大笑。

以后每次我无意中发现她的某些动作,朝她一笑,好像我已偷窥了她的秘密,与她分享,自己也变得快乐起来。甚至有时,我也情不自禁地学两下,她说,要不,跟我一起学昆曲?

不,要学我就学芭蕾。我当然只是说说而已,芭蕾好美,我也只做做梦罢了。所以我更佩服她,想干什么立即去做。

6

年底，柳昳韵当上了编辑部主任，这是我和全社人都没想到的。我前面说过，军事编辑部，是我社第一编辑部，编辑出版的军版图书享誉全国，出书上千种，把它们汇成一条河，那就是一部中国革命史。因为它如此重要，所以历任编辑部主任都是在军事领域卓有建树的专家，而让一个跟大家从来都不愿说话的柳昳韵担任如此重要的职务，里面是不是有什么见不得人的名堂呢？

一时，各种议论在办公大楼里传开了，要点是此事皆因新社长的独特癖好。

汇总各种版本，详情如下：从总部机关调来的新社长到各办公室看望大家，我们是老办公楼，台阶高，又无电梯，第一天，一至三楼走完，不少跟随的人已很累了，新社长兴致仍浓。上到四楼，寂然无声。知道上面除了机房，只有一间编辑部办公室时，社长的脸色跟平常不一样了，紧跟着的军事编辑部主任忙走上前解释，我们编辑部的柳昳韵同志喜静。她说人一多，她头就痛，头一痛，一个字都看不进去。

就是大厅光荣榜上那个图书销售量全社第一的女博士？

军事编辑部主任忙说，对的。该同志业务非常扎实，只要军史方面的，没有能难倒她的。

社长身边的总编室主任忙补充，柳昳韵同志前不久，还给咱们社立了一大功。咱们编的那套"上将回忆录系列丛书"，参评解放军图书奖，要不是柳昳韵把关，评不上奖是次要的，出版后要出大事的。书稿中，把一个仍健在的中将误写成在解放战争时牺牲了，编辑年轻，对军史知识不了解，可把我吓出了一身冷汗。

军事编辑部主任瞪了总编室主任一眼，把头扭向了窗外。

编辑无小事呀，柳昳韵现在还是编辑？多大年龄了？

她政治上不成熟，不爱参加集体活动。政治部主任忙说，说完，又想了一下，补充道，四十九。

她自恃才高，基本不跟大家来往。军事编辑部主任又补充了一句。

社长没再说话，一行人都走到柳昳韵办公室了，也没有一个人出来，而到别的编辑部，人还没到，大家早军容严整地站在门口远远恭候了。她就这样，傲气。

总编室主任忙大声喊：柳昳韵，社长看你来了！说完，又小声说，咱们动静这么大，她也不出来迎一下。

仍无声音，总编室主任忙跑步上前敲门，仍无声音。总编室主任脸黑着要掏手机打电话，旁边资料室一个女编辑忙上前说，柳眹韵去送作者了。

她回来让她立即到社长办公室。

不用不用。社长和蔼一笑。

我昨天就已经告诉全编辑部人员不能出去，再说柳眹韵同志是很守纪律的，她从来没有因私事请过假，可能今天来的是名家。老主任不停地解释着。

社长摆摆手，没再说话。

谁也没想到，三天后，社长第二次又去见柳眹韵，这次，他是跟一个干事去的。

一走进柳眹韵的办公室，看着地上、窗台摆着鲜花，眉头蹙了一下。但看到挂着地图的对面墙上贴着一张张获奖的图书海报时，眼前又亮了。柳眹韵啪地敬了一个军礼，社长愣了一下，忙还了个军礼。这是他到编辑部看望大家获得的第一个军礼，知识分子们，没那么多讲究。

身着陆军大校军衔冬常服的柳眹韵笔挺站立，既不像别的编辑主动汇报工作,也不让坐,只是微笑静立。

书柜里按时间顺序摆放着一张张光盘,上面写着《中国人民解放军军事史料汇编》。

你整理的?社长问。

柳昳韵解释道,我把我编辑的二百八十五本军事资料全做成了电子版,这样,大家用起来就方便了。

社长说,你是老同志,为出版社建设做出了很大贡献,我代表社党委感谢你。

柳昳韵摆摆手,说,应当的,应当的。

社长要出门时,忽然在书柜醒目处发现一个大相框,上面是一位古代美女含情脉脉地看着他。社长问,这是哪位演员呀,这么漂亮?柳昳韵含羞一笑,说,这是我当票友时扮的杜丽娘的剧照。

社长握住她的手说,柳老师,你不但是一位优秀的军史编辑,还是一位懂生活的人,我向你致敬。你五十岁还能开始学昆曲,还有什么事干不成的。

花似人心向好处牵嘛。她歪着头说。

社长愣了一下,然后竖着大拇指道,如果出版社有更多的柳昳韵,我这当社长的就高枕无忧了。

社长走时，顺手在茶几上拿起一本反扣着的书看了一眼，说，你看的？柳昳韵说，是呀，很有趣。那本书是薄伽丘的《十日谈》。

据办公室主任说，新社长在跟他聊天时说，我起初到出版社来时，心里多少有些不情愿，虽然在总部我那个局只是十几个人，可是它面向全军，出版社虽然有二三百人，看着不小，但再仔细一瞧，就显小了，毕竟工作性质决定的。可没想到，通过一个编辑，我发现出版社真是藏龙卧虎，每个人看似穿着同样的军装，喊着同样的口令，好像都一样，但确是一部需要了解的大书呀，我得仔细地调查研究，要让每一个人把自己不为人知的潜能发挥出来。

为这话，我们很多人高兴了好一阵子。谁不想脱颖而出呀？

"八一"，我们社在礼堂举行联欢晚会，这是社长到出版社的第一个节，全社上下都很重视，每一个编辑部都想拿出好节目。军事编辑部，除了柳昳韵，就三个老头。主任还没开口，她就说我来一折昆曲《寻梦》。

主任先是愣了一下，说，好好好。

周日，柳昳韵拉着我说到商场买戏服，我说到昆剧院租一套就可以了，大家就是随便玩玩，不必这么当真。

你不去就算了。她手一扬，要是穿着有水袖的戏服，那一扬效果会更好。

我当然得去了。快说说,你学戏如何了?沈老师同意当你的老师了?我说着,拦了一辆出租。

她却摇摇头说,那车太脏,等下一辆吧。

坐到车上后,她嫣然一笑,说,我找了沈老师三次。第一次沈老师生病。第二次沈老师有事。第三次沈老师见到我,听到我的来意后,说,你为什么要选我为师呀?

我说因为您不是在表演,您的一招一式都是自然流出来的,那么准确恰切,您就是名媛杜丽娘。我上学,就要当博士。学戏,当然要拜大师了。

沈老师又问我,你是怎么理解我演技的?

您的演技活泼自然,一娇一嗔一喜一乐,特别生动。和我常看的那些大师不同,有一种飘逸感,有种仙气,人看您的戏,心里好静。这是其他演员达不到的。还有您的雅致从容,淹通诗书,非一生浸染于昆曲者不能得其神韵呀。我在网上读到一篇文章,写得很好,说出了我能感受到却说不出的话,我把它专门下载下来,现在念给您听,好不好?

沈老师笑笑,没说话。

我便大声念起来：

  我虽接触昆曲近二十年，只专注唱曲子，看戏少，买票看戏也优先选择京戏。在有限的现场看过的昆剧版本里，沈世华这折《寻梦》，可称平生所见最佳者。

  先谈三处细节。一是在唱到"他捏这眼，奈烦也天"一句时，沈有个背着手模仿书生走路的身段，吉光片羽一闪而逝，但那股潇洒劲儿，真有周传瑛巾生的影子。二是"生就个书生哈哈生生抱咱去眠"一句，"哈哈生生"一般演员都唱"呵呵生生"，沈则唱"恰恰生生"，之前只有在清曲家口里能听到。"哈哈"不知所云，《牡丹亭》有个校本写"恰恰"，能解得通："恰恰"就是"娇恰恰"的意思，出杜甫诗"自在娇莺恰恰啼"，汤显祖在《幽媾》中同时曾用"牡丹亭，娇恰恰，湖山畔，羞答答"。徐朔方先生的《牡丹亭》校本已经把"哈哈生生"改成"恰恰生生"，沈世华能拨乱反正，可见文化修养，且见识不俗。三是扇子的运用。《寻梦》杜丽娘情感有个分水岭，前半重温旧梦，后半怅惘失落，体现这一分水岭的道具全在杜丽娘手中一把折扇，唱《江儿水》前有一个不经意丢掉扇子的动作,之后思想感情就全变了,失望而至于绝望。一把扇子,在沈世华的手上竟然都有戏。

…………

沈的每一处造型都极富雕塑美,就像花木舒枝展叶,协调流畅,不着力、不别扭。而欢悦时的拊掌颔首,颦眉浅笑,又那么随意自然,像极了花枝在微风中摇曳的神态。摇曳过后,依然宁静。说她是什么花好呢,梅吧,"烟姿玉骨,淡淡东风色。勾引春光一半出,犹带几分羞涩"……

我念完,沈老师淡然一笑,说,我被你的精神感动了,可是你一点基础都没有呀。

我是从零开始,只想让自己变得美些。您就很美,我学一年不行,学两年。两年不会,我学五年。五年不会,我学十年,直到学会。

我说时,不知怎么忽然带了哭腔,沈老师当即就表态要收我。她说,只要真爱,八十学艺都不晚。我好后悔,年轻时因为生活,离开了舞台。可出来了,再回去就难了。现在我好想一直在舞台上,可年龄不饶人呀。现在的时间,我恨不能一天当十天用。小柳，你还年轻，想学就来得及。还给我说，只要我能吃苦，她保证我能把杜丽娘唱演得跟她一样好。

芷，你猜沈老师教我的第一课是什么，打死我我都想不到。她说，小柳，你穿的衣服配色不对，白底碎花上衣不错，可穿件黑色的裤子，把人穿老了。你应当配条白裤子。

我满脸通红，瞧着她穿着一身旗袍、绣花鞋，妆容精致，跟舞台上的杜丽娘相比，又是另一种美，风致卓绝。她又说，我知道你们部队院子都好大，你能告诉我你们院子都有什么树吗？

我心想这跟学戏有什么关系？沈老师可能看出了我的疑问，又说，我活了八十岁，从艺六十年，最大的体会是如果你想当一个优秀的演员，不能光唱戏，还要会生活、爱生活，你连自己的院子都不了解，怎么热爱生活？怎么表现戏中角色的内心世界？沈老师还给我做饭吃，她做的饭可好吃了，她说，她能做一百多种菜。

她教戏可细了，光扇子功，我就学了一个月，坏了四五十把扇子。还有水袖，现在我胳膊都是酸的，不过，现在表演抛水袖有些模样了。这是沈老师说的。对了，你看我这个赏月的动作美不美，这是沈老师给我布置的作业，让我做动作时，要手眼身步法全身配合。手指手势，眼指眼神，身指身段，步指台步，法指以上几种技术的规格和方法。它们是演员在舞台上展现戏曲表演意境和神韵的技法。心里有景,动作才会美。为了体会,我在家里还买了一个落地镜,专门练呢。比如闺门旦要指月,不能右手伸出直指,就没味道了。欲前先后,说东先要道西,月亮在右边,水袖从左边逶迤而来,慢慢地伸到右上空,兰花指轻轻一抬,眼瞧月亮,这样才有表演的层次和柔美。无论站或坐,腰提起来就美了,不然人一塌,你想想,多难看。一个好演员的表演过程就是人物一系列的行踪,要把她的思维贯穿起来,把观众的心抓住。合扇,你不能啪的一下,如武生那样合。闺门旦大多是大家闺秀,她的身份决定她表达情感要含蓄,所以合扇时,动作要做得柔、细致,这样才美。

  真还别说,她做得是像那么回事。

  联欢会上,柳昳韵唱的是她学的《寻梦》,竟然还找了她在昆剧院认识的一个吹笛的给她配乐。她一出场,我们全出版社的人全愣了。大家试想一下,在满礼堂穿军装的绿色海洋中,在"喜迎八一建军节"的大红横幅下,在我们刚听完"听吧新长征的号角吹响,强军目标召唤在前方",还沉浸在铁甲隆隆、战机轰鸣的火热练兵激情中,忽然在一阵悠扬的笛声中,一个穿着古装的丽人袅袅娜娜出来寻她的一段春梦,猜猜大家会是什么反应。

谁呀，这是谁呀？

呀，不会吧，柳昳韵？她还有这绝活儿？

社花张明明少校咬着我耳朵说，这柳昳韵一穿戏装，简直惊艳，原来她是一个闷骚。

她的话其实也是我心里想的，可我听着就是不舒服，便摆摆手说，听戏！听戏！

被大家誉为爱情专家的教材编辑部编辑刘小虹说，据我目测，这一定是爱情的力量！

什么爱情的力量？老姑娘不甘自赏，要绽放了。社花不顾众人在看戏，头凑到刘小虹面前大声说。

我看见她跟一个男人在北方昆曲团看戏。

那也许是给她送票的人。

我大声说，看戏还是听你们的小会？

社花回头瞪了我一眼，看到大家不悦地瞧她，只好闭声。

她唱完，我们全场没一个人说话，最后是社长带头鼓起掌来，而她却好像还沉浸在戏剧中，做着倚着梅树的动作，我忙上前扶着她起来，她擦掉泪，眼睛紧紧地盯着我，好半天，才好像认出了我，也明白了自己在演戏，含羞一笑，腾地跑下场了。

年底，她就当上了编辑部主任。估计连她自己都没有想到。据说社长在全社中层干部会上说，柳昳韵是全军第一个军事女博士，编的书有十几种，得了全国图书大奖，这样的人应当提拔重用。不久，她便被提为军事编辑部主任，还被吸纳进了全社专家委员会，也就是说社里重大图书的选题论证和图书出版，她都要参加审定。大家又是一阵议论，有人不停地惋惜道她如果再年轻些，兴许还能当上副总编呢。

但社花却撇着嘴说，因为她的一曲《寻梦》，让怜花惜玉的社长动了恻隐之心。一个女人，没有丈夫，没有孩子，事业就是她所有的一切。社长是学中文的，这叫怜花惜玉。

你不要乱猜，柳昳韵不是那种以色示人的人。

哎，我这么说过吗？社花逼近我，她是你的好朋友对吧，可人家未必当你是好朋友，你不知道她今天跟谁逛南锣鼓巷吧，我可知道。

我想反击，又一想，当她不存在，才是对她最大的蔑视，便扭头就走，越走越伤心。我视柳昳韵为好友，跟爱人吵架，二十年前恋人的电话，通通告诉她，她却并非视我为密友。还有当主任，我也是社里大会上宣布命令后才知道的。更可气的是，当了主任的柳昳韵可忙了，每次我找她，她不是在编稿，就是在组织编辑部人员开选题会。原来冷清的四楼，全贴上了军事编辑部出版的新书海报，还有获奖书目。她的办公室大门再也不像过去那样关着，那些书也都上架的上架，进书柜的进书柜，满屋喷香不说，书柜上还多了一幅毛笔字：花似人心向好处牵。

那字很洒脱，我问谁的字。

她笑了问，好看吗？

我说不会是你写的吧。

她笑着说，只要努力，凡事皆有可能。

看着她越来越有风致，想着她最近一路的春风得意，我忽然说，你说过要请我吃饭的，当了领导，不能说话不算数。

她说好呀。

没想到她这么爽快，不过，我细一想，她可能也是顺嘴一说，没当回事。

7

冬末有天下班时，柳昳韵一袭紫袍来到我办公室，说要请我吃饭，地方她都选好了。

我生气她事先不跟我说，哪有到饭点了，才请人吃饭，难道当了领导，就以为天下都是自己的，还地方都选好了，我就差你这顿饭！便说今晚有事。

她用手指理了理黑而亮的头发，说那明晚呢？

这么说，她还是在意我的？她一向一毛不拔，没想到还真请，我笑着说，不用你破费，到咱们单位附近的杏园餐厅，吃碗山西刀削面就可以了，我最爱吃香菇炒肉面。她却说，咱堂堂的中国人民解放军陆军大校，怎么能进那样的馆子，人多又杂，还没包间。

最后她选了什刹海边的一个叫"奔月"的私家餐馆，面向什刹海，很是雅致。

刚落座，就甜蜜地给我讲了她工作上的种种打算，一句话，不辜负领导信任，工作再上一个新台阶，准备出一套最新军事战略图书。

那你这段时间昆曲可白学了，那些现代军事高科技可够你啃的。我不能设想，枪炮和玫瑰有什么必然联系。

她拿起桌上的一枝玫瑰，做拈花状，反问道，怎么能白学呢，像昆曲一样生活嘛。昆曲会给我好运。你看看，我体重减了二十斤，是不是说话也不那么乏味了？

我端详了半天，笑着说，我只听说恋爱能使人变年轻，没想到戏剧也能滋养人，而且还立竿见影。你举手投足间，是有了那么一股淑女的风范。

她摆摆手说，变美是笑话，但是变得注意工作以外的东西，变得享受生活，却是真的。比如，过去我就不会注意大街上的树木、人群，每天匆匆忙忙的，现在，我对小猫小狗，连天上飘来飘去的云也留意起来了。才发现，世界上有许多有意思的事。比如，今天我取快递时，在街心花园发现草丛里有只鸭子，而水面一只公鸭子守在它不远处，我就想这只母鸭子一定在草丛里照顾着它的孩子，而公鸭子一定是它的丈夫。

我扑哧一笑，问道，你怎么知道它们是公的母的呢？

哎呀，我专门查了书，漂亮的是公的，不漂亮的是母的嘛，再说，那母的神态很温柔呀。对了，走路是这样一扭一扭走呀。她说着站起来学，哎，你还别说，那动作还真有三分像。

老实说，最近你是不是有情况了，坐班车时也不穿军装了，打扮得花枝招展地频频外出，见女同胞也像现在这么搔首弄姿的，好撩拨人哟。别说男人，我这个同性的心都酥了。我说着，假装要扑到她跟前。

她脸一红，扯扯脖子上的围巾，朝四周瞧了一眼，声音好柔，我跟你说，你猜我为什么喜欢上昆曲的？你是我的好朋友，我也不瞒你，纯属偶然。疫情前，一位剧作家经朋友介绍，跟我联系，说他给一位著名昆剧表演艺术家写了本传记，跟我咨询出版事宜，没想到就这样改变了我的人生。

改变了你的人生？

他说，老师，你喜欢昆曲吗？

我说我是学军事的，对昆曲什么的没兴趣。

他说，哎呀老师，我曾采访过著名昆剧表演艺术家沈世华老师，你看看她的戏，她是昆曲界身段最美的女演员，没有之一。你看了她的戏就知道什么叫女人，什么样的人生才可以如此芳华了。他的南方口音特好听，让你不由得就跟着他的思路去想去做了。这不，就改变了我的人生。

老实交代，是谁家少俊来近远？说实话，我只是顺嘴一说，还是不相信大家说她谈恋爱了。有五十岁的女人谈恋爱的吗？听说对方头不秃、肚不大，年纪看起来不到五十岁。

呀，你也看《牡丹亭》了？连这句都知道。柳昳韵说着，把手搭在我肩上，我说过，我没有看错人，你是我的知音。

全社都知道你整天跟人约会，知音却什么都不知道，这是知音吗？我说这话时，好委屈，眼角瞬间就湿了。

她又含羞地拨弄着丝巾，好像略有所思，按说比较动人，可在我看来却有点搔首弄姿，本想说我又不是男人，别在我面前卖弄风情，可我又想，我这无明火来得好没道理，便态度放柔和了，又说，人家把你一直当朋友的，可你却……说到这里，眼泪已经不听我使唤了，涌了出来。

怎么了，你怎么还哭了？我今天不就是要全告诉你嘛。她说罢，抽出一张纸巾，伸到我眼前，我要接时，她却轻轻地给我拭起眼泪来，那动作好柔和。她凑近我时，我闻到一股芳香。

因为没结果，一直不知道跟你咋说。他呀，她说着，脸红了，他是一个博士，昆剧学博士，就是因为他的一句话，我才迷上了昆曲。

他离婚的？有孩子吧。我还想问年纪，话到嘴边，立即收了回去，咱算知识分子，不能像市井女人那般刻薄。

他呀，长期从事戏剧研究工作，一直忙工作，没结过婚，但兴趣广泛，写书法，唱戏，还会做饭，做的臭鳜鱼跟饭店买的差不多。她说着,瞧了我一眼,好像看透了我的心思,又补充道,比我小三岁。你说有意思不,我跟你那位老楚同学,命运竟然如此相似。

老楚?

就你说过的你那位大学女同学。

我一时脸红,便装着忘记了,拍了一下脑门说,你看我这记性,还没老就得健忘症了。对了,博士,不对,现在得叫你柳主任,柳主任,你是用了三十六计,还是用了《战争论》中的治国方略,拿下了这个钻石王老五?现在男人,可都是很现实的。我一个男同学,死了老婆,五十八,让我给他介绍对象,我给找了一个三十岁的,你猜人家怎么说,嫌大。

她扑哧一笑,朝我身上打了一把说,我哪有你这鬼心眼。我妈去世不久,我跟他认识的。我给你说过,他是咨询出版的事。他给我讲了一会儿昆剧之美,我就萌生了学昆曲的念头。疫情期间,我们也只是电话、视频联系,我只当他是老师,向他请教昆曲方面的知识。疫情渐散后,就是那天咱们下班,我坐班车到新街口下车的那次,那是第一次去看他。因为第一次去,不知带什么东西好,就买了一大袋菜,想给他做顿饭,主要是想在外人跟前检验一下自己的手艺,刚学会炖排骨,自己感觉不错。你想想,做了十几次,总是越做越好吧。没想到饭还没吃完，他就说咱们做朋友吧，男女朋友。我当时都傻了，以为他开玩笑，他却说，我喜欢你。我问为啥？他不说，我说你不说我就不能做你的女朋友。你猜他咋说的，笑死我了。说到这儿，她却不说了，望着远处的湖面，做遐思状。

别给我演戏了，快说，他说了什么？我急着问。

他说因为你傻，我当时一听就不高兴了。他又说，哪有第一次见男人就给做饭的？证明她已把我当作家人了，很可能就是爱人了，这样的女人不傻吗？

你怎么答的？我像听故事一样听着这个跟别人不一样的爱情故事。

我答，本来人家除了一个女朋友，就你一个男性朋友嘛。他就……

他就把你抱到怀里，亲热了？

哪呀，他皱着眉头说，你真是傻。

我说杜丽娘不傻吗，梦见一个男人，就为了他连命都没了，可她在读者、观众心中活了六百多年，还必将流传下去。他一听就扑哧一声笑了，说这样的傻女人我喜欢。

他向你求婚了吗？

她点点头，说，上上一周，他说嗓子不舒服，我说到医院去看呀。

他说现在新冠有些反弹，他不敢去。

我说我陪你去。

没想到现在医院排查新冠疫情还很严，他嗓子不舒服，听说前不久又从东北回来，医生更是紧张，又让他抽血、查抗体，你不知道他一个男人紧张得都不敢去抽血。我说没事儿，放心，有我呢。抽血一小时，取化验单，他不敢去，我取后上到楼上，他一见我，就紧张得话都说不清了，问我是不是非典，不，是不是新冠呀，我说不是。他一把抱住我，我说，快别这样，这是在医院。谁知医生又让做喉镜，他说算了算了，不就是嗓子不舒服嘛，开点药吃了就好了。我说既然来了就做一下。他打开手机让我看，说，你看，做喉镜跟做胃镜一样，管子要往鼻孔里伸进去，多疼多难受，咱不做了，回家。我握着他的手说，你做过吗，别信别人说，要知道梨子的滋味，当然自己尝了才知道。再说，病查清了，我心里也踏实了对不对。别害怕，有我在呢。

他像小孩一样，在我连哄带劝下，才同意做。医生刚把管子往他鼻孔一插，他就大声喊疼。医生皱着眉头说，要疼就别做了，他像小孩子一样眼巴巴地看着我，我握住他的手，对医生说，做。又捏捏他的手心，故作生气道，不做，我就不理你了。

他紧紧抓着我的手，闭着眼。医生拔出管子了，他又把右鼻孔伸到跟前说，不疼，也不难受。再做这边。医生面无表情地说，做完了。医生拿起管子走了，他还不相信似的问我，这就完了，一点也不疼呀，也不难受呀，右鼻孔还没检查呢。把我笑得肚子都疼了。

从医院一出来，他又非要我跟他一起到商场，说要给女朋友买戒指，让我帮忙挑下。我只好跟他到了柜台，我选了一个，他非让我戴上试，一看很合适，他就说别取下了，嫁给我。

她说得慢，我听得仔细，总感觉跟我想象的不一样，但说实话，我被感动了。

回到家，我心里不知怎么搞的，又空，又难受。忽然想，我是不是也要像昆曲一样生活呢？因为学了昆曲的柳眹韵确实越来越美，这不是我一个人的看法，这是我们出版社挑剔的女同志们的共识。按我们社花的话说，柳眹韵现在可是一朵奇葩了。可我学什么呢？芭蕾，对，柳眹韵学昆曲都开出了花，我比她年轻十几岁，怎么就不能让自己也灿烂地怒放一次？

好了，不啰唆了，现在，繁花似锦，咱要喝喜酒去了。陆军大校、我社军事编辑部主任柳昳韵大校请我到皇家粮仓参加她的婚礼。不是所有的女人五十岁了，还能当新娘。咱不能不去，对吧。听说婚礼上还有彩蛋，新娘子要跟著名昆剧表演艺术家沈世华老师同台演杜丽娘，这可千载难逢。当此好时节，咱正好寻梦也！

好花枝

1

假若你恨一个人，就把他丢到桃花源一周。这是我切身感受。我身处的这个桃花源叫沁园景区，四围皆山。近日淫雨连绵，下山路塌方频频，我在这孤山上已困居十天了。

说山也不尽然，半腰有市，名天街，虽一公里不到，店铺少说有近二十家，我闭着眼都能数出来，从东至西入"天街"高高的牌楼，依次有麻辣风情饭店、妮妮衣帽坊、女儿红酒庄、民俗博物馆、全球通网店、村姑的小可爱店、旅人摄影厅、七月七日咖啡厅、怪怪屋魔幻城、白鹤书院、阳春来客栈、茗香楼茶坊、老张木艺馆、天堂超市，还有一个仅容十人的酒吧。门面皆不大，却不重复。一条青石板小路，贯穿全街，或直或曲，亦藏龙卧虎。小溪依墙而流，繁花或爬墙或悬窗。街中五十米，皆悬挂着成片的绸面竹竿彩伞，可悦目、遮阳，也可防雨。房屋皆白墙黛瓦，是明清时期流传下来的民居，雕刻精美，小青砖、马头墙，古朴雅致；护栏、天井，结构严谨；石雕、木雕、砖雕，雕镂精湛。

若天气晴好，依山势而建的民居晒架上就摆满了成片的圆竹匾，里面绿茶叶、红辣椒、黄水稻，吸引了不少长枪短炮拍照。天街西头的广场上，有棵参天红豆杉，翁郁可人。沿树右旁下山，就是梯田状的油菜花地了，间杂有枫树、樟树、银杏，树龄足有五六百年。路边亦有小庙、茅屋，古意盎然。山底还有两个相邻的湖，名为同心湖，远远望去，就像外国美人的一双浅蓝眼睛。路边亦有一些煽情的路标，比如"诗意的栖居，长寿的故乡""哥种的不是油菜花，哥种的是心情"。

还有桥，拉索状，名情人桥。桥下一条小河缓缓流过，远远就能闻到水声。

我这么一说，你肯定说这不挺好嘛。我第一次听到主办方说到沁园采风二十天，又在我梦想的南方，又是盛春，油菜花开了百分之八九十，便给单位打报告，休年假。第一天来，我就喜欢上了这地方，还打算在此买房呢，可现在，我恨不能肋生双翼，赶紧逃离。

刚来那天，我十分钟就逛完了天街，认识了所有店里的老板。第二次再进店，他们都起身招呼。搞得我不买东西都不好意思进去了，可不逛街，我就得在半地下充满刺鼻的甲醛味的房间一个人呆呆地望窗外那一排排黑乎乎的屋顶，听淫雨击打瓦片单调的呻吟。

因为是新开发的景点，玩的地方少，平时游客白天来，天黑前也下山了。

雨中，白天还好说，逛逛街，聊聊天，夜晚，就难打发了，天街静悄悄的，加上酒庄老板哀怨的笛声，让你更觉无尽的寂寥。

此时，已近中午，大雨连绵，街道冷清清的，除了原住民，几乎没一个游客。扭曲的街道如条蛇，在灰蒙蒙的雨雾中影影绰绰的，让人好生恐惧，我忙躲进麻辣风情饭店。

往日这时，这家天街上唯一像样的饭店里，早坐满了顾客，特别靠窗位置，几乎天天爆满。我每天十点半，就拿本书坐到窗前占位置了。我喜欢坐在窗前安静的一角，望着玻璃窗外漫山遍野的油菜花，看飘来飘去的雾，听南来北往的人闲聊，可现在，窗外的花开了，没人赏。美景须有人衬，愈热闹方显景之美。虽然我喜静。

女儿红酒庄的刘老板一个人在南边靠窗位置喝着酒，看我进来，招手叫我坐他对面。我摆摆手，仍坐老位置，因为有柱子隔着，相对安静。服务员是个小个子大眼睛的四川姑娘，此时懒懒地倚在吧台上，不停地翻着手机。我每次都要一碗米饭，一碟土豆丝。这天我刚一落座，她兴奋地迎上来说，还是老样子？

我说，今天换个菜，来个水煮鱼。

小姑娘意外地看了我一眼，说，你一个人怕吃不了。我说慢慢吃，反正也没事干。小姑娘理解地点点头，迅疾朝厨房方向大声喊了声，水煮鱼。喊完，坐到我旁边，望着窗外，长长地叹了一声。我问，你整天待在这，烦吧？

她还没说话，跟我们隔着两张桌子的刘老板边喝酒边说，生意在哪，家在哪，在家，有什么烦的？话虽如此说，他喝了一口酒，也嘟囔道，这鬼天气，怎么没完没了地下、下，下得人心都长青苔了，更别提生意了。听说他原来是一个歌舞团的司笛，退休后被景区老板请上山的。

我没滋没味地吃着饭，服务员仍在吧台里玩着手机，酒庄老板高一杯低一杯地喝着酒,我们谁都没再开口。我离开时,酒庄老板忽然说,作家,你若无聊,可到民俗馆去瞧瞧,那儿最近张罗着要唱戏,昆剧你喜欢吧?

我老家陕西的,秦腔一直是我的最爱,昆剧在视频上看过,没字幕,我一句都听不懂,但它词美,不少文学作品和影视剧中都提到昆剧,去去何妨。这么想着,我朝街西走去,也就是说红豆杉就长在离它不远的地方。民俗馆我只进去过一次,黑漆大门不知是原来的,还是故意做旧的,很显年代感。门槛又高又笨。进得门来,迎面是一个面朝里开的戏台子,约两层楼高,里面大厅墙上是此地民俗风情介绍,字是手写体,不少地方因掉墙皮已看不清字了。戏台上落着几只喜鹊,寂寞地在觅食。院墙地面青苔成片,却透着凄凉,只有天井露着一方窄窄的天,连绵的雨水正是从此落进了院子与戏台相间的水渠里。整个大宅阴冷潮湿,不像我们北方的院落,亮堂、豁大。大厅、房间,好像也没窗户,人一进去,黑不说,还闻着一股说不清的味道。

站在红豆杉树下的平台上,我望了望漫山遍野的油菜花,瞧了瞧雨中的民居,踢了踢脚下的青石子,再望眼民俗馆闭着的黑色大门,感觉一股冷气袭上心头,忙回了住处。

好花枝

2

午休后，我打着伞再次走进天街时，各家商铺还在沉睡中，静得我能听到自己的咳嗽声。刚走至街中的水车旁，忽听到一阵昆剧，对了，是《牡丹亭》里最有名的《皂罗袍》，就是迷得林黛玉心动神摇站立不住的那段，我仿佛看到一个古典丽人在向我招手，忙推开民俗馆沉重的原木大门，先瞧戏台，空无一人，声音好像从戏台对面的厅堂传出的。我循声绕过吊脚楼似的戏台，穿过天井，却再无声音，只见大厅里一位满头白发的老太太在扫地，并无丽人影踪，顿失兴致，蹑足转身出门。

往回走时，隔着玻璃，我看到女儿红酒庄刘老板正在擦黑色的酒缸，看我过来，招手让我进去，问我去民俗馆了吗。我说去了，好冷清，只有一个农村老太太在。大门上倒是贴着一张招收昆剧演员的启事，是手写体，因风吹雨淋，有一半字也看不清了。

酒庄老板递给我一杯茶，说，作家，你可别小看这位老太太，她可是全国著名的昆剧演员，叫杨纯梅，一辈子唱杜丽娘，二十一岁就获得了梅花奖，奖拿得都手软了。年轻时，那可是风华绝代。

在国内外演出了上百部剧目，教出了十余位梅花奖得主。

啊？真没看出来。她那么有名，跑到这儿来，不是大材小用了嘛。

她之所以到这来，是受沁园景点的总经理郑总的多次邀请。说到郑总，我要给你说道说道，那可是个神人，你可不要小看我们这些住户，都是郑总挑选出来的，是各行业里懂行的。比如木器店老板，他做的博古架可是一绝，你有空去看那些刻在家具上的花雕就知道他有多牛了。郑总的母亲一直喜欢看杨老师的戏，经常请杨老师到家里做客，据说，两人还拜了干姊妹。郑总开发这个景点后，按照母亲的遗愿，专门高薪请杨老师坐镇民俗馆，让她招昆剧演员来，使游客有戏看。他说，景点，不能没有戏音。有戏，母亲就在。不少年轻的昆剧演员听说享誉国内外的昆剧皇后亲自执教，纷纷报名，只因为现在景点刚开，又加上下雨，演员还没到。杨老师一来，就说她喜欢这个地方，不但保证天天有演出，还要每天给年轻学员授课，使他们从这走向全国的舞台。郑总说，杨姨，你按你想法办，我全力支持。这杨老太太脾气古怪，从来不跟我们街上人聊天，买东西，买了就走，多余话一句都不说，傲得很。

人就是这么世俗，包括我，因为是名人，还是其他？反正酒庄老板的话，使我好奇心大增，好想立马去看那老人，但已下午四五点钟了，便决定第二天再去拜访。

回到屋里，我打开电脑，搜索杨纯梅的信息，果然是铺天盖地。她盛年演的杜丽娘电影网友留言上千条，真担得起刘老板的评价：风华绝代。

第二天上午当我兴致勃勃到了民俗馆，她却不在，守门的老头说，她散步去了，也是，雨终于停了，她当然得出去走走了。

我又沿街走了一圈，不时伸头往各店里瞧瞧，也没找见杨老师，心里怏怏地再次来到民俗馆，大门仍关着。我信步下坡，闻着花香，漫步在乡间小道，心情愉快了许多。

梯田状的油菜花丛层次井然。雾忽浓忽淡，飘来荡去。小路各色鹅卵石砌就，倒也不滑。忽然我看到了她，老人在一号观景台前正跑步呢。对了，那下面就是同心湖。我几乎是小跑着奔向她。快到时，有些难为情，为昨天对老人的轻视，今天一下子这么热情，显然不合适，便装出散步的样子，漫不经心地掏出手机，拍了几张油菜花，余光却一直没有离开杨老师。她约莫六十多岁，皮肤白净，身材微胖，举手投足，是有那么一股演员的劲头。比如，她瞧花的神态，摸树叶的动作，就跟我们常人两样。她穿着红色马甲，里面白色羊绒衫。脖子间，系了一条白色的棉布围巾，神色迷离。与那个我初次见到的扫地的妇人，判若两人。

杨老师也许也跟我一样待寂寞了，扫遍漫山遍野，就我们俩人，她擦了把汗，走到我跟前，微笑着说，你想拍照吗？我帮你拍。那声音一听，就是专业演员，既柔又亮，如果你没看她本人，会疑心是小姑娘发出的声音。

我当然求之不得。她照相很认真，每拍完一张，都要端详半天，看完，摇摇头，告诉我不要站得太端正，放松一些，做些动作，比如笑一笑，头，歪一下，不，太板了，像这样。她说着，伸出兰花指，做了个指花的动作。果然是老戏骨，举手投足都那么让人迷恋，我便说，杨老师，你好美，我给你拍。

她摆摆手，说，照相是年轻人的事。

我说，杨老师，我看过你演的电影版昆剧《牡丹亭》，每个镜头，都是一幅移动的仕女图。

她摆摆手，淡淡笑道，那都是过去的事儿了。说着，指着远处的情人桥说，我自到这儿来，还没有上过那桥。

我试探道，要不，咱们过去瞧瞧？她点点头。

我刚走了几步，看到脚下亮闪闪的玻璃栈道，腿肚子就发软，再看对面至少还有三四百米,想退回。她却说,没事儿,桥稳得很,再说,这景点好多人常走呢。说着,走到前面,拉着我的手,我跟在后面,心扑腾扑腾跳个不停,闭着眼过去后,胳肢窝皆是汗。哈哈哈,快睁开眼,现在过桥了,她笑声清脆,笑完问我,你是做什么工作的?

我说军人。

她一双小眼睛睁得老大,嘴唇半张着,军人,胆这么小,还不如我一个老太太。可能怕我难为情,忙指着旁边一树红花,说,猜猜看,这是什么树?我说是梅树吧,她摇摇头说,是紫叶桃。那棵结了一串串红花的不是桃树,它才是梅树,榆叶梅。还有路边那棵树,你知道是什么吗?

我望着一棵上面长着几枝绿叶和小果子的小树,摇摇头。

你过来,细细瞧。我犹豫了一下,怕泥脏了鞋,但又好奇那果子,便小心地踩着田埂,走上前去。你看,这树是无花果,它的果子跟叶子是一起长的。她说着,还让我摸摸,说,你看这果实累累,好可爱。

无花果我是第一次见,忙掏出手机。我不是照相,而是悄悄打开形色软件,想确证一下她说得是否准确。果然一点没错。

杨老师不但知道沿途植物的名字，还听得出是哪种鸟在叫，连地里长的卷心菜、芫荽、荠菜，都能一一说出名字，还知道怎么做好吃。这一趟走下来，我感觉自己了解的沁园，好浮皮潦草。原来万物皆有名，按杨老师的话说，皆有自己的气息。

没错，杨老师说的就是气息。

3

后来，我每天写东西累了，就到民俗馆去玩。我发现原来那个死气沉沉的古宅天天在变，门楣上不但挂上了红灯笼，大门两边还贴了对联，红纸，金粉字：此曲只应天上有，人间能得几回闻。横批：好花枝。原来写着"民俗馆"木牌子的对面又多了一个牌子，上面写着：昆剧园。

原来纸做的招生启事换成了电子屏，不停地来回变换着。院内传出了断断续续的吹拉弹唱声，给寂静的小街，增添了一股说不出的风致。

更吸引我的是门两边的墙上，挂着昆曲《牡丹亭》里大家闺秀杜丽娘的演出剧照，每幅照片下面还配以文字。比如杜丽娘照镜理妆的剧照下，写着这样的文字：所谓美人者，以花为貌。游园的杜丽娘，配的文字则是：所谓美人者，以鸟为声，以月为神，以柳为态。倚在梅树旁的杜丽娘配文是：所谓美人者，以柳为态，以玉为骨，以冰雪为肤，以秋水为姿。读书的杜丽娘，配文是：所谓美人者，以诗词为心。最后一张是杜丽娘写真的剧照，下面配的文字则是：所谓美人者，以情永生。

不少女孩在剧照前留影，也有不少跟我一样走进了民俗馆。

杨老师老远看到我，忙招手，把我领到大厅，让我看她布置得怎么样？

大厅摆了十几张长椅，中堂桌上两个大花瓶里插满了山里的野花。堂屋正上方的投影上，循环播放着《牡丹亭》的各个版本的演出片段。杜丽娘们或妩媚，或天真，或典雅，或华贵，或奔放，每个女演员，都在演自己理解的杜丽娘，不，或者说，她们都在借杜丽娘演自己的故事。舞台上虽只是一桌一椅，你却发现在演员眼里充满了万物。杜丽娘摘花，嗅，翻扇合扇时那纤细的手指，自然而美妙。还有水袖，或翻，或投，或拿，或搭肩，蒙脸，或上翻，下抛，变化多端，我想，也许长袖善舞一词就是从演员的水袖中来的。舞台背景的竹子，摇曳多姿，演员声音听得人心都要化掉了。

虽然年代久远，可屏幕上的模糊画质也挡不住那美。

我选的她们，都是全中国最好的昆剧演员！演得最好的杜丽娘。好演员的标准，就是台风要好。台风你知道吧，就是扮相、神采、气质和艺术火候的综合，是演员在台上所体现的形与神。刻画人物，就是要表演细腻，水袖甩到什么高度，落到哪，都是有讲究的，不恰当，就不美。杨老师看我很有兴致，便不停地给我解释着。

有人进来，杨老师说，你自己看，我带他们参观下。

我走进左边房间，墙重新粉刷了，上面镜框里是打印的民俗介绍，还配了很有艺术感的摄影作品。右边房间墙上挂满了昆剧演出剧照，最中间是汤显祖的画像，围绕他的是昆剧《牡丹亭》剧照中清一色的杜丽娘们，下面是每个演员的生活照和简介。

这是我师姐，她是第一代杜丽娘。我是第二代。杨老师走了进来，给我一一介绍道：

那个艳光四射的大眼睛的杜丽娘，是第三代，也是我带出的最满意的爱徒，正当盛年。她，美在不羁，观众评论她这个杜丽娘是觉醒的女性。为这事，我跟她争论过好久，我说她把杜丽娘演过了，奔放有余，含蓄不足。一见秀才就笑嘻嘻的，不像大家闺秀。你猜她怎么说，她说杜丽娘是什么样子，只有作者知道，可他

好花枝 263

死了。老师，我不能照着您的模子演，那就不是我了。艺术贵在创新，更贵在超越，老师，您说是不是？一句话把我噎得够呛，演员嘛，出名了，就有了个性。

我又把她的简历看了一遍，她的确不简单，都到美国、法国去演出了，风头赛过杨老师当年。

杨老师看我瞧一个三十多岁的杜丽娘，忙说，这个是第四代，我给她起了个外号叫小痴儿，简直跟我年轻时一个样，为了争角色，六亲不认。有一次，为了演杜丽娘，从北京跑到我家，非让我给团长打电话走后门，说，哪怕只让她演十场，然后她就让角色。我说，这事我不干，别说是我的学生，即便是我女儿，我也不能干这事。小痴儿就住到我家里不走，整天给我唱戏、给我做饭，看我腿不好，又不停地给我按摩，搞得我实在没办法，答应试试，她一把抱住我说，老师，演二十场，二十场，行不行？女演员在舞台上的日子，是手指头就能数得过来的。那双眼睛，怎么说呢，反正我拒绝不了。有人爱钱，有人爱权，可一个爱上舞台的女孩子，你能说她不对吗？杨老师说着，摸着小痴儿那双大大的眼睛，叹息了一声，说，唉，朝也盼，暮也盼，盼着她们成名，成名了，就很少再见到了。

我把小痴儿的生活照和演出照对比看了半天，不禁道，她一穿上戏装，好像立马换了一个人，这么惊艳。

杨老师笑着说，那当然，戏装按简简的说法，就是梦的衣裳。简简是我目前收的年龄最小的学生，就是最边上的那个，十六岁。你别看小，也厉害着呢，已把杜丽娘唱到了国家大剧院。那天唱完，她给我打电话说，老师，演出前，我腿就一直打晃。可一上场，我一点儿都不紧张了，为啥？因为我发现观众席上不少观众拿着望远镜一直望我，我就自信满满了。

她们现在呀，个个都比我有名，舞台就是这样无情，永远是长江后浪推前浪，我不下去，她们怎能上来？再说，她们一代代把杜丽娘演出了各自的精彩，我还有什么不知足的。

我看着墙上一张张照片，视频上一幕幕表演，忽然好想结识她们。我初进来时，她们只是照片中陌生的人，可现在，听了她们的故事，我感觉她们已走下舞台，与我同在天街上，我一下子觉得这条小街大了、厚重了。

杨老师指着汤显祖的画像说，没有汤显祖，就没有杜丽娘，是汤显祖养活了我和我的姐妹们，不，还有老师们。你好好写，不瞒你说，我读了不少小说，我最喜欢的是《红楼梦》《安娜·卡列尼娜》,你别惊奇,我学戏时,老师就给我说,演戏就要琢磨角色的真实心态。怎么琢磨呢?就得读书。听说你是作家,我问你,你知道《蝴蝶梦》这个戏出处在哪?她指着她几年前演出的一幅剧照问我。我看了剧情介绍,说是的庄子戏妻的故事。此事听说过,却不知确切出处。

杨老师说,这来自《警世通言》里的《庄子休鼓盆成大道》,讲的是庄周修道,归家途中打瞌睡,梦见一段骷髅,感慨人生虚无。又见一位寡妇急着把去世的丈夫的墓扇干,是为了早早出嫁,更觉世间情薄。为试妻子田氏之心,庄周装死,幻化成美少年楚王孙迷惑田氏。果然田氏爱恋楚王孙,与楚王孙成亲。楚王孙头痛,为救他,田氏竟斧劈庄周取其脑髓。庄周在劈斧三响中惊醒,原来是一场梦。我演的就是庄生的妻子田氏。你不能把田氏演得太单一,演成就是大家认为的那种薄情女人,丈夫刚死,就爱上了别人,你要仔细分析她的心理动因。她跟庄生结婚,并不是真爱,是因为父亲做主,又跟着庄生到深山老林居住,庄生迷道,常年在外,她的情感岂能不失落。所以我演时,演出了她的春心,演出了她对英俊的楚王孙真正的情意,这样人物就丰满了。

我说,看来演戏跟写作一个理。

对呀，杨老师又指着另外一幅剧照说，不少昆剧都来自优秀的作品，你看，《白蛇传》也来自《警世通言》。但冯梦龙整理的小说不感人，白娘子痴迷俊俏的许宣，贪恋人间。而许宣，留恋的无非是白娘子的美色，又怯懦，又恐惧，只是个平常人，恩爱时柔情蜜意，发现真相时埋怨、逃避，不惜帮助法海把白娘子压到了雷峰塔下永世不得翻身。后来，经多人改编，《白蛇传》昆剧加上了白蛇为救许宣不顾生命危险盗仙草，怀着身孕水漫金山，还加上了许宣悔改的细节，这样，故事就感人了。所以，是你们作家，成就了我们演员。

我听得脸一阵红，一阵白，我没想到我一个大学文学系毕业的作家，却由一个昆剧演员给我讲戏剧，不，讲文学课。我忙掏出手机，笑着说，我得记下来，平时学得太少。

可能是我的虚心，激起了杨老师的兴致，她把我拉到旁边坐下，如在课堂上给学生讲课般，说，大家为什么爱看《牡丹亭》？因为演得真，演得美。杜丽娘游园时，要强调她是第一次去花园，所以进门时，她要用折扇遮下眼，为啥，因为花园里有阳光，刺眼，这样就突出了她的第一次进园。走步子，要有紧有松，有快有慢。撩裙子的动作，有两次，你不能重复。过门槛，迈腿幅度要大，而遇到地滑，迈腿幅度就要小。同样是翻身，第一次自己翻，可以掌握。第二次跟春香一起翻，就须两人配合。春香已去过花园，在花园她是主动的，但不能喧宾夺主。杜丽娘的睡态要美，梦要演出醉了的感觉。她第一次遇到心中的爱人的神态要把握准，惊喜不能没有，又不能过火。她行路的姿态，用腰的姿态，脸上的肌肉、眼神的运用，害羞到什么程度，都要细细琢磨，反复练，有时一个抛水袖的动作得练上千次，还不一定做得美。先生给我们上课时，已四十多岁了，个子很高、瘦，可是他演起女人来，那笑，太像个少女了，我就在那一刻迷上了他。喏，就是汤显祖旁边的那位。那同样是一位杜丽娘。

迷上了女老师？我说着，朝她诡秘一笑。

她先是嗔怪地瞪了我一眼，把我拉起来，跟她一起朝一位穿着西装的男人照片鞠了一躬，又让我把一束她刚摘的野花放在西装男人剧照、作品集的陈列柜前的花瓶里，说，先生是戏剧大家，他演了一辈子男旦，杨玉环、崔莺莺、祝英台、林黛玉等这些闺门旦，他还演过刀马旦。刀马旦你知道不，就是女将。喏，就是这样的，杨老师说着，指着陈列柜中的一幅穿蟒扎靠、腰别宝剑、头戴翎子的女将剧照说，这是先生演的百花公主。他经常跟我们讲，杜丽娘做梦要表演得有层次，做梦是一层次。醒了，还在梦里，是第二层次。从梦里回到现实，是第三层次。从现实回想梦里，是第四层次。此时虽然没有台词，但是音乐很美，配合着梦，往前走几步，好像柳梦梅出现了。想到两人欢会的情景，她很难为情。书生离去，她紧走几步，惊醒，往四下一瞧，才知在家里，好失望。《惊梦》中的《山坡羊》唱到"迁延"，下蹲动作，转身停顿，反过来一个水袖，脚放好了，眼睛要看着观众，不能斜视，然后下去，起来要往右边走。再下去起来时要往左边来，不能夸张，否则就难看了。小生碰她肩膀时，要有感觉，因为她从来没接触过男人，碰到书生既难为情，又半推半就。她走到他面前，要羞涩地转，下场时还不能放松，看着他，不舍得下。

我们走到大厅里，她指着屏幕，现在唱的这出叫《写真》。杜丽娘游园回来，怎么进入写真的环节呢？你看，戏是这么转的。杜丽娘病了，春香说她瘦了，杜丽娘就要照镜子。不能直接拿上镜子就照，要有曲折，先是春香拿着镜子，杜丽娘看了一眼镜中的自己，愣了一下，要镜子。春香不敢拿镜子给小姐，怕她难过。杜丽娘还是接过镜子，站起来，往前冲了一步，又照，后退。为啥？不相信自己瘦得那么厉害呀，又拿起镜子照。她在病中，要表现出她

好花枝　269

拿镜子时的虚弱,这样就抓住了观众。她看清自己的脸后,一下子呆了,停顿,又看镜子,伏在桌上哭了。为啥?发现自己瘦了,所以才想把美要画下来。

是不是就顺利地接上了?

我点点头,说,好细致,我们写小说把这叫衔接。

对呀对呀,你再看她画像的过程也要处理好。我认为她画的是工笔,作为演员,你心里要有数,不能随便拿笔胡抹几下,要像真画一样。为这,我还专门请教过多位画家。先铺纸,压纸,擦镜子,对着镜中人淡扫轻描。唱到"描进"顿下来,再看镜子中的自己。看了以后,要带着笑,一手拿着镜子,还要欣赏,画嘴、画眉毛。画头发时,动作稍微大些,手指头发,眼睛要看画,感觉画得不够,又加一点,把笔放下。"个中人全在秋波妙",杜丽娘认为眼睛很重要。人画好了,她忽然想到手里该拈着青梅,因为寻梦时她看到后花园梅树上梅子累累,非常可爱。要体现她身材美,你就不能让她直直地站着,要倚在湖山石边。为什么?因为她在梦境时,和年轻的书生就在湖山石边两个人欢会。她又画树,她要把她梦中的情景全部画下来。画完,又看了一遍,感觉好像少了一点东西,她边走边想,于是添了芭蕉。画完了,她有个小挪步,因为她是病人，体力不支，步态稍有些踉跄。画完，她拿起画，吹了吹，因为墨没干。然后一个腾步，累了，叫春香让花郎找店家细致地装裱好，因为这是她的心血之作，寄托了她所有的梦想。当她画完，告诉春香她有个人，春香问长什么样子，她回答那人年可弱冠，风姿俊雅，手持柳枝，让她题诗。春香问她题了没有？问得很紧，她不得不说，"后来那书生向俺说了几句知心的话儿"，说到这儿时，杜丽娘双手抱肩，巧妙地把"抱"字用动作说了出来。这样既把她的秘密告诉了理解她的春香，又表现出了少女的害羞，是不是这样处理更妙？你是作家，最有发言权了。好了，我们再接着往下看。春香因为看到她做了抱的动作，要打趣她时，她忽然说是"梦"，是不是故事有了波折？然后三个害羞转向的动作，就把青春少女的形象跃然送到了观众的眼前。在这演的过程中，要强调她的身体不支，为后来的生病做铺垫。

  杨老师看我不懂，又拿起桌上的一把折扇，做起示范来。她的一立、一坐、一挥袖、一展卷、一投足、一握管，形随音转，身段娴熟，蓄势而传神，吐字板眼清新含而不露。

  搞得我晚上做梦找了一夜的湖山石、牡丹亭，醒来发现自己仍住在散发着甲醛味的异乡宾馆。

好花枝 271

4

我上网查了五代杜丽娘们的相关介绍,又分别观看了她们演的《牡丹亭》。第二天吃过早饭,到民俗馆找到了杨老师,告诉她我感觉世界好像一下子给我打开了另外一扇门,这扇门让我好奇又醉心,我没想到昆剧这么有意思。

杨老师正在擦拭剧照上的镜框,一听我说,腾的一声从椅子上跳下来,差点摔倒,我忙扶住,她却睁大眼睛说,你看的是哪个版本,谁唱得好?快,说说你的感受。说着,掏出纸巾拭了下椅子,让我坐下,又给我沏了茶,然后就目不转睛地看着我。

我先看了现在活跃在舞台上的年轻旦角的戏,虽然她漂亮,却不打动我。觉得把个思春情炽的杜丽娘演拘谨了。而你师姐演的杜丽娘,很古典,举手投足,都像一首诗。你的爱徒演的杜丽娘,真是一个觉醒女性,即便演忧伤的《离魂》,可能因为有来生的希望,让人并不悲观。而杨老师你的杜丽娘眼里,能看到青春生命的亮光。比如唱到"蓦地",轻抬头,"游春转",左手自右前方开始,波浪式小弧形平拖至左,亮眼神的加入,很有喜意。还有落扇,我对照了全国好几个著名昆剧演员的处理,有人啪地把扇扔在地上,结果下去时忘了拾扇。因为她那场,春香没有再出场。有的将扇落地,不仔细看,还没发现,而你将折扇缓缓落地,那节奏掌握好妙。你的每一个唱腔、每一个体态、每一个眼波流转,里面都有深厚的历史传统,又包含着个人不断的琢磨与丰富的感悟。进到花园里,如少女样左看、右看。有阵小碎步,慢慢地像蝴蝶一样飞上去,接着一个小顿步,靠在牡丹亭上,然后往右方看花,眼神里全是戏。拿掉垂杨线的动作,既调皮又优美。然后回过头来,看到一串串榆钱去摘的那动作,要是画家画下来,肯定得奖。梦到秀才时,我感觉你不是在舞台上,就在一个大花园里,身边真有个秀才柳梦梅。你学秀才走路,他靠你肩膀时的慌乱,你演出了那种甜蜜与羞涩。唱到"做意儿周旋"时,动作好缠绵。梦醒后,无力地倚在梅树上,像靠在秀才身上。看到这,我眼角湿了。杜丽娘离开花园时,一步三回头,你戏做得好足,让人回味无穷。

哎呀,不愧是作家,观察得好细,我自到这儿来,还没人这么仔细地跟我说昆剧,好高兴,我以为现在的年轻人都不爱看昆剧了。你看多了,就知道我们五代杜丽娘的戏,各有特色,每个人都无法替代,每个人都代表了一个时代的审美追求。

一听这话，我眼睛一亮，说，杨老师，你们五代杜丽娘要是同台演《牡丹亭》，肯定棒。一出戏，既有老演员的炉火纯青，又有年轻演员的青春靓丽，观众各取所需，如果演好了，说不定能引起昆剧界轰动，不，也许全国轰动、世界瞩目呢。

这个主意好，这个主意妙，这个主意我相信我们五代杜丽娘完全支持。快喝点水，我记下来，人老了，忘性就大。五代杜丽娘，同台演出，多么棒的主意呀，我怎么就没有想到呢？师姐、爱徒、小痴儿……你们这些坏蛋一个都不能少。杨老师说着，找了半天，最后拿起旁边的一张报纸，戴起老花镜，在空白处写起来。老花镜架到鼻梁上的样子，鼓着嘴，一笔一画地写字，好萌。

你师姐人静，戏净，身段好。可惜视频里只有她两出早年的戏，她唱得那么好，为什么急流勇退？这么多年，再也没有她消息，你是她师妹，想必最清楚。我迫不及待地问。

她合上笔，却没回答我的问题，喃喃自语道，我老了，也胖了，可我照样演出。十年前，我还唱了不少戏，《烂柯山》中的崔氏，《蝴蝶梦》中的田氏，可我最喜欢唱的还是《牡丹亭》。我们唱昆剧的，不唱《牡丹亭》，就感觉没有唱到昆剧的峰巅。不唱一次杜丽娘，就感觉不是昆剧名旦。谁不爱少女时，谁不恋青春？演员,只有在舞台上,才能找到自己的人生价值。师姐她这个人,怎么说呢,聪明、伶俐,天生的好演员。这次一定要叫她来,我们都老了,说不上哪天就再也站不起来了。对了,你这几天看了那么多昆剧,你说,我跟我师姐,谁唱得好?说真话。

你们都用自己一生的体会在演绎着心目中的杜丽娘,难分伯仲。

你这话我爱听,虽然我知道这话里有水分。杨老师虽如此说,还是高兴得眼睛都眯成了一条线。我师姐最大,七十六岁了。我最小的学生十六岁,这样的组合一定很有意思。我少说唱了四五百出杜丽娘,可每一次,都有新的感觉。我的爱徒,演出正盛时,却去了美国,学什么企业管理。我知道后,连哭带骂了她整整一上午:多少优秀的昆剧演员,因为年龄、声带等原因上不了舞台,不知多羡慕在台上的。可你倒好,正是黄金时期,却放弃了舞台,要是走了,我就不认你这个学生了。可她就是犟脾气,我再说也改变不了她。她出国时到我家来告别,我连门都没让进,只隔着门丢了一句,叛徒!她走后,我哭了好几天。为了教她唱戏,她哭过,恨过我,可得了奖后,兴奋地抱着我直哭。四年前,她终于回国了,跑到我家里,给我说,老师,我离不开舞台,钱再多,可心里是空

好花枝　275

的，我找不到自己。后来就频频演出，据说档期都排不开。我看了她最近的几场演出，可以说炉火纯青。还有小痴儿，这个戏疯子，跟我一样，戏痴，现在快三十了，恋爱老谈不成。给你说个真事，有次别人给她介绍了一个博士，学软件开发的，模样、个头儿都不错，我以为这次八九不离十了。可你猜怎么着，两人第一次约会，在饭桌上，她问人家小伙子知道杜丽娘是谁不？小伙子说是不是一个流行歌手？她立马扭头就走。她现在风头正健，我告诉她，我还有许多戏没有教她呢，让她唱每一出戏，都要认认真真演，出名易，保名难。还有最小的简简，来了你就知道了，她扮相美，身段不错，唱腔嫩，缺的是舞台经验，跟师奶奶师阿姨师姐们学戏，她肯定高兴得很。不足的是，贪玩，才十六岁嘛，每次排练，我都得哄着，敲打着。我说，简简，别看你到国家大剧院演出过，可这不代表你就是杜丽娘，只是因为你年轻，青春饭不能吃一辈子，要长久在舞台上，还得靠本事。她抱着我说，老师，知道了，知道了。

哎，不跑题了，说正事。我这人想到就做。杨老师说着，掏出手机马上给景区郑总打电话，还不时地重复着对方的话，你说，请她们一切费用你全包了？啊，好的，好的，谢谢郑总支持，我马上联系，马上联系，你放心，这事我一定要搞成。放下电话，她激动地说，郑总说这些名演员一来，肯定就带活了景点旅游。毕竟这是个新景点，还没多少人知道。他说，他要加紧修路，修饰人文景观，请更多的高人来出谋划策。他还说我们五代杜丽娘同台演出时间定在"十一"，那时游客多，说不定一炮就打响了。哎哟，只有半年时间了，我是不是有些太急了？心老跳个不停。你看，我就这个脾气，从小就这样，我妈说心急吃不了热豆腐，可我都老了，还改不了这脾气。哈哈。

你是担心她们能不能来？她们不是你的师姐，就是你的学生，肯定能来。再说沁园风景还是很美的。

你既然那么爱听戏和她们的故事，搬来跟我一起住，刚好也帮我出出主意，这个活动要办好，就须想细，必得让她们没理由拒绝。她说着，朝大厅四周瞧了一下，说，还有这所老宅子，要发挥它的作用。你看那戏台，有几百年历史了，好演员还没在台上站过呢。还有，我带你到后花园看看，你就知道里面有多美，咱们是不是也像杜丽娘一样，来个游园？她说着，又笑说，我是老年的杜丽娘。

后院除东西几间厢房外，中间有个小花园，一石桌、四石椅，刚下过雨，还泛着水光。几丛山茶，开着粉色的花。还有一小片草坪，绿茵茵的。两棵芭蕉树，叶子肥绿。还有几株梅树，倚在墙角，枝条秀美，远远看去，好似粉墙上的一幅图。

不错吧，在市里我有套四居室，在八层，我一点都不喜欢。到这儿，我第一眼瞧上的就是院里的戏台子。第二眼看到这花园，就不想走了。杨老师说，你看，天再热些，咱们坐到这花园里，喝着茶，听着戏，多美。现在，前院除了看门人和器乐班几个老师，就我一个人住这后花园，晚上还是有些冷清。

我还在犹豫。杨老师又说，房子，跟人一样，太孤单了，易生病。来吧，咱娘儿俩说说话，我一个人在这待久了，都感觉要发疯了。

一听娘儿俩，我马上说，好的，我明天搬来。

现在就搬，我跟你一起去。整天到外面吃，也不干净，我给你做好吃的，我们南方人，可会做菜了，你要是喜欢昆剧，我就给你讲讲戏和人。只有你爱上了它，才知道它有多美。真的，我敢保证，你迷上了它，再要想摆脱，可就难了。

5

我跟杨老师住在一起后的第一件事，就是她动员我每天跟她跑步。

我说跑不动，现在部队抓得紧，又是射击，又是考体能，许多年轻人身体都吃不消，纷纷转业。我都四十岁了，还要跑三公里，现在好想跟同龄人一样，选择自主择业，不用工作，还拿着工资，周游世界，睡到自然醒，过没人管的自由日子。

杨老师看了我半天，好像不认识我似的问：你这么年轻，就不想干了？你爱部队吗？我说当然，从十六岁参军，到现在二十余年了，怎么舍得离开，只是现在部队训练特严，身体有些吃不消，比如说这长跑，简直要命。

那就走，跟我这老太太去跑步。天天跑，我就不信跑不过？

我还在犹豫，她一把把我从床上拽起来，又是给我递衣，又是帮我梳头，嘴上还不停，坚持跑步以后，你就知道好处有多少了。

当我气喘吁吁地跑了一公里，无力地坐在路边椅子上时，她说不错，不错，以后每天咱们跑，你一定会考及格的。对了，我刚才又想五代演出的事，不能演全剧，我跟师姐身体吃不消，年轻的演员又撑不起。

我擦着汗喘着气说，我意见也是，就演到杜丽娘离魂结束。

太好了，我也这么想。杨老师一把拉住我说，从《游园》《惊梦》《寻梦》《写真》到《离魂》，基本都是独角戏，没有闹腾的枝节相扰，很考验演员的唱念做打。虽然《离魂》悲伤，但杜丽娘离世后，马上出现她死而复生的特写，这样既忠实于原著，又为后来的重生做了伏笔，还给人希望。柳梦梅我让我最近招的一名学生演，最近她迷上了演小生。她那风流俊俏样，很适合，正愁没舞台上呢。哈哈，六个女人，这出戏肯定精彩。不，应该是七个，还有春香，刚好七仙女，美花枝。这么一来，学生肯定越来越多。

光在景点打广告不行，我给你在朋友圈上发帖子，我有六十几个艺术界的朋友圈，全放上去。

好呀，好呀，学生越多越好。不上舞台，我就越来越想带学生，教学，也是一种享受。我纯是热爱，不收钱，没儿没女，我要钱干吗。杨老师说着，又说，对了，再加上一条，边学边演，选优秀的学生当主角。她们肯定喜欢。

我忙按她的意思做了修改。

我说发吧？

她闭着眼睛想了一下，说，我再想想，我再想想，得细点。对了，加这么一条，三个月可以学好折子戏，一年，争取唱全戏。走，回家细说。

屋里比外面还冷，我们就坐在床上盖着被子说。先是躺着，说到兴奋处，干脆爬起来，倚在床头又兴奋地说。窗外小鸟不停地欢叫着，好像也赞成我们的策划。

同台演出的事，我越想越兴奋，比我第一次上台还有激情。你快给我量下血压，是不是增高了？杨老师说着，拿出血压计。还别说，真是的，比往常高一点。

没事儿，没事儿。杨老师说到她第一次演出的盛况，很是愉悦，道，那时我二十岁，有一阵光观众来信就收了四十多封。有一个人，自称是个大学生，坐到我们剧团门口不走，非要看我卸了装后的面容。看到我出来，一把抱住我说，如果我不跟他结婚，他就杀了我。说着，还拿出了刀子。要不是我老师提着椅子出来，不知要出什么事呢。

能想象到，那杨老师你找的爱人一定很帅了？

杨老师递给我一个山竹说，他是挺帅，但我儿子一岁时，他就

好花枝　281

离开了我，说我心里只有戏。年轻时，我恨他，现在我好后悔，那时不懂生活，只想着上台。后来爱人走后，我把儿子送到妈妈家，就住到单位，吃食堂。说实话，儿子长到十八岁，一直到走，我都没给他做过一顿像样的饭。他最爱吃糖醋鱼了，可我没有给他做过。我活了大半辈子，一直爱戏，老天也没亏待我，我得了戏剧最高奖，到国内外多次演出，可以说功成名就，可最近，可能年纪大了，老在想，值得吗？时有后悔，可一听到笛声，听到鼓响，马上又觉得在昆剧中生活，这样的一生过得值。你不能理解，爱上昆剧，就像吃了鸦片，欲罢不能。

我说，杨老师，你能否给我唱一出《牡丹亭》？那些视频音频，都是过去的，不过瘾，哪怕就一折，也就三四十分钟嘛，求求你了，杨老师。

她摇摇头说老了，唱出来不好听。唱戏，还是年轻人唱，有看点。

我说看戏看门道，我也人到中年了，我要真正体会一个爱了昆剧五十年的艺术家的风采，我要写你们昆剧演员的小说，现场连一折都没听过，怕写不出那味道。

老人眼睛一亮，马上又暗淡了，说，等我的师姐爱徒们来了，给你表演，她们一个比一个唱得好。

杨老师，我就想听你的戏。总感觉屏幕上的那个杨老师离我好远，而你又近在咫尺，我当然要亲眼领略昆剧之美、名伶之美了。

她想了想，那这样，我想一想。好了，睡吧。

第二天天一亮，我又求杨老师，她半天才说好吧，我就豁出去了，反正年纪大了，脸皮厚了。说着，像个少女似的，歪着头，做了一个含羞的表情。她这么一个动作，让我心情大好，原来人有颗少女心，是多么的弥足珍贵。

我以为她会随便唱一折，她却说要唱就按正式演出来，也就是说要彩唱。小锣可以不要，笛子必有。然后她又说，晚上不惊动别人，咱们在院子里悄悄唱，我让酒店刘老板笛子伴奏，他人和气，我不怕他笑话。

我以为她要唱《牡丹亭·游园》中有名的《皂罗袍》，她却说唱《寻梦》。我说好呀好呀。可在我有限的阅读和观剧记忆里，《寻梦》除了伤感，好像没太多印象。但是杨老师能开口，我已经知足了。她说，这出戏不长，半小时左右，但因为是独角戏，很考验演员的功力，你给我完整地录一下，我要看看我每一个动作是不是准确又美。

晚上，我说咱们到麻辣风情去吃饭，她说演出前，她不会到外面去吃饭，在家里，也只是喝点稀粥，保持身体与心灵清爽，这样演戏才更有效果。

我要了碗清汤面，让饭店的小姑娘一会儿到民俗馆来看戏，路过时，又悄悄告诉了邀请我到沁园来创作的书院院长，让她找几个爱看戏的人，装作无意间串门。我想谁唱戏，都喜欢有人看。然后到民俗馆时，离唱戏的时间还有一小时，我想帮杨老师的忙，看门人却说，你不要去，杨老师和化装师两小时前就化装了，她上场前，外人一律不见。她演出前半小时就守在舞台口了，不坐，怕弄褶了戏服。她让咱们像真正的观众一样，坐在下面看戏，不，给她挑毛病。她说好久没上舞台了，心里没底。前不久，有关部门为保留资料录过一次《牡丹亭》，她看了录像后很伤心，说扮相太差，不能放。年纪大了，尤其对旦角来说，很残酷，这次她要在吊眉勒头缠好水纱后，把面部皮肤松弛的地方，比如眼袋，或其他地方，都要用透明胶布胶起来。

看门人说着，端来一个火盆。解释道，杨老师让准备的，说你们北方人不习惯南方的冷。虽说是春天了，南方的晚上还有些凉，好在有火盆，还不冷。离演出还有半小时，酒庄刘老板进来了，还没坐下,木器坊老板也推门而入。刘老板递给他一支烟后,边掏提来的水果和干果边对我说,我跟杨老师认识得最早,却托了你的福,才能看她的戏。说完,拿着他的笛子一会儿擦,一会儿试音。胖胖的木器坊老板吸了一口烟后说,要演戏?谁演?我本无聊,又没地儿去,想到这跟你们打牌的。谁想遇上了唱戏,真不错。他说得像真的一样,我敢肯定他知道杨老师今晚要唱戏,那么谁告诉他的呢?肯定是酒庄老板。杨老师一向高傲,她不会告诉别人。这时,书院经理带着咖啡店、村姑的小可爱店几个姑娘小伙儿也进来了,我朝他们感激一笑,酒店老板说,来来来,吃水果,年轻人喜欢看戏,这是好事呀。今晚天总算争气,没下雨,如果一夜不下,估计明天就有游客上山了。好了,我去忙了。对了,我还找了个敲小锣的,既然杨老师这么认真,咱们也要尽心为她服务,对不对?我意味深长地看了他一眼,他脸一红,扭头就走。

不一会儿,一阵悠扬的笛子响起,我发现戏台上的幕布下有脚移动,想着,肯定是杨老师站到幕后了。

果然,随着唱腔,杨老师袅袅婷婷地走了出来,开始唱"最撩人春色是今年"。

后面的小姑娘马上说,嗓子真好。

别说话，看戏。旁边一个小伙子制止道。

"他兴心儿紧咽咽，呜着咱香肩。俺可也慢掂掂做意儿周旋。等闲间把一个照人儿昏善，那般形现，那般软绵。"唱到这儿时，杨老师的表情，可以说，简直就是少女样，我们都很难相信那是一个将近七十岁的老人，而唱到"忐一片撒花心的红影儿吊将来半天。敢是咱梦魂儿厮缠"，那失落的心情，又让人伤心。

《寻梦》杜丽娘情感有个分水岭，前半重温旧梦，后半怅惘失落，体现这一分水岭的道具全在她手中一把折扇，杨老师唱《江儿水》前有一个丢掉扇子的动作，之后思想感情就全变了，失望而至绝望。

当她唱到"难道我再到这亭园，则争的个长眠和短眠"时，我听到身后有啜泣声，原来是书院经理，咖啡店小姑娘也在抹眼泪。这时，我才发现门后站满了观众，几乎是天街集体出动，大家齐声鼓掌。

一个耳朵上挂着耳环的小伙子说，唉，要是杨奶奶再年轻些就好了。

看门人摇着手说，杨老师这一辈子不容易呀，孤身一人，只有戏，是她的一切，是她的命根子。她给我讲过，她小时学戏吃了很多苦。冬天，在房间里练功，手生了冻疮也得咬牙拿大顶；夏天练功，戏服舍不得穿，就把旧衣服改作"戏服"套在身上，汗水湿透了"戏服"，第二天还没干就得继续穿上；唱戏要勒头，一勒头就头晕呕吐，为了锻炼自己，她就勒着头睡觉。

明白了，看戏，看戏。后面一个瓮声瓮气的声音不耐烦地打断了看门人的解释。

我边看着舞台上的杨老师，边想着她给我讲的学戏生涯。

她说年轻时向先生求教，先生发现她只专注学戏，对外界一点也不留心，便告诉她，要从大自然中体会美，这样心中有物了，表演时眼中才不会空洞无物。

大约正是受教于这样名师的指点，我在杨老师的杜丽娘眼眸之间，窥到了撩人春色、湖山石边的欢会、垂杨线的牵绊、大梅树的累累可人……我才明白，《寻梦》妙在对梦中的回忆，对梦中的模拟，还有梦醒后的失望。

杨老师刚一唱完，旁边就有年轻人说：再来一出，杨奶奶，再来一出。我还没看够呢。

我说老人年纪大了，让她歇歇。

站在舞台上谢幕的杨老师却说，好的，好的，那我再接着把

好花枝　287

《写真》唱完。

不知是有人告诉了景区郑总，还是戏声引来了他，要唱《写真》时，他进来了，还带着十几个领导模样的人。杨老师一演完，他就跑到后台说，杨老师，我把你请来，看来对了。你这一上台，我就知道我的好日子要来了。

听到她咳嗽，看着她穿着单薄的戏衣，我忙把大衣披到她身上。

可惜老了，唱得力不从心了。杨老师扶着我，走回房间。

说实话，杨老师，跟你五十岁时唱的《牡丹亭》电影版相比较，我还是觉得现在更有味。

回到房间，杨老师坐下后，也不换衣服，却说，你是安慰我，肯定年轻时美呀。跟你一般大的年纪时，我浑身有使不完的劲，把我儿子往妈妈家一丢，就排戏去了，就因为老排练，我跟我丈夫感情淡了，离了婚。儿子走后，我就明白了，我这种人不适合结婚生子。我师姐离开时，我大哭了一场，我就想不明白，她出身书香门第、学养深、扮相好、身材好，演技更是出神入化，为什么说放下就能放下？我曾多次在不同场合跟人说，在新中国昆剧界，我最服的就是我这个师姐。我比她有名气，是因为我吃尽了苦头，老天才给我做了这些补偿。连先生都说，老天爷是被我的精神感动了。我第一次上台，跟先生上台，我演春香，激动得一夜都没睡着，起来看了好几次表。先生那个手腕呀，你简直学一辈子也学不出那味道来。先生跟我讲，舞台小，上台的位置，把握好，至关重要。两人都在一条线上，就不美，最好两人在对角线上，既能体现出层次，又不挡对方，还要互相照应。

只要说到戏，我就知道她停不住了，看她也不换衣服，我忙打开我新买给她的电暖器，又倒了一杯热茶。

她喝完，看我不停地在本子上记，又说，先生说，演员眼神，不能直呆呆的。一句话，眼中要有货，要代表人物每时每刻的心理变化，不能空荡荡的。还要理解唱词的意思，比如"惜花疼煞小金铃"，小金铃是什么，你得弄明白，才能演出这种效果来。有些人说，"金铃"是指过去大家小姐腿上系的小铃，一走就响。我查了书，《开元天宝遗事》中说，小金铃系于花梢上，每有鸟鹊飞来，园吏拉铃惊鸟。为惜花，常常拉铃，连小金铃都被拉疼了，可见其何等惜花。我再对照上一句"踏草怕泥新绣袜"，从曲文对仗来看，以鞋对袜，最见工整，"疼煞"的形容也才贴切。但要拿身段的对称来讲，上句"绣袜"指脚下，下句"金铃"应指树上，这样表演时，我眼睛就朝向花间瞧。当时舞台上地毯小，为了保证先生，我站在边上，结果，地毯打褶了，把我绊倒了，那可是我第一次上台呀，一下子眼泪就出来了，先生却不慌不忙地马上加戏，春香，路滑吧。我忙说，小姐呀，是青苔绊到我了。观众以为是我们新加的戏，一点儿都没看出破绽。先生天生就是为舞台而生的，他给我说，纯梅呀，我告诉你，为什么那么多漂亮的女演员，我只选了你，一个字，你痴。痴是成功的前提。老师会等到你大红大紫的那一天的，一定的，好好演，到那时，你得给老师买瓶酒，老师只喝茅台。后来我出名了，可我最满意的是我三十二岁时演的《游园惊梦》，现在只有剧照，要是有录像就好了，那时，我青春年华，好想让先生坐在观众席最佳位置，一一看完，然后笑得眼睛都没缝了，说，小家伙，快给我买酒去。可是他没等到那一天，就走了。走时，六十出头。比我现在还小。

杨老师说到这儿，忽然咳嗽起来。我忙帮她把戏服换了，穿上毛衣和羽绒背心，让她坐舒服了，递给她热毛巾，她摆摆手，用手拭去眼泪，说，先生平时可严肃了，教戏从来不笑，但当我们掌握了一个动作后，他就拉着我跟师姐的手说，走，老师给你们买好吃的，想吃什么，随便点。那时，有什么好吃的，小孩子家家的，最爱吃的是雪糕、汽水、桃酥饼干什么的。对了，我最爱吃桃子，他就给我买黄黄的大桃，然后看着我吃。我说，先生，你别看嘛，他探着头，双手交叉抱着肩，说，快吃，吃了再吃一个。

这个时节，学戏的一切累都不在话下了。为了让先生高兴，我跟师姐比着看谁先背会台词，看谁先学会一出戏，看谁得到先生的表扬最多。我把先生对我跟师姐的表扬全记在本子上，我比师姐多，我就高兴。我比师姐少，我也不难过，就悄悄地看着她学艺。师姐从来不防我，她说，我被你感动了，要学，就大大方方学。

我拉开被子，把一只热水袋放到杨老师被窝里，她说你妈妈有你这个好女儿，好幸福。

妈妈生病时，我在部队，去世时，连面都没见上。

被窝好热，你看，我生活能力多差，可能人老了，总感觉晚上被窝冷，却从没想起买个热水袋，谢谢你。我师姐老说我是个生活中的低能儿。她在时，就一直照顾我。有次我们到外地演出，一泡尿憋得我一下车，就四处找厕所。看到一个厕所就往里冲，师姐在外面连喊，纯梅，那是男厕所，我说我顾不得了，你赶紧给我挡住外面。这样的事，太多了。

杨老师，你跟师姐合作过多次吧。

当然了，最难忘的是第一次。杨老师说着，又跳下床，从桌子抽斗里拿出影集指着一张黑白演出剧照给我看,照片上写的是一九八五年夏。

那时,我演春香,师姐,当然演杜丽娘了。

你们好年轻呀。

那时,师姐三十出头,我二十三岁,刚结婚。结婚那天,我们团加班排《牡丹亭》整本戏,第二天要彩排,我跟丈夫商量不请假了,晚上在家炒几个菜请几个朋友吃顿饭就行了。晚上下班时,我买了一大堆熟肉准备叫师姐到家吃饭。大家都走光了,我也没找到她,最后在排练厅看到她一个人在排练。一会儿演杜丽娘,一会儿扮春香,我忙放下东西,说,小姐我来了。

师姐摸着我的头发,说,呆子,快回家去,否则你丈夫要骂我不近情理了。

我说不理他,他连这个都不能理解,还配当我丈夫吗?那时家里也没电话,我也没想那么多,跟着师姐把整部戏走完,才走出排练厅。

师姐帮我提着肉说,好香呀,馋死我了。看来,戏不能当饭吃呀,肚子饿死了。

我说,当然能呀。就是因为唱戏,我有了工资,有了房子,有了名气嘛。要不，我还是大别山里一个农村女孩子哩，缺衣少吃的。打开咱们吃点。

那怎么行？得跟你爱人一起吃。呀，都九点多了，快走。师姐个子小，体重还不到一百斤，蹬着自行车，带着体重一百二十斤、身高一米六八的我。看着她弓着背，使劲蹬着车，我就坐不住了，要跳下来带师姐，她说今天是你少女的最后一晚了，让我再送送你。感动得我伏在她背上，想流泪。那晚，月亮又圆又大。微风吹到脸上，特别舒服。行人没几个，偶然几辆车路过，好像整个大街都是我俩的。师姐说，梅梅，我们对一下戏，《游园》中的那出《好姐姐》怎么样？按说这出戏也唱了十几场了，我怎么还这么没底，总害怕出错，咱们整天排，不就是等在舞台上亮相的那一天吗？

我说好呀好呀。

师姐清清嗓子唱道：遍青山啼红了杜鹃，荼䕷外烟丝醉软。春香呵，牡丹虽好，他春归怎占的先？

我马上接道：成对儿莺燕呵。

师姐说，声音不甜，要把欢快的情绪表达出来。

我忙又唱了一遍，然后我们合唱：闲凝眄，生生燕语明如翦，呖呖莺声溜的圆。

师姐仍不满意,说,唱得要像真的听到燕子、黄莺的叫声。这样,周末,我带你到百鸟园听听鸟叫声,你就更有体会了。还有,刚才排练时,出花园门的位置你记错了。进门时是在左侧靠近舞台的三分之一处你抬的脚,你就不能出门时在舞台三分之二处抬脚。舞台虽然看不到,但咱当演员的心里要有数。

谢谢师姐,我说着,头靠在她的后背上,感觉好温暖。她手伸到后面,拍拍我的肩说,梅梅,咱们好好唱戏,唱他一辈子。

我敢说,那个春天的晚上连空气好像都是甜丝丝的。当我提着肉、师姐拿着花了一月工资送我的上面绣着大牡丹的绸被面回到家时,一桌子菜也没动,空酒瓶满地都是,我的丈夫不知去向。

师姐说,完了,是我害了你。

我说,别理他,走了一辈子别回来才好呢,一个男人这么小心眼,我才不稀罕呢。在我再三劝说下,师姐吃了几口饭,就让我跟她一起去找我爱人,我说,师姐,别理他,我们继续练戏。咱不能给团里丢脸。

你丈夫……我试探着问。

杨老师喝了一口水,说,他是个小科长,当天晚上倒是回来了,我赶紧按师姐教我的,给他倒洗脚水,赔礼。说实话,我还是想当一个好妻子的,学做饭,带孩子,可是不由我,心老往戏上跑,其他事就心不在焉了。我把豆腐丝当成面条下到锅里,把醋当油倒进锅里是常事。给儿子开家长会,还睡着了。端菜,满地都是菜渍。洗衣服,经常少洗一只袜子。我有愧,可我就是不能把两件事都做好,没得办法,人笨嘛。我能背出一百多部戏的台词,却记不住儿子上学每周的课表。我能琢磨出角色无数种细微表情,却没发觉丈夫心已留在别的女人身上了。他是个机关小科长,以自我为中心,家务活啥都不干,人不坏,只是我们不是一个道上的人。

说着,杨老师把目光望向窗外,半天又说,我脑子一根筋,台上台下没分清,可是谁又能分得清呢。听说师姐现在后悔自己唱戏没坚持下去。后悔有什么用,世上哪有后悔药可买。

多少年过去了,那晚她骑着自行车带着我唱戏的情景,我永远也忘不了。她不时地扭腰伸胳膊做动作,自行车差点骑到了河里,那场景现在好像还在我眼前浮现。可那样的时刻毕竟很少。她不走,我当不了主角。她走了,我老梦见她。人就是这样,好矛盾。

师姐一走,我的好事就来了,一个有名的电影导演到团里来拍电影版的《牡丹亭》,团里让我们三个演员去试镜,我当时自信得很。那时我四十八,身材也好,脸上也没皱纹,一试镜大家都叫好。儿子刚考上戏剧学院，说请几个朋友吃饭为他助兴，我没陪他，因为拍摄任务紧，要赶在元旦公映，结果，他喝多了，出门遇上了车祸。从那以后，我就整宿睡不着觉，一闭眼，眼前全是他血糊糊的样子。小时，我带着他到排练场，他可喜欢唱戏了，他长得俊，老说自己要演柳梦梅，让我别老，等着他长大，跟我配戏。我每天以泪洗面，要吃药才能睡着。可能是激素使我发胖，等我醒悟后，已经晚了，我尝试过一天只吃一顿饭，不吃肉，不吃主食，跑五公里，每周游三次泳，吸脂、塑身，可身材再也恢复不了原样啦。想起，我儿子出事前，我还不到六十公斤。怎么办？光哭也没用呀，戏还得唱，其他我也不会。你看窗前这株黄玉兰开了差不多两周了吧，我每天都看它，拍照，虽然花苞散了、色泽淡了，可它精气神还在。只要看到它，就感觉日子还蛮有希望过下去的。昆剧相伴我五十余年，是我生活中最重要的一部分，它给我养家糊口的饭碗、给我精神上的陶醉、给我一定的社会地位，拥有那么多的观众，虽然它不会让我大红大紫，但它给我一生的支撑和陶醉。只要我还能动，还能演，演到八十岁，都没问题。

我还愣在她的话题里，她打了我一下，说，快，今天锻炼的时间到了。她穿着棉质睡袍脸上贴着面膜已躺到床上了。我忙按住她的脚,她开始做起仰卧起坐来。那时隐时现的少女穿的棉质小内裤让我想笑。

每次,我只能做三十个,她每天比前一天多做一个,在我离开时,她能做五十个了。她说,演员没有好身材,动作做了也不好看。

为了好身材,她晚上只吃菜,不吃主食,有时看我吃米饭很香的样子,就像个小孩子一样,说,要么给我来一勺,就一勺。一勺也就小半碗,她吃得很慢,边吃边说,吃完了,咱们再去跑步。

这一次,我终于用了二十一分三十五秒跑完了三公里,也就是说,我跟杨老师跑了十次,体能终于按军人的体能考核标准,达标了。

6

白天我在屋里写作,杨老师到大厅处理公务。到了晚上,我跟她吃饭时,她又说起了演出往事。她说这些陈年往事是不是有点像白头宫女话开元天宝遗事?我愣了一下,看来她的确读了不少书。便说没有呀,我最喜欢听了。

唉,她长叹了一声说,住在这样的大宅子里,说说往事,真是我过去梦想中的事，要是现在这么好的条件，放在我们演出盛年，该多好。

我说凡事都不完美，真懂戏的人，一定会喜欢。老演员用眼神就可控制舞台，演员到晚期，都是以魂演戏。老演员，我们不看她扮相是不是漂亮，嗓子是不是亮，我们看她演的那个味儿，也就是人活的灵魂。再说，昆剧是个不老的剧种，现在老演员出山，一个比一个棒，年轻演员绝对比不了。

我是怕郑总失望，毕竟人家掏钱嘛。知遇之恩，当涌泉相报。

生意人，鬼着呢。再说，你听听，你的嗓子多美。我说着，打开手机，放起了杨老师线上演唱的《牡丹亭》。

听到自己的演出，杨老师又兴奋了，边听边擦眼泪。说明天，我给你包饺子，我知道你们北方人爱吃面食。你写作时，我到山坡上挖了些荠菜，你不知道，水灵灵的，有多鲜嫩，包的饺子肯定好吃。我因为先生是北方人，也学会了包饺子。每次只要我把饺子拿去，他便像小孩一样兴奋，给他爱人说，快，把蒜拍碎、切根小香葱，里面再倒上山西老陈醋，六神酱油，就着这鲜嫩的荠菜饺子，简直绝配。

我有次无意中说天街什么都有，就是没有卖馒头的。

这有何难，我晚上就给你做。杨老师说着，兴冲冲到超市买回酵母粉后，才说，其实我从来没有蒸过馒头，可是我师姐会，因为她丈夫是北方人，所以她给我讲过，用发酵粉，把面发起来后，就可以蒸了。

我只不过是顺嘴一说，米饭也很好吃的。

嗳，说到做到。再说网上也有，咱们边学边做。

对对对，小时候我看到我妈也做过。我其他不会，但揉面还是可以的。

说着话，我们就做起来了。因为要发面，我们一起床就开始做起来。加酵母粉时，杨老师拿不定主意，我更紧张，因为小时吃过没有发成的馒头，像铁块。我妈妈蒸馒头前，先要做个小面块，把它烤熟，查看酵面的多少。杨老师戴上老花镜看了酵母粉袋上的说明，说一包酵母粉可发面一至二千克，咱们做十个馒头，差不多，三分之一干酵母就够了吧。我心里也没底，说，应当是吧。杨老师拆开干酵母袋，用勺子取出两勺，溶化后，倒进面里说，是不是少些？我说那就加半勺。她想了想，说，加三分之一好不好，三是我的幸运数字。一听到幸运数字，我又感觉这个老太太好可爱。

真的，你别笑，我上的是昆剧第三期高研班，八三年扮杜丽娘到北京演出，你不知道人民剧院座无虚席。九三年，我到法国去演出，飞机座号就是三号。现在，你看到咱们民俗园门牌号了吧，三十三号。

又加了三分之一酵母粉，杨老师开始和面，我负责倒水。用热水还是用凉水，我们都不知道，我说上网查。网上有人说，用一半开水，一半凉水，和两种面后再揉到一起。说起和面，笑死我了。杨老师说面太干，我加水。她说面太稀，我加面，本来计划先试验只蒸十个馒头，结果出来了二十五个。

发面过程中，杨老师回来了两次，面没一个泡泡，说，完了，面没发，今天吃不上馒头了。杨老师还要倒酵母粉，拿起倒时，又说，凡事都得有时间，咱们再等它一小时，好不好？咱赌一把。

又过了一个小时，她回来，面还是没发。

我说，会不会是开水把酵母烫死了。

有道理。既然原来的酵母粉已经不起作用了，咱们再加上些，试试。

果然，发了的面蒸出的馒头又大又白又软，杨老师让我送给酒庄刘老板五个，然后把看门人叫来，我们美美吃了一顿，第二天就全吃光了。

这只是小插曲，只要跟杨老师在一起，说到任何话题，她仍会转到演戏上。比如，有次，我说到写作，说最近老写不下去，有些烦，其实我意思是在她这儿时间久了，我想搬回去，结果她马上说可能是你不了解你写的人物吧，比如说，我们闺门旦演员和正旦就不同。对了，小薇，你知道闺门旦和正旦的区别吗？

我怕她再详细给我解释，忙说，一个演少女，一个演已婚女性。

对了，答对了，看来平常我给你讲的你都记着呢。杨老师说着，给我伸出了大拇指。接着，又望着她房间正中她的演出剧照给我说，我最爱演少女，大家都说我演得像。先生初教我学戏时就告诉我学闺门旦的同时不能学正旦，因为正旦和闺门旦在其他方面虽相似，但在腰部身段上，很不同。正旦用腰是前后动的，闺门旦则是左右动的，对，像我这样。她说着，站起来做了一个动作。还有，她们一个是少妇，一个是少女，眼神的掌控上，也有区别。还有正旦一般以唱念为主，做功不能像闺门旦那么花哨，身段比较简单，动作幅度较小，主要靠唱腔、脸部表情和眼神，穿戴也要素淡，比如穿黑色的、灰色的、蓝色的、不绣花的褶子。说到这里，小薇，我又要考你了，你说闺门旦穿什么衣服你最喜欢，结合我表演的杜丽娘，你说说我的戏装色调哪种最美？

手机一响,我分了神,杨老师又重复了一遍,我忙说,我喜欢你唱《游园》时,那件水粉色的褶子,上面绣着花,很漂亮。《惊梦》时的豆绿色,《离魂》时,那种白色,都好看。

可以得九十分了,不过衣服是一方面,作为闺门旦,身段还是第一。假如你手指的方向是平的,那么你的眼神看着上方就是错的。动作再优美、再准确,眼神不跟到位,也仍然是差之毫厘失之千里。有的人长得并不一定漂亮,但站在台上很有光彩,关键就在于眼神和表情运用得当,没有表情就没戏。比如这个动作眼神要向左边领,那个动作眼神要向右边领,为什么向左不向右,就要根据戏情戏理和舞台调度的需要。

我极力装出极感兴趣的样子倾听着,因为她满头白发,让我不忍拒绝。

她咳了一声,我像得到了解脱似的,马上端起杯子,递给她,想让她歇会儿,她喝了一口,又接着说,我当年演杜丽娘时,十八岁,那个红你想不到吧。

我说能想得到,说着,掏出手机,装作要接电话的样子,逃出了民俗园。

我一出来,就遇上了在红豆杉下坐着抽烟的酒庄刘老板,他可能看到我的不耐烦，便说，杨老师是个戏疯子，好不容易找着你了。时间一长，你肯定烦了。那天看完杨老师的戏回来，在路上，我听到一个小年轻说，一个老太太演少女，装嫩，好恶心。我听了心里很难过。现在的年轻人，哪会顾忌一个老艺术家的感受？按说她的年纪跟我差不多，可我真的怕伤她，我们作为她的朋友，应当提醒她，离戏台远些，晚年过上踏实的生活。认老，也是生命的觉悟。

她唱《寻梦》时，你没感觉到不对劲？她跟春香对戏时，春香那么小，她都可以给她当奶奶了。街上有人跟我说，杨老师现在常到他们店里去，不但给他们送她过去的演出光盘，还在他们店买了许多她根本用不上的东西。她又不喝酒，自从那晚我给她伴奏后，她也到我酒庄来买酒。据看门人说，买了都给他喝了。我不知道我们是害了她，还是在帮她。景区郑总有次给我说，他看着杨老师一个人在家孤单，觉得给她找点事做，日子可能过得充实些，根本就没想挣钱，或者说就没想借她来搞活昆剧，说培养青年演员，起初只是顺嘴一说，没想到杨老师当真了，整天打电话、贴启事，连一年的课表都安排好了，他也只好由着她了。

她把你当女儿看，你给她说说，别难为自己，行吗？刘老板说完，看着我，那眼神，让我不忍拒绝。

起初听到他这话，我很不舒服，可把手机打开，细细地看完我录的杨老师演出经过，说实话，酒庄老板说得对，我才明白了那天晚上看她的演出时，我为什么难过。不是为杜丽娘，而是为年老的杨老师。她穿着绣着梅花的褶子，头饰点翠鲜艳，金光闪闪，水袖遮脸，扇子轻摇，可眼袋明显，面部表情有些呆滞，可能是贴了胶带的原因。我感觉心里刺刺的。可那嗓子又是少女的，糯糯的、甜甜的，好像在用她一生来表达着心中的爱。那微笑是少女的，那满身的激情是少女的。我既想看又怕看，心里好矛盾。

第二天晚上吃饭时，我本想开口，可看到杨老师又做了四五个菜，还倒了红酒，便止了口。杨老师兴致勃勃地说，昨天看了你给我录的像，我发现有几个动作做过了，今天我又琢磨出了几个新动作，杜丽娘伤心时，水袖应当这样更好看。她说着，拿起围巾搭在胳膊上做了起来，真是挺美的。但她转身时，忽然一踉跄，差点绊倒，我忙扶住她，劝道，杨老师，歇歇，身体要紧。

没事儿，我可能猛了点，年纪大了，有些地方力不从心，特别是往下蹲的动作有些迟缓，是因为腰疼。昨晚，我给她身上贴了好几片膏药。

"摇漾春如线"，你是作家，给我讲讲什么意思？

大概指春意和春情吧。我应付道。

对的，对的，不愧是作家，唱"摇漾"时把盖在镜台上的手绢撩开，伴着"漾"字的尾声音，杜丽娘从镜子里看到自己美丽的面容，不禁感叹。所以，下面唱道"春如线"，"春"吐字较重，展现她当时的感叹……师姐常给我说，我们当演员的，要深深琢磨体验到剧中人的性格与身份，加以细密的分析，然后从内心里把它表达出来。还有，当演员，你不能光自己唱好就行了，你还要跟搭档、乐师、舞美服装布景化装灯光等人配合好，戏剧是一门综合艺术。有次我演出，我脱了披风斗篷，演春香的小演员可能走神，没接住，结果衣服差点绊倒了我。还有……

不好意思，杨老师，我得回宾馆，报社要篇急稿，明天要。刚来了五六个短信，说着，我心虚地把手机递给她，想告诉她自己没说假话。

她的眼神马上淡了，说，好了，忙你的正事。我真怕她伤心，便说，我争取后天过来。

我不是烦她给我讲戏，而是怕她拿师姐与她相比。刚才，我在网上看到三十年不登台的杨老师的师姐，竟然复出了，唱的也是《牡丹亭》，各大网站都登出了演出剧照。扮相、唱腔、身段，满满都是少女状。

经常上网看戏的杨老师，肯定也看到了，我怕万一自己说话造次，伤了她的心。

回到宾馆，我又有些后悔。如果我在，她伤心了还有人安慰，可现在，她一定彻夜失眠。这么一想，我冒雨来到民俗馆，大门已经锁了，叫门怕影响了看门人休息，只好返回。雨，唰唰地下着，如我烦躁的心。结果，我失眠了，凌晨五点，才沉沉睡去。

手机铃声吵醒了我时，我一看表，已经八点了，是杨老师，她说，你快看，我师姐复出了！

我装作没看到的样子问，是吗？在哪个台？

你在网上，搜一下，全是我师姐。她真的复出了。我看了她的演出视频，一夜未睡，半小时的戏，我连看了三遍，第一遍是欣赏，第二遍是挑刺，第三遍是学习。客观地说，她无可挑剔。你说，她咋还那么美？身段、唱腔、扮相，仍如原初，不，演技比年轻时更炉火纯青。身材保持得那么好，穿着件水粉刺绣褶子，就是年轻的杜丽娘嘛。唱戏咱先不说，她竟然还写了本书，看来这么多年，她一刻都没放松。她比我大整整十岁呀。你好好看看，她无论是水袖的抖、折、搭、翻、抛、打、垂、盖，还是扇子的开、搭、扬、摇、抖、窜、翻，都在变化多姿中巧妙地揭示了杜丽娘的内心活动，我敢说她又风华绝代了呀。你赶紧看，看完咱们再细细交流。你说，老天对她也忒偏心了。她说不演了，马上就不演了。说上台，立马上台，好像世界就是为她一个人存在似的，凡事如意，家庭幸福，丈夫把她宠了一辈子。更可气的是，她儿媳妇竟然生了一对龙凤胎。孙子都上中学了，她却还能站到舞台上像少女，真是，让人又恨又爱。

好的，杨老师。

刚挂了电话，她电话又打过来了，小薇，你别烦，要写好小说，就得吃透人物。我的师姐，应当是你作品中的主角。

我说，好的，起床马上看。

好好好，别感冒了。

挂了电话，我仍懒得起床，打开电脑，钻在被窝里在网上又搜到杨老师的师姐刘继华复出的另一出戏《长恨歌·絮阁》。我看完，真不敢相信那个又娇又嗔又美又醋劲十足的杨玉环，是一位将近八十岁的老人演的，说她烟姿玉骨丝毫不是夸张。别说李隆基，就是我，都觉得她应该得到所有人的宠爱和怜惜。土豆视频只有十五分钟，图像还没一块火柴盒大，可她一上场，用眼神和身段就把我拢住了，让我全身心地跟着她走。她好像不是在扮演杨玉环，她就是杨玉环，举手投足美得不可方物。我抑制住还想看第三遍的冲动，又搜到杨老师前几年唱的同一折戏，说实话，一折都没看完，我只闭着眼睛听，年轻漂亮的杜丽娘沉厚忧伤的唱词，让我情怅然，泪暗悬。

天黑了，雨滴打在瓦上"当当"地响着，搞得我心里更烦，我还是不知道见了杨老师如何说。又打开杨老师的师姐的《牡丹亭·惊梦》看起来，反复地看。边看边想，如果把杨老师的唱腔，和她师姐的扮相和身段结合到一个人身上，会是什么效果？这时门响了，是杨老师，她浑身是泥地站在门口，手里提着一个塑料袋，笑着说，我带了几个大包子，我们南方人，做得肯定没你们北方人地道，不过，可是我亲手包的。

我眼泪忽然就出来了，说，杨老师，我看了刘老师的演出……说着，就要关电脑，她摆摆手说，今天咱不谈戏，咱娘儿俩拉拉家常好不好。你在北京工作，经常回去看你妈妈吗？

我妈走了。我说着，看着她身上都是泥，想必来看我的路上摔倒了。您没事儿吧？

没事，没事。你妈多大岁数走的？杨老师打开袋子，拿出一个包子，递到我手里，说，趁热吃。坐回椅子时，我发现她比平常走得慢。我猜她刚下地下室时可能摔疼了，内疚得不知说什么好。

我说我妈过完八十生日走的。其实母亲走时，跟杨老师同岁。

高寿呀，不过，在孩子心目中，母亲都在，对不对？杨老师说着又催促我，快趁热吃。吃完，赶紧写稿，我就不耽误你了。

我一把抱住她，强忍着泪带笑道，杨老师，我的稿子已发报社，今晚就跟你过去。

咋哭了？不急，不急，先吃包子，今天下午，我包了一下午，第一次嘛，总是手忙脚乱的，才做成了你最爱吃的豆腐粉条包子，酒庄刘老板说好吃，一口气吃了三个。这不，怕你提前吃了饭，赶紧给你送来。

7

时晴时雨的天终于彻底放晴，连续几日艳阳高照，天街上游人如织，民俗馆里传出了咿咿呀呀的唱戏声，门上贴出了《牡丹亭》一周后的演出信息，杨老师没上台，全由刚上山的学生演。剧照中的女孩一个比一个漂亮，听说她们都是昆剧新秀。

我好想看看年轻一代的杜丽娘是什么样子，可我的假到了，军令如山。我下山时，看到十几个面容姣好、穿着不俗的女孩在景区大巴前排着队，勾肩搭背的，面前放着各种色泽的拉杆箱，我断定她们也是来向杨老师学戏的。一股欣慰之情涌上心头。

民俗馆的夜晚不再寂寞了。

真要走了，我又舍不得沁园了，我对每一个店、每一个人都充满了不舍，谁能说这店里没有像杨老师这样的人？

比如那个骑着摩托车周游全中国的中年男人，远远看，他的衣服真像昆剧演员穿的富贵服，其实再细瞧，就会发现那上面的一个个色块都是他走过的某个地方的标志。

杨老师送我到大巴上，拉着我的手说，你孩子也上中学了，正是干事的盛年，莫待无花空折枝，好花不照丽人眠。年轻，啥都可以找回，只有青春无法找回，只有往事无法抓住。珍惜它。

我握住她的手说，杨老师，在我人生遇到重大选择时，是你，帮我重新做出了选择。欢迎你有空到京做客，我要像陪母亲一样好好陪你。

杨老师说，学生们安置好后，我要去请我的师姐。她既然都复出了，就不可能不唱。不接我电话，总不能不见我吧。我就坐到她家门口，看她能坚持多久。如果没有她，这台戏就没法唱。就是背，我也把她背来。五代杜丽娘少了我们中的一个，都不完满，都是昆剧界的一大缺憾。

我看着她嘴唇上明晃晃的泡，安慰道，即便她们都不能来，也没啥，你的学生来了七八个，别说撑一台戏，就是撑十几台戏，都绰绰有余。凡事，不可强求。

她摇摇头道，五代杜丽娘必须同台演出，只要我还有一口气，这心愿一定要实现。还有，你是作家，以后我少不得打扰你，我也要写本书，从艺五十年，有许多话要说，写好你帮我看一下。除了感受，我要附大量的图示，这样演员的表演动作，读者就一目了然了。

车要开了，她又拉住我说，你没告诉我你的生活过得好不好，我们扮角色，要从人物的眼神中看出她的身份、关系、处境和性情、态度，你的眼神告诉我你心里有事。记住，无论发生了什么，爱人，才能被人爱。我爱昆剧，它回报了我。我没有精心经营婚姻家庭，我的儿子、丈夫离我远去，凡事，有劳作，才有收获。遇事，多从自己身上找原因。

她一直说要给我讲她的爱情故事，可一直到我走，她也没有说。她总说，我还没想好，要讲，须有恰当的时机、好的心情，还有足够的时间。二十五岁离婚，到将近七十岁，她经历了什么样的故事，我好想知道。

车开好远了，我看到她仍一个人站在天街牌楼下，一阵风过，吹乱了她稀疏的白发，露出了光光的头皮。地上落着一层花，天上飘着花，让我忽地想起了《牡丹亭》中的唱词：恨西风，一霎无端碎绿摧红。

8

回京后，各大剧场只要有昆剧演出，我必去，真像杨老师说的，我上了瘾。四月底，在一次饭局上，我认识了江南昆剧团的一位老人。我问他认识杨纯梅老师吗？他说，那当然，昆剧界皇后，常青树。我说刚在国家大剧院看了杨老师的师姐刘继华老师的演出，风采不输杨老师。您是专家，以为如何？

老人笑着说，那是，她俩是我们江南昆剧团的姐妹花，同一间宿舍，同一个老师传授，又在同一个团里，各有所长，难分伯仲。杨老师唱腔好，到现在，你看她的戏，仍是小女儿声音，清新亮丽，气韵饱满。刘继华身材保持得好，身段美，举手投足典雅纯正，不过音色没有杨老师亮，两人如果同台演出，一定妙不可言，只可惜她俩到现在，老死不相往来。

我吃了一惊，便说，杨老师可一直在我面前，不停念叨着她的这位师姐呢。

那是杨老师人厚道。

她俩之间到底发生了什么事？

副团长笑笑，说，女人嘛，还不就那点事。名人也是人。那是七十年代初，我刚毕业分到那儿，亲眼看到她们俩为争主角，打了一架。那天，杨纯梅正在排《牡丹亭·游园》，刘继华忽然冲到杨纯梅面前，端起一杯水浇到了杨纯梅身上。杨纯梅揪住刘继华的一缕头发，两人撕打得我们几个小伙子都拉不开。杨老师揪断了刘继华的一缕头发，刘继华抓烂了杨纯梅的脸。在她们的吵骂中，才知道打架的原因是刘继华认为到北京演出，杨纯梅是杜丽娘A角，她是B角，一定是杨纯梅在背后做了手脚。杨纯梅说谁如果那么去做，演出就死在舞台上。这一架两败俱伤，俩人都没能到北京演出，刘继华还背了个处分，最后含泪离开我们团，调到北方一所艺术院校，搞教学去了。让人想不到的是，刘继华走后，杨老师好几天不来上班。一周后来上班，坐到刘老师的化装间，不停地流泪，好像被霜打了一般，要不是老师骂她，她仍提不起劲来唱戏。

老师，那你知道刘继华老师将近八十，怎么又登台了呢？

爱了一辈子的戏，怎么能甘心放弃舞台呢。我听刘继华的爱人说，刘继华参加完一位师姐（对方也是昆剧女演员）葬礼回来后，就说自己要唱戏，他说你心脏不好，刚安了支架，她不听，怎么也劝不住，现在三天两台地演，还说时间不够用。唉，说起这两个名角儿，一南一北，怕到死也解不开心中的死结了。

我一听，更为"十一"五代杜丽娘同堂演出捏着一把汗，真想打电话劝劝杨老师，又怕惹她伤心。快七十岁的人了，我的母亲跟她同岁时，走路都要歇一歇。国庆我回去看，她还说要到县城买房子呢，一周后，躺下就再也没有起来。可是拿起手机，我又不知如何说。好纠结。

十月二日，我在各大网站看到了十几条如下消息：

十月一日，江南昆剧团五代同堂版《牡丹亭》在沁园景区开锣上演。五代女演员大多是享誉国内外的著名旦角，既有杨纯梅、刘继华这样国宝级的老演员，也有李依然这样功力深厚的中年骨干，又有年轻新秀筒筒精彩亮相。大师与实力派新秀相聚一台，最大的七十六岁，最小的十六岁，她们以一人一折戏的形式分别扮演杜丽娘一角。连唱十天，整场演出座无虚席。要不是怕老演员们身体吃不消，还要加演。演出先在舞台演，后在山花间演，直升机录像，氢气球助兴，游客纷纷跟她们合影，盛况空前。

刘继华将近八十高龄，可很多观众反映，在舞台上根本看不出她的年龄，身段美、扮相俏，表演自然、书卷气浓，很有少女感。杜丽娘的万种风情，都藏在她的眼角眉梢里。喜悦悲怨，全凭她的眼神变化。《寻梦》最后离开花园时的频频回顾，说是对花园美景的留恋，莫如说是向观众告别，深情如海。

杨纯梅的《离魂》，唱的每一字，做的每一个动作，可以说减之太少，增之太繁。那婉转如莺、一唱三叹的行腔，软糯糯地缠绕在耳边，甚是享受。昆剧的清雅幽远，全蕴在她一片柔弱无骨的娇韵中了。尤其她的吐字之清晰秀雅，真个如珠圆玉润，简直把昆剧的美发挥到了极致。

记者现场采访了不少观众，中老年戏迷赞不绝口，不少八〇后九〇后年轻人也纷纷告诉记者说，没想到昆剧这么美。

为何重回舞台？将近古稀之年的杨纯梅老师含泪道，好想在舞台上演一辈子，可昆剧是美的艺术，我不能以老太太的样子来演少女了，虽然我还有一颗少女心。好羡慕杜丽娘，三百多年过去了，她怎么还那么年轻，那么美？

沁园景点总经理郑明告诉记者说，《牡丹亭》这样的昆剧演出，他们景区要作为保留节目长演不衰，要把昆曲这个世界非物质文化遗产，在全国发扬光大。

我感觉身上好像千万斤担子终于放了下来，正要给杨老师打电话表示祝贺，这时，她给我发来了她们的演出视频链接，又发短信道，若不是我的主意，这台演出怎么可能有，让我近期有空回去看看。

我马上回复：谢谢杨老师，我遇到你，就像你遇到了老师和师姐，命运发生了逆转。也告诉你个好消息，我军事体能考试全部优秀，已提了职。

半小时后，酒庄刘老板也给我发来演出视频，给我留了一连串语音：

小薇，咱们错了，她竟然成了，成了，盛况空前，始料未及。

据我看来，杨老师表演得比她以前所有的演出都棒。为了演出，她专门到北方昆剧团请她的师姐。服装、道具、音乐，她一个个地过，光服装的图案、面料，她跟我下山去选了好几次。她说昆剧的美是综合的，她看不得舞台上让杜丽娘穿着金光闪闪的衣服游园，太俗气。杜丽娘是大家闺秀，穿着打扮须雅致。演出前一晚，她给一个年轻演员说戏回来时，摔了一跤，我让她到医院去检查一下，她说来不及了，最后跟她配戏的演杜母的演员说，杨老师，杜丽娘拜别母亲要下跪，你演时做个俯身的动作，我马上扶住你，一点儿也不影响剧情。杨老师摇摇头说，我能坚持住。这出戏我等了十年了，不能留下遗憾。她下台后，据管服装的人说，里面的衣服都湿透了。遗憾你不在场，你不知道录像总是有不尽如人意处，比如有些外行，杨老师演的杜丽娘，他只取上半身，她在唱的同时有荡脚的动作，摄像就没注意到，没有把脚拍进去，那就体现不出演员的表演身段来。演出时，杨老师加了不少戏，比如杜丽娘对父母养育之恩的内疚、对春香的不舍、对能否复生的担忧，即便轻微的小动作，也是杨氏版的，谁也学不来。她已经把曲子、唱腔、角色都融入了自己的生命中。她不是在扮演杜丽娘，她就是杜丽娘，是我心目中永远不老的杜丽娘。

为了这次演出，她选了好多次戏，先告诉我她想唱《游园》，演出前两天，她又让师姐刘继华唱《寻梦》，她改成了唱《离魂》。她给我解释说，要让师姐把昆剧的美毫无保留地表达给观众。

演出结束后，我请她到我的酒庄，我们边说边喝，她第一次给我讲起了她的爱情，讲起了她与师姐的纠葛。

她师姐来后，她俩有说不完的话，句句不离戏。每天两人都上台演戏，昆剧，成了天街最美的风景。

小薇，盼着你再来。现在的天街，不，现在的沁园，四处都是杜丽娘，有老的，有年轻的，画像在层林尽染的漫山遍野间，在我酒庄，在小可爱店，在沁园任何一个角落，已经成了游客必看的一个景点。年轻女孩都爱扮杜丽娘照相，杨老师不但帮她们装扮，还替她们选景。杨老师现在可忙了，学生越来越多，本地的不消说了，北京、上海的青年演员也纷纷来登门求教，她现在忙得好几天我都见不到。一个女孩跪在杨老师面前说，你不收我为徒，我就不起来……

这是酒店老板跟我讲过最多的一次话。

我忽然想起，他也七十岁的人了，现孤身。

我回复道，杨老师这叫《幽兰逢春》。

酒庄老板很快回了，是呀是呀。

最好你俩再合奏曲《喜相逢》。

酒庄老板发了一连串问号表情符。

我又写道，春心无处不飞悬。

这次，他看懂了，发了个偷笑的表情。

晚上，我把杨老师她们五代杜丽娘的演出又看了一遍，发现她的戏的确增加了不少细节，唱得更细腻，更准确地反映了人物的内心，确如报纸上所评，是泣血之作。

睡梦中我梦见了杨老师，当然还有她的姐妹们——几代杜丽娘们，奇怪的是，我也在她们之中。

幽梦和春光暗流转

1

柳燮逆着寒风,左手推着皮箱,右手提着一塑料袋的鞋子,满怀热望地走到学员公寓。旁边走来一位提着红塑料桶的中年妇女,打量柳燮半天,笑着问,看孩子的?柳燮愣了一下,半天才反应过来对方说话的潜台词,敏感的心瞬间感觉受到伤害,没好气地回答,我是来学习的。胖胖的保洁员放下水桶,睁着布有两个黑眼圈的大眼睛说,你年纪这么大了,还来念书?说着,帮柳燮把行李箱推进电梯,自己又跟着进来,上下打量起柳燮来。

活到老，学到老嘛！柳燮装着大度的样子笑笑，目视前方，不再瞧对方。电梯一停，她急忙推着行李箱，迈着军人的步子大跨步走出电梯，生怕对方再说出让她不舒服的话来。

穿过亮得能照出人影的暖黄色瓷砖走廊，两边墙上挂着一张张照片，梅兰芳、鲁迅、萧红、沈从文、盖叫天、赵丹、徐悲鸿、齐白石……艺术大师们或凝重或卓然的风姿不由得让她放慢了脚步。她本想一一看完，又怕来来往往的学员笑她是刘姥姥进了大观园，便想反正学习要一周呢，有的是时间。她走进门上写着自己名字的宿舍。不，准确地说，是两个人的宿舍。两张桌，四把椅，两张高低床，铺着白床单，靠铁架放着叠成方块的绿色被子。这些久违的色调，让她的心不自觉地猛跳了好几下。有种新兵的感觉，不，新兵不可能住两人一间的宿舍，像第一次走进大学的感觉。对，上大学时，因为她们是干部学员，两人一间。

一位身穿黑色短款羽绒服、同色紧身裤的女孩，推着一只银灰色的箱子走了进来，年纪跟她儿子差不多。女孩朝四周打量了一圈，自言自语道，我还是跟同事住一起吧。正收拾桌子的柳燮还没来得及开口，对方已随着一缕风，消失在门外。

柳燮拖完地，正要收拾卫生间，女孩拉着箱子又回来了，仍是自言自语，队里有规定，不能随意调换宿舍。说着，饱满的嘴唇撇了一下。女孩光滑的皮肤在日光灯下，鲜嫩光滑。年轻真好。柳燮心里想着，笑笑，正要说话，对方却戴上了耳机。柳燮揉揉发酸的腰，想伸展下，一躺下，就感觉木板床好硬，硌得瘦弱的脊背生痛，只好起身把塑料袋里的鞋子全拿出来：迷彩鞋、陆战靴、冬常服皮鞋，一一放到桌下，又把常服军帽和迷彩军帽挂到衣钩上，再把箱子里的迷彩服、羊毛军大衣、冬军服挂进衣柜里。黑色的皮腰带放在床里侧，绿色的编织腰带放在最外侧，背包带也放在显眼处。如果紧急集合，她会立即找到它们。通知上没说会搞紧急集合，可预备着总没错吧。

糟了，我的陆战靴没带，得请假回去拿。小女孩说着，就打起电话来。

嗯，好的，队长。一连串的答声后，小女孩叹了一声，仍在自言自语，这咋办？不让请假，让我自己想办法。怎么想办法，要是妈妈在，我让快递去取，现在我宿舍没人。明天上课就得穿呀。

让你朋友帮你。柳燮这次马上接上话头。

我朋友没有我钥匙。这次学习也真是奇葩，搞得好像要打仗似的。什么外编织带、皮带都得带上，我还以为就是在通知上写写罢了。

部队嘛，就得这样。

你——小姑娘还要说什么，却戛然而止，坐到旁边拿着手机以语音的方式跟朋友借起鞋子来。接着，军用被子、床单全被小姑娘扔到了空着的上铺，接着她床上就是一片花花绿绿了。

军号吹响时，刚二十二点，女孩已钻进了被窝里，柳燮想想，便起身把椅子收进桌下，将明天要穿戴的迷彩服、臂章、肩章一一检查完挂到床旁边的椅背上，半躺在床上靠着被子看了一会儿书。她不确定同屋是要睡觉还是要看手机，思索片刻，跳下床关了日光灯，摸黑上床。铁器忽然发出"哐当"一声，吓了她一跳，她看同屋仍在被子里看手机，亮光在床头一闪一闪的，便借着窗外的灯光仔细一瞧，原来刚才发出的声响是自己无意中碰着了床架上的蹬台（上铺上去时踩的地方）。她把蹬台轻轻合上，谁料又是"哐"的一声，蹬台又掉了下来。

楼道里，有唱歌声，有吹哨声，有嬉闹声，也有窗外的风声，让她半天睡不着觉。

通知上写着，明天早上六点起床，六点零五分出操。六点，要是在家，她还在做梦呢。家离办公楼不到二百米，七点五十分去上班,她还是第一个到。看来军校就是抓得严,她拿起手机上了闹钟。

2

其实根本不用上闹钟,五点,她就醒了,坚持躺到五点半,她蹑手蹑脚进了卫生间,坐在马桶上刷了一会儿微信,五点四十分,洗漱完。五点五十分,看同屋还没有起床,犹豫了一会儿,叫她起床。这才想起,连她的名字都不知道,便叫了声,哎,快,起床了。

六点,同屋还在卫生间,柳燮穿着一身迷彩,戴着口罩,跑进电梯。一栋楼,上千人,左右两边共六个电梯,每个里面都是满满的。一女学员看她进来,往旁边一站,说,首长请。她仔细打量了电梯里每个人,在一群年轻人中间,她年纪确实太大了。

一出大厅,一股冷气扑面而来,天上一轮半弦月孤零零挂着,除了学员公寓楼里的灯光,四周仍陷在黑暗中。

踩着落叶,跑了一圈,她就有些跟不上了,可是她还是坚持着跑完了全程。这时,她才发现他们这个队,除了她,坚持跑下来的只有年轻人。

　　下午课后练体能，跑三公里。同屋的女孩叫她去，她想着不久单位要考体能，便跟着去了。女孩叮嘱她带上纸巾以备擦汗，带水补充水分。还有戴上耳机，消除疲惫。柳燮笑笑，说我还是轻装上阵吧，然后试探着问道，你三公里能及格吧。

　　当然了，我跑的是五公里，下个目标是十公里。

　　她一下子就感觉到年龄的差距。

　　可她决不会认输。满头大汗跑完，"咕咚"上显示二十二分，及格了。可看到一个个年轻的身影，她舍不得离开操场，又走了几圈，寻找当年的足迹。方位没变，其他一切都两样了。跑道是绿色的塑胶面，踩着很舒服，不是当年的土路，跑起来，会扬起一缕尘土。那时旁边也没有这么多的高楼，坐在观礼台上，可以看到四周的庄稼绿油油的。

　　晚上二十一点五十分，她仍着一身迷彩，扎着腰带跑下楼到宿舍门口点名。

　　好像学习这几天，一直都是看着表，跑着的，生怕落下队。

　　宿舍楼下，一列列绿色大河中，夹杂着星星点点的深蓝色、灰色的军服，白色的帽子。对了，这是全军院校，陆海空火箭军齐全。每一件军服下，都是年轻的面容。当然除了他们这个队。

他们是短期培训班，全名叫全军文艺骨干培训班。男人有几个跟柳燮年纪相仿，女人嘛，除了柳燮大校，其他都是少校中尉，还有一个上士，怕只有二十岁。

风呼呼地刮着，点名声此起彼落，张雷！到！刘王纯子！到！！点名者，声音豪迈。应答者，或高声或柔腔。柳燮心里咚咚地跳个不停，特想听到点一个名字，想听到一声回答。

可是点完名，她也没听到。

回到宿舍，她问同屋，听到一个叫陈煜的人名吗？

女孩摇摇头说，没有。说着，她拿起刷子刷起了黑黑的便桶。柳燮心里一热，说，我来，这马桶好脏。女孩摆摆手，说，我一会儿就让它变得又白又净。

对女孩的好感促使柳燮到门外看了一下名签，知道了女孩叫马闪闪。她说闪闪好，我叫柳燮，与你同屋很高兴。两人聊了一会儿，柳燮知道马闪闪比自己儿子仅大一岁。

她要洗澡，发现淋浴开关怎么转，喷头也不出水，犹豫再三，便向马闪闪请教。马闪闪一笑，拿着一张卡往左边的一个盒子上一插，水哗哗流了出来。

柳燮感激一笑，再洗澡，仍无水，只好虚心再问，马闪闪笑着说，怎么跟我妈一样。跟她妈什么一样，马闪闪没说。马闪闪说，学校不是发了两张卡吗？一张开门用，一张就是洗澡洗衣用。现在都智能时代了。

智能时代卡一插就能用了？这念头柳燮只在心里转，没敢说出来。她到水房接水时，发现一台海尔洗衣机摆在墙角，有学员在洗衣，想必是插了卡。竟然还有人把内衣扔进洗衣机里，这让柳燮很不理解。她有洁癖，内衣当然得手洗。

晚上，她不想到食堂吃饭了，问马闪闪院子里可有饭店。

马闪闪说没有。

我那时上学，楼下楼梯拐弯处，看门的李大妈开了一个小饭店，严格讲，只能叫饺子店，一个钢精锅，一个煤气炉。我们嘴馋了，大妈就给我们煮好饺子，我们端到宿舍去吃。她残疾的女儿坐在里面整天包饺子，大妈值班。马闪闪嘴一撇，说，那都什么年代的事了。

那我到小卖部买包方便面去。

马闪闪说，不用的，我给咱俩叫外卖。

生活在当代，外卖柳燮当然不陌生，可她从来没叫过。总想热热的饭菜,送到怕也凉了,味道也变了。儿子在家时,常叫,柳燮一次都不愿吃。

想到这里,便问外卖还能进军校?

当然。我半年前在这上学时都可以的。

结果,半年后不行了。马闪闪一生气把外卖扔给了门卫列兵小哥。那小列兵,纯粹是欺负我们干部!连职干部马闪闪说到这里,眼角眉梢都是恨,步子跺得地动山摇。那个小列兵,我跟他没完。怎么没完,她没说。

也不一定是跟咱们过不去,是学校抓作风整顿吧。对了,你还要啥,我给你带回来。现在食堂也没饭了。

不用,我吃水果喝牛奶。马闪闪说着,拿着一块柚子吸了两口,就扔到了床角的垃圾袋里。

水果怎么能当饭吃呢?!柳燮说着,走出了门。

3

在电梯,在食堂,在队列,在超市,柳燮都渴望见到那个熟悉的身影,却都失望了。又一次晚点名,她气喘吁吁地跑进电梯,感到旁边好像有个人在瞧她。这样的目光她见得多了,心想三四天了,还没适应一个老同志来学习?真是少见多怪。这几天里,她练就了钢身铁心,不在乎那些目光了。这么想着,准备用余光回击他,发现那人仍在看她。虽然两人都戴着口罩,她感到那双细长的眼睛有些面熟,便回头细瞧,就笑了。那人也笑着小声说,我就说嘛,怎么感觉这人这么面熟?你怎么在这?她朝他身上打了一下,又打量了他一番,嗔怪道,怎么点名不扎腰带?要按部队一切规定来。你看我,全副武装。她说着,拍拍胸,无视电梯里一双双眼睛,正了正军帽,理了理军容,生怕自己有一点不符合部队条例。

年轻的唇咧咧,笑着说,快走,点名要迟到了。说着,冲出了电梯。

吃过晚饭,他终于出现了,脱了迷彩服,摘了口罩,穿着合身的冬常服,脸上好像也充满了光彩。

马闪闪看屋里来了人,要出去,柳燮忙叫住她,我儿子,住在咱们楼上,研究生队的。

哈哈,母子同学,有意思。请问学弟,叫啥,学啥专业?马闪闪说着,朝柳燮一笑。

马老师好,我叫陈煜。上的是文学系。儿子说着,伸出了手。

嗳，别叫老师，我跟你差不多一般大吧，我九三年的。这台电脑又老又慢，得把它收起来。

马老师大我一岁。儿子说着，忙从马闪闪手中抱过台式电脑，搬到柜子里。还说，有什么重活，随时吩咐。

儿子在外人面前这么有礼貌，柳燮感到一阵欣慰。

儿子到卫生间转了一圈，又到阳台上转了一圈，好像首长来视察，然后说，我带些东西过来。再进门时，手里拿着，胳膊上夹着，脖子上挂着。纸巾、消毒液、一桶纯净水、衣架、衣钩，一应俱全。

柳燮说，买衣钩干啥？我在这只待一周。还有水，外面不是有开水房吗？

那水不卫生。衣架那么高，没有衣钩衣服怎么上到高高的晾衣架上。还有，要用消毒液，勤洗手，现在疫情不能大意。儿子拿着一个新买的垃圾桶，往里套着黑色的塑料袋，边套边说。

这么讲究干啥？几天凑合下就行了嘛。

生活可以精致，也可以粗糙，但，别凑合。我们现在的年轻人都不凑合，每天都要过得舒舒服服的，对吧，小师弟。你看，我还买了空气净化器、烧水壶。马闪闪说着，朝后摆摆手出了门。马闪

幽梦和春光暗流转 333

闪的确不凑合,漱口用漱口水,洗眼镜用眼镜专用液。每天晚上坐在床上了,一会儿贴面膜,一会儿又全身擦着身体乳。坐着有靠垫,睡觉戴眼罩,怀里还搂着一个布娃娃。她的床上用品也是从家里带来的,紫色的床单,荷色小碎花被子。还有一进门她就换上便装。短期培训班没内务检查,否则她带来的这些非军品不知该藏到哪里。一进屋,上尉马闪闪从里到外,完全就是一个时尚的地方女青年了。而柳燮却从里到外都着军品。连同她的床上,也跟她一样散发着"军"字特质。绿色的被子叠成"豆腐块",白床单平展得没一丝折纹。同一个房间的两个人,一个女性气息十足,一个军人气质浓烈。见此,不知儿子作何感想。平时家里的妈妈,也不是这样的呀。

穿着军装、戴着上尉肩章的儿子,军帽搁在腿上,端端正正坐在椅子上,在柳燮眼里,又与电梯偶遇时感觉不一样了。迷彩服的宽大,口罩的遮掩,时间的仓促,众人眼皮之下,使她很难细细打量他。现在,没了外人,儿子又陌生了许多。他好像一下子成熟了,身上也有了一股令做母亲的说不出的骄傲的东西。是什么,她一时说不清。儿子的庄重,让做母亲的不由自主地把因坐着折起来的军用毛衣下摆展平。母子以这样郑重其事的方式会面,让她感觉挺有意思。

儿子嗔怪道，你来了也不说声，缺啥给我说嘛。口气好像在跟他师妹训话。

想给你一个意外惊喜嘛。柳燮说着，脸竟有些红，实在难以把家里那个连盖了的被子也不叠，屋里垃圾也不倒的儿子跟眼前这个细致入微关心她的上尉对上号。是因为发现母亲老了，需要照顾，还是他真的长大了，学会了照顾别人？

好了，我这没事了，你去忙吧。

行，有事随时给我打电话。对了，妈妈，有天我在学校遇到一个男人，他问我是不是你儿子，还给了我一大包吃的。

没说他叫什么？

没有。

长什么样子？

戴着口罩，没看清。

儿子走时，还没忘把一塑料袋的垃圾提走。

慢着，晚上点名时，里面穿多点，我站在风里，才体会到天有多冷。儿子已不见了，不知听到了她的话没有。

4

左手提统一发的黑色公文包,右手挥臂,穿着合体的冬军服,踩着"一二一"的口令去上课。让二十多年来一直坐机关的柳燮,感觉队列中的自己年轻了好多,背也不痛了,腰也不酸了,就是步子踩不上点,手忙脚乱地随着口令不停地调整着步子。

今天不到教学楼上课,去的是老楼,文学系的荣誉室。

随着土黄色的二层楼越来越近,那棵大枣树也映入眼帘,柳燮恍惚看到了二十多年前的一幕。那时课间,她跟同学们就在那棵大枣树下休息。大家聊着天,评判着各自的创作,不时把目光望向通向校门口的大路。每每这时,通信员会拿着一大包信件来让他们领。爱人在通信站工作,打军线电话方便,很少写信。虽没信,她却比谁都盼着通信员。每次大家只要远远看到通信员回来了,都急急跑上前去。大部分人都不是取信,是取那一张张来自全国四面八方的汇款单。

那时,妇女、青年报刊稿费比纯文学杂志高,同学们除了写文学作品,还给这些报刊写文章,有婚姻爱情故事,也有各行业名人生活。学校里戏剧系的、音乐系的、舞蹈系的小师妹小师弟也经常请文学系师哥师姐吃饭，然后就让给他们写稿子。全国各大报刊，那时好像特关注这些小星星们，都有固定的栏目推影视新人。一稿写三五千字，再复印二三十份，投向大江南北，稿费自然源源不断。

柳燮在全班同学中，稿费不算多，但在女生中还是排在前面的。她用稿费买了部摩托罗拉呼机，明黄色，很小巧，特别好看。但因为是数字机，每次别人发来内容，她都要掏出随机带的那个小本子，找出相应的汉字，对照着翻译出来。她那时月工资一千二百块，一千元她寄给爱人养孩子，留着二百元自己花销，有时，也不给爱人，悄悄给在农村的父母寄去。稿费多了，看到戏剧系的女生买昂贵的化妆品眼也不眨，便也买些脂粉，也去超市买几包面膜。汉字呼机班里不少女生都有，她舍不得买。反正她联系的人不多。还有数字呼机也有好处，每每看到那些数字，心里充满了无尽的想象，从收到到破译的过程也很美妙。

每每收到一二百块稿费，她就跟同学们吃一顿便餐，自豪之情油然而生。

现在，树下没了昔日的同学，年轻的身影再也见不到了，中年的他们即便生活在一个城市，也很少见到。忙是理由，可能还有更多的理由吧。她猜想。

望着没有叶子伶仃挺立在清冷蓝天下的枣树,她忽然有种伤感袭上心尖,想当年,它可是满枝绿叶呀。一上台阶,伤感马上就被喜悦代替了。

还是当年的阶梯教室,只是换了新桌椅,墙上也是新内容,全是历届学员的照片和成果。文学系十几届了,她那一届后就开始从高中生招收学员了。前六届出了不少作家,墙壁上师兄师姐们的照片和作品都在她面前闪现着。置身在他们之中,她连颗星星都算不上,但是她还是自豪,很想告诉现在的同学们,这是她当年的教室。可四周年轻的同学,不是趴在桌上睡觉,就是目光不离手机。这就是代沟吧。她正想着,上课的军号吹响了。

事先看了课表,她知道即将上课的是曾经的卫老师,可老师一上台,她还是吃了一惊。

老师胖了,头发全白了。她也老了,从那个年轻的女孩变成了中年妇女。

可是有一样东西没有变,老师还在给他们讲文学,讲的还是当年讲过的刘熙载的《艺概》。当年老师是因为年轻,怕看到女生灼灼的目光?还是羞怯?反正,他上课总是不看大家,要么眼睛只瞧着黑板，要么望着窗外。现在，老师双目打量着学生，气定神闲。

课间休息，老师望着她说你是柳燮吧。

柳燮忙摘下口罩，说，卫老师好。急忙走到讲台前。

经常看到你的文章，不错，好好写。

谢谢老师。

老师手指理了一下白发，笑着说，还记得第一次我给你们考试吗？

你考的一道题我还记着，问战国七雄都是哪些，我没答上来。

可你答上了《牡丹亭》的作者是汤显祖，女主角叫杜丽娘。这个全班只有你一人答对了。

我们班那时有护士、指导员、技师，正式上文学系的没几个，能写东西的也不到十人。

现在坚持下来的可只有你了。柳燮，老师为你骄傲。

对了，给我们讲电影课的赵老师也在院里住吧，一直想去看他。他住在哪个门洞儿？过去的单身公寓变成了食堂。过去的宿舍也锁着门，我真摸不着北了。

赵老师爱人瘫痪了，他常年照顾着，我们一个院子，都很少碰着。

那吴老师呢？当年他给我们上的是大学语文课，我们可爱听了。

吴老师，上周走了。卫老师说着，眼睛似有泪光，马上转移了话题。小柳有空到家里去玩。好吧，上课了。

一声小柳，让柳燮眼泪湿润了眼眶。

卫老师又在讲文学概论了。她的思绪却再也跟不上，眼前全闪现着当年的情景。那时，赵老师刚大学毕业，宿舍有台台式电脑，让他们去看电影。那时可真看了不少电影，《钢琴课》《蝇王》《毕业生》《西西里的美丽传说》《发条橙》《西伯利亚的理发师》《现代启示录》《罗拉快跑》等，有许多可惜忘记了。那时赵老师好帅，一头黑发，一身皮衣，一条洗得发白的牛仔裤，笑起来一口白牙。学生坐在他屋里看电影，他给他们煮咖啡，满楼道都闻着一股香味。

5

晚上，她跑步时，发现身后好似有跑步声，又想当然前后都有人，这是操场嘛。跑完，她擦了一把汗，走了一圈，重新戴上口罩，忽然一个同样戴着口罩的人走到她跟前，叫了一声她的名字。

她打量了他一眼，不认识。

那人说，你真不认识我了？说着口罩一揭，原来是她的大学同学李君，二十多年没见了，却在这里碰见了。

我一直在你旁边跑，你竟没发现？

我知道你调回北京了，在一家公司。

知道也不联系？

老了，没法见人了。再说你也没联系我呀。

她以为对方会说些假话，比如说，你还不老，还年轻着呢，比如我们说说话，加强联系，可是对方已消失在黑暗里了。是因为她激动才说不出话，还是因为自己老了，又穿着肥大的迷彩服，一点女性的柔美都没有了，他感到失望？反正他们寒暄了几句，他说了一声多联系，就消失了。这话一听就很假，连电话都没要，怎么联系？

当年，他们可是有许多美好回忆的。那时，文学系学生比着写稿，只要给钱，什么都写。可是李君除了写小说，只采访他欣赏的人，还坚持一稿一投。这叫文人风骨。这是他说的原话。一次，他联系到一个小有名气的女演员，便骑着一辆四处都响的自行车，带着她去采访。小演员住在筒子楼里，楼道做饭，只有一间宿舍，可她神情骄傲得好像住在宫殿里的公主，听完他们说明来意，都没让他们坐，而是挥着手说，我还忙着呢，不接受采访。

老师，只用半小时即可。李君恳求道。

小演员勉强同意了他们的采访，但翻来覆去说的都是我拍的电影如何好评如潮，却没有细节，甚至连一部戏的人物塑造都讲不出，半小时过去了，柳燮仍听得不得要领。回去的路上，她再三说没办法写。可是李君说，已经采访了，照片都拍了，怎么能不写？

后来他写好稿子给她看，特生动。他写小演员为了演活一个第三者，专门到人家住的小院观察了一周，说那第三者不敢出门，就在那男人家里打扫卫生，打扑克，在阳台上种花。写得像他亲眼看到的一样，还特意说种的花是三角梅。稿子在《大众电影》发表后，得到了小演员的大力夸奖，脸也不红地说，每次演角色我都要琢磨她内心的想法，多次观察类似的人。稿费收到后，他请她在学校对面的新疆街吃火锅时，说，来，狠狠地吃，只有这样，我们才不委屈。

她又没多大名气，长得又不漂亮，还是从群众演员里走出来的，你为什么执意要采访她呢？比她有名气的人多了去了。

李君吃完一片羊肉，才用手指点着桌子说柳燮，搞文学的人一定要有一双能发现特异的眼睛。小演员，我就是被她的独特震住了,十年后你就知道我的判断了。她很想问十年后,我会成为什么样子,她没好意思问,但对他又有了一分敬重。

那小演员果真十年后,成了大明星,演的电影都在戛纳获奖了。

李君还带她去看望过他的一位老乡,是位著名的昆曲演员。那是柳燮第一次听说昆曲,从那后就迷上了。昆曲成了她一生除了写作的第二爱好。那个昆曲演员是个男人,扮的杜丽娘简直比女人还女人。她第一次发现世界太大了,就像李君的老家洪湖,是"百湖之市"。她惊喜地说,"洪湖水,浪打浪"说的就是你们那儿?李君说当然。李君给她讲菱藕、讲野鸭,给她讲黄鹤楼、讲东湖。后来她到南方出差,车过江汉平原,看着成片的荷花,不禁想李君的家在哪里。结果一兴奋,跟爱人租了一辆车,从屈原故里、昭君老家,一直开到武当山。又从宜昌坐船到三峡。回来又到木兰山痛快地爬到顶,还到文武赤壁怀了一下古。热干面、武昌鱼吃了,东湖游了两遍,武大的校园去了三次,才感觉好像释怀了一些。

她想也许李君会忽然再次出现在她面前,约她到当年的旧地去看看。

当年,学校食堂伙食差,可不像现在丰富多彩,有面条、点心、水果,还有十几种菜。那时,每人拿着饭盒,掌勺的师傅挖两勺即可。学校对面有个自由市场，周末，他陪她去买了羊肉、粉条、大白菜、豆腐，然后买一块固体酒精回来，到她的宿舍，用酒精炉涮火锅。那是周末，同屋的同学回家了，他们吃完就是聊天。聊得最多的还是如何写小说，还有未来的生活。当然不是他俩的生活，她没资格，那时她已有了丈夫儿子。他知道她有一个每个周末都给她打电话的丈夫，这是大妈大着嗓门在喇叭里宣布的，全楼都听得清清楚楚。她也不瞒他，他也不问。但是她知道他喜欢她，他也知道她欣赏他，每每写了东西，第一个读者必是他。

第一次写完小说，她很紧张，兴致勃勃地用呼机呼他到宿舍。

那时仍是周末，屋子里就她一个人。她洗好了苹果，放在桌上，泡好了茶，看着茶叶在玻璃杯里绽放。想想还少了些什么，又把一个塑料瓶剪到一半，接了水，在校园里采了一束雏菊，插到了里面。

一切收拾停当，她打开了笔记本电脑，这是买的一个同学的二手货。同学一直给报刊写稿，挣钱后买了一台联想彩屏电脑，这个黑白电脑自然就淘汰了。

那时，除了买书，她连水果点心都舍不得买，每每看到同屋吃东西，就赶紧溜出去。开学一年了，她写东西一直用手写。看到同室女孩用台式电脑打字，很是羡慕，便想着要挣钱买电脑。除了一稿多投，还给出版社翻译书。那是个小出版社，出的却是全套世界名著，《傲慢与偏见》《安娜·卡列尼娜》等，很是吸引人。翻译的稿酬蛮高。有同学找她时，她说我不认识几个英文单词呀。同学说买几个大出版社出的译本，对照着翻，只要不原文照抄，就胜利了。比如姑娘二八年华，译成十六妙龄。漂亮译成俊俏。虽然挣了几千块钱，可终究翻译是吃别人嚼过的馒头，不带劲。后来又有同学从出版社揽了一个活，是一套叫"红粉系列"的书，可随笔，可小说，写佳人才女的故事：卓文君、鱼玄机、李清照、李师师、柳如是、陈圆圆。她起初是好奇，后来写着写着，忽然感觉她们应跟自己一样，看到别的女孩拿着手机，用着电脑，一定也会羡慕，甚至嫉妒。因为文体不限，再加上也不纯粹是史料，她选的是鱼玄机，写起来得心应手。鱼玄机被杀的细节，她写了四遍，越写越难过，越写越感动，这本书是全套卖得最好的。

稿费拿到，她花两千块钱买了同学的这台黑白屏笔记本电脑，无名无证。不放心，问同学，同学说电脑的牌子叫康柏。坐在获过全国大奖的大师哥的座位上，想象着他曾经的求学生涯，她发誓有了电脑，就再不写那些不感动自己的文字了。

那个二手笔记本电脑里写的第一篇小说，是她用五笔字型敲打出来的。起初买了电脑，就边背边写。"王旁青头戋（兼）五一，土士二干十寸雨，大犬三（羊）古石厂，木丁西，工戈草头右框七。"两天后，一篇小说就打出来了。

那个笔记本电脑伴随了她一年。她还写过一个长篇小说，还没来得及写完，屏幕上一道闪光后，再也不出图像了。她焦急地抱着电脑跑遍了中关村，最后一个小伙子说你先放到我这儿。一个月后她要了回来，电脑伤痕累累，据懂行的同学说，零件都让人换了，里面的小说也没恢复过来，她恼得要死，后来发誓再也不买二手货了。当然她也感谢这个笔记本，一年多，她写了四十多篇小说和十几篇散文。同宿舍的女孩爱吃甜食，不知从哪招来一大批红蚂蚁，结果一时间电脑键盘里四处爬得都是。为了消除红蚁，她想尽一切办法，好容易灭掉后，一天写作时，不小心打翻了一杯水，结果电脑不出图像了，急得她一会儿用吹风机吹，一会儿用布擦，都没用。第三天正准备扔时，又想也许电脑会好。结果一开机，DOS系统下，那个可爱的页面出现了，又为她服务了半年后，彻底黑屏。

那天，让李君来看她平生的第一篇小说。她坐在他对面，紧张得好像气都喘不过来。

削好的苹果他也不吃，只说，先看小说。他说的是小说，让她的心又猛跳了几下，她不知道那篇文章是不是小说。

李君那时没电脑，仍坚持用钢笔写。笨拙地边翻鼠标边说这洋玩意儿真讨厌，我就不相信我用笔写不出佳作来。越急越乱，电脑好像欺负他似的，一会儿跑到了已读的下页，一会儿又提前跑到了结尾。李君气恼地说，算了，还是你来伺候这洋货吧。她只好坐到他旁边，他读一页，她翻一页。因为离得太近，她紧张得手指也哆嗦个不停。更让他不停地数落着，这洋玩意儿你看我说是不是中看不中用？

他读得很慢，读一会儿看她一眼，让她很不好意思。一个中篇，两三万字呢。他读时，她在听，好像在听别人的小说。他读一会儿，就停下来，在电脑屏幕上不停地用手指着，说这里念得不舒服，那句太啰唆。你听，我念时，就觉得很累，是不？我念，你再听。所以白居易写了东西让老婆婆听，人家听不懂了再改，这方法现在仍可取。

她说，你又不是老婆婆。嘴虽硬，仍改，改得自己都不想再看了。

他又说，一篇小说，你不能一下子把所有的事都说完，得慢慢说，特别是中篇小说，像钓鱼一样，要把读者的注意力紧紧钩着，谜底留到结尾，这样才能吸引人。她想想也有道理，再说她崇拜他。他的稿费收得最少，可他的中篇小说上过《人民文学》，就为这，她跟貌不惊人的他走得近了。有时到大妈小店买了饺子，也必叫他来分享。她想他们班三十来个人，如果有一个人成功，定是李君。他甘守清贫，有自己的准则，而且特别努力。谁知最先放弃写作的也是他，人生何人又能参透呢！

一篇叫《父兄的土壤》的小说，她在他的意见下修改了三遍，稿子最终发表在了一个省级刊物上，这是她第一次在文学刊物上发表小说，她激动地请他吃饭。想着到一个好馆子，他却说，就吃涮火锅吧，就在学校对面的新疆街上。那家是铜火锅，中间加炭，外圈放食材，哗哗的声音现在好像还能听见。

有次吃火锅，他忽然问离婚是不是一件很难的事？她说当然，然后看了他一眼，马上低下头。他说，你别误会，这不关我事，一个战友，爱上了一个女孩，很想离婚，可是他离了十年婚，也没离得了。我就想问问你们结了婚的人，离婚是不是挺难？难道离婚比写小说还难？

她没再看他，望着窗外来来往往的人流说是的。

他问什么是的？

她说我不是在回答你的问题吗？

他又问我问了你什么问题？

她知道他目不转睛地看着她，挣开了握着她的那只手，目光仍望着来来往往的行人，一字一顿地说，你不是问离婚的事吗？

那手又握住了她的手，那温暖的体温再次袭上来，他用手指挠着她的手心，她感觉到心跳得好快，再一次挣开他的手说，不是回答了你的问题吗，还没听明白？

然后他们就再没说话，火锅里的木炭噼噼啪啪地响着，锅里的汤哗哗地响着，外面街上此起彼落的声音不停地叫着、响着。店里老板娘三十来岁，长得很媚，一对大奶子，屁股翘翘的，嘴巴也甜，站在店门口，不停地对行人说，请进，快请进，尝尝咱家的火锅，那可是呱呱叫的。味好价廉，不香不要钱。

有男人就逗她，老板娘，让我闻闻你身上香不香。老板娘就笑着轻轻打男人一下，说，闻吧，但须进来。

为此她很反感老板娘，李君却说，你看人要看本质。你看老板娘把客人哄进门了，点上菜了，你仔细瞧，就会发现她没那么热情了，有时男人的目光都不接了。她再仔细观察，还真像李君说的。

她想再见到他，要告诉他，有次到街上看到一个男人，她追了好久，因为那人背影实在太像他。她还想告诉他，她一直在写小说，就因为他说她天生就是一个作家。每天只要躺在宿舍的硬板床上，她就想给他说的话，生怕忘记了，她还写到手机的备忘录里。

可是他再也没有出现，一直到学习结束。

也许中年人的邂逅就是这样的有始无终。很现实。躺在床上她想到这里，苦笑着摇了摇头。蓦地《牡丹亭》的一段词涌上心来："敢是咱眯睎色眼寻难见。明放着白日青天，猛教人抓不到魂梦前。霎时间有如活现。"活现的不是李君，而是他那个唱昆曲的老乡，那个男旦站在自家客厅唱的一曲《牡丹亭·寻梦》她一生都忘不了。他怎么那么懂女人呢，饰演的杜丽娘比女人还女人。

6

周五，睡得正香，忽然一阵急促的脚步声从近到远，她一激灵，醒来，一看表，才四点。

快。马闪闪，可能是紧急集合了。

果然，声音刚落，楼道里马上传出刺耳的哨子声，接着是一个男声：各队都有，紧急集合！

你快开灯呀！马闪闪急着喊道。

你没紧急集合过？快，摸黑穿衣服！

事先也没说过呀。

说了还是紧急集合吗？

可我们是搞文艺的，上的只是个培训班，又不是在野战部队，又不是去打仗。

快穿衣服，别说了。她穿衣，捆背包。好在一切东西都在手边。

马闪闪那边可就惨了，"当啷"一声，好像是烧水壶的声音。"哎哟"一声，好像把哪撞疼了。楼道瞬间静了，脚步声也远去了，柳燮顾不得马闪闪，一个箭步冲进电梯。在灯光下，这才发现自己的鞋带也没顾得上系，背上的被子一角已经掉出来了。忙系鞋带，塞被子。跑到集合点，队伍已经黑压压一片了。

好在，他们这个队，她不是最后一个，着装还比较像样，至少没穿错衣服。队长在点名，在讲评。她朝四周看，好想看看儿子是否经受住了这次突然袭击。

一直到晚上再见到儿子，问起此事，儿子笑着说，这不是很寻常的事嘛，学习时间长了，就知道这是家常便饭，对我们老学员来说，小菜一碟。

刚才的得意瞬间一扫而光。

此后，马闪闪再也不敢乱放东西了，烧水壶放到了阳台上，迷彩服也不再扔在上铺，甚至每天睡前，都不敢脱衣服，生怕再紧急集合，成了最后一名，站在寒风下，让全校学生观看。那滋味，真比被领导训还惨。

可是一直到学习结束，再也没有搞过紧急集合。

马闪闪很不高兴，柳燮劝告道，这就是部队，专门练习你的应急作战能力。否则这哪叫军校。

马闪闪说，哎，前辈，你当兵后悔过没？你觉得你得到的多，还是失去的多？不知何时，马闪闪忽然叫起了她前辈。上卫生间，前辈请。洗澡，前辈请。最有意思的就像现在，坐在前辈对面，看着前辈胸前的资历牌不停地说，乖乖，前辈，你都当兵三十多年了，比我年龄还大。

柳燮笑着回答，当兵三十四年了，不后悔。我感觉至少当兵让我感觉身体很好，还有，比别人多了穿军装的机会。你看看，我们穿迷彩、穿大衣，地方上的人就没机会穿。

礼服就没机会穿。

我穿了呀，在首长给我们单位授军旗时，可壮观豪迈了。一动不动站四十分钟。大家清一色绿军装、白军装、蓝军装，都佩戴亮闪闪的黄色绶带、金灿灿的帽徽，男人女人，无论老少，都帅气得要命。我敢说任何一个人，让他在这样的队伍里站一分钟，他就想当兵。那天，首长正给我们领导授旗，我忽然想咳嗽，可这时怎么能咳呢？我想起了烈火中的邱少云，忍呀忍呀，终于授完旗，跑到卫生间想咳，你猜怎么着，咳不出了。

前辈，跟你相识后，我忽然好想跟我妈说声抱歉。每次跟我妈说话，我可不耐烦了，总觉得她啰唆。

我也是，跟你认识后，在你身上发现了年轻人许多优点，至少现在我不会随意责怪我儿子了。

咦，知错即改，好样儿的，前辈。马闪闪抱着一个长得好丑的娃娃，站起来伸出了右掌。

柳燹半天才明白她的用意，笨拙地伸出巴掌，两只手啪地击在了一起。马闪闪说胜利。

柳燹也高声叫道，胜利！

可是时间它惨无人道，胜利终将还是属于年轻人。

更多时，她们在宿舍并不说话，是因为代沟，还是大家忙，她说不好。一头长发的马闪闪一腿屈在椅子上，一脚踩在毛茸茸的拖鞋里，一边吃着干果，一边看着笔记本电脑，或笑或急着站起来大叫道笨呀，笨死了。她瞧了一眼画面，好像是动画片，三十岁的人为什么还那么迷恋动画片？她不理解。

有时，马闪闪也玩变形金刚，一会儿拆了一会儿安上，一会儿金刚的胳膊朝天，一会儿又向后了，她玩得乐此不疲，柳燮看得莫名其妙。

她不知道，马闪闪不出操，有没有人说她。马闪闪不集合去教室，有没有人说她。不理解她三十岁了，为什么还不结婚。

柳燮很担心马闪闪的电源插座挂在床头，插了好几个插头，她说闪闪如果不充电，插头最好拔了，这样不安全。说了几次，看对方不为所动，就不说了，可那灯彻夜亮着，让她害怕，她又劝马闪闪拔了，这次语气稍重了些，毕竟城门失火，殃及池鱼。马闪闪坐到她对面，说前辈，我这么给你解释吧，插头没有充电，它是形不成回路的。即便形成回路，负荷也很小，浪费电更少，确无危险。

可是插头又不充电，插进插座总不好吧？

你怎么像我妈，不懂科学。马闪闪站了起来，回到自己的床上。

她马上就闭了嘴。

马闪闪的牙齿又白又利,一天一个苹果,咬得"嘎嘣嘎嘣"响。而柳燮最近牙莫名地疼,有些菜都咬不动了。马闪闪的身体真好,出出进进,就穿一身黑色紧身衫,也不怕冷。而柳燮穿着毛衣,感觉屋子的暖气好像还不得劲,搞得鼻涕流个不停,鼻尖都烂了。怎么说呢,她羡慕她的年轻,羡慕她的身材,羡慕她身处的那个陌生世界,甚至羡慕她的牙。当然她知道马闪闪不只是一个年轻漂亮的花瓶,马闪闪还是学霸,本硕博连读八年,现在是军内外有名的青年画家,画油画。柳燮一直梦想当个画家。十年前,还学过一阵丙烯画,光笔就买了两盒,颜料笔洗毛毡,一应齐备。可画了一幅画,就腰酸腿痛,再也不想画了。现在那幅画还被爱人挂在书房的画架上。每次走进书房,看到阳光下那画,柳燮心里莫名地感到安慰。可是那画跟马闪闪的画比起来,就是个涂鸦之作。马闪闪的画,让她想到了俄罗斯油画。她一听说马闪闪是画家,就要看她的画,马闪闪从手机上发了她好几幅,有一幅,她最喜欢。蓝天下,是一片金黄色的麦地。画左边,一架满载着绿草的车前,站着一位戴着帽子的老头。他旁边,坐着一伙人,他们围着一口锅在吃东西。一个穿白衣的女人好像在说话,旁边的男人拿汤勺在舀锅里的东西。站在他身后的女孩右手搭在眼前在看着远处。这伙人身后是一个吊起来的铁壶，还冒着热气，是做饭，还是烧水，不得而知。不远处有匹马，帐篷前躺着一个男孩，旁边坐着一个戴头巾的女人。C位是个小女孩，腿上抱着一个小孩坐在草地上，男孩嘴里还含着奶嘴，旁边是一捆小麦。人物身上的白色，天空的蓝，还有金黄的麦子，都非常美。因为天空的润蓝占了画面的三分之一，金黄色占了三分之二，十几个人，构图却一点也不乱，而且还干净超拔。这个爱吃外卖的女孩肯定不是农村长大的，她画的乡村却这么细腻逼真，那水罐，柳燮小时候见过。这又让她羡慕起年轻人马闪闪来。

这是老了的征兆吗？马闪闪羡慕她柳燮什么？她有什么？即将衰老的现实，不再苗条的身材，还有一颗过于敏感的心。柳燮越想越觉得自己不该到这里来，不该跟年轻人挤在一起。可到单位，她不也是置身于年轻人之中吗？

可马闪闪的话，让她的心蓦然一喜。学习一周就交论文，这是要打死人的节奏吗？马闪闪噘着嘴说，前辈，我好羡慕你，你咋写得那么快。好像往桌边一坐，文字就从你手里往外冒，像水一样，哗哗地流个不停。

柳燮听了甚是欣慰，却认真地说，你不是学文学的，只要画好你的画便可以了。人生，干好一件事已经不易了。

马闪闪点点头又嘎嘣嘎嘣地吃起了苹果，随手扔给了柳燮一只。

柳燮捂着嘴说，我最近牙口不好。本来最爱吃苹果了。

苹果含有多种微量元素和维生素，有"活水"之称，还能降低胆固醇、缓解疲劳呀。牙不好，可以榨果汁呀。对了，苹果可以蒸着吃，也可以用油煎。还有，你不是爱吃面食吗？苹果还可以做馒头，可香了。

你会做？

中餐、西餐不在话下，河里游的，天上飞的，地上跑的，只要能吃的，我都会做得香喷喷的，你不信？难道你以为我就只会学习？只会吃会玩？哥们儿，只要我手里有部能上网的手机，给我个飞机，我都敢开。多大的事呀。网上什么都有，你下载个App，想吃什么，就照着人家的样子去做，可简单了。哥们儿，手机不是光用来打电话的，它就是永远的恋人，叫车、买菜、挂号、购物，无所不能呀。哥们儿，不对，前辈。得罪了。

没事儿，我喜欢你把我叫年轻些。柳燮说的是真心话。

好吧，哥们儿，不过你还是蛮可爱的。鼓浪屿你去过吧，咱不说三角梅，不说日光岩，只说吃。那儿有个餐厅叫黑猫餐厅，特色菜黑猫香肠，配上蒜片一起嚼超好吃。还有三文鱼大虾南瓜汤、牛排培根卷，哎呀，死了都甘心。对了，还有乌糖沙茶面。面是厦门常见的水面，把面烫熟后随自己的喜好从猪肝、小肠、鸭腱、米血、鱼丸、鲜鱿鱼、虾仁、豆腐干等二十多种原料中挑选几种加进去，最后淋上一大勺在大锅里滚开的沙茶汤，半分钟之内一碗沙茶面就上桌了。人间有美味，夫复何求。马闪闪说着，嘴吧唧了好几下。

本想说你这么好吃，不怕胖吗？可是马闪闪的确瘦，身高足有一米六八，估计体重还不到一百斤，一身170/84军服穿得晃里晃荡的，让柳燮胸中母性顿生，怜爱之心溢于语端，你有男友吗？

当然有了。像我这么大，长得也还可以吧，怎么能没朋友？

啥时结婚？

哎呀呀，怎么跟我妈一样？前辈，你不是作家嘛，要跟上新时代呀。结婚只会让两人被束缚住了。对了，苹果还可以做成拔丝苹果呀，我妈妈都会做的。

那我学学。

活到老，学到老嘛。对了，还有爱到老。对了，前辈，你现在还记得初恋吗?

一听到后边的话,本来笑着的柳燮笑声弱了,她看着那张年轻的脸,感觉好像有股瞧不起她的神态,便提高了声音说,当然。谁的青春不飞扬!

7

刚吃过晚饭,柳燮忽然接到一个陌生人的短信:今晚七点,在荣誉教室门前的大枣树下等你。

肯定是李君。可跟她存的号码不符。这么多年,她一直在更改着他的电话,可每次都没打过。难道又换了电话?小说写多了的柳燮又想会不会是别人发来的?去还是不去?

犹豫了半天,她化了妆,穿上合体的冬常服,在镜子前照了照,出门时,想了想,又提了公文包。

她还没来得及看清黑影,他就转身往楼里走。全楼黑乎乎的,她一下子感觉好紧张,不自觉地掂了掂公文包,里面有一杯出门时刚刚装进去的热水。

他竟然有荣誉教室的钥匙。她远远地站着,直到教室灯亮了,她才走了进去。是他，李君。

教室空无一人。他搓搓手，兴奋地说，我先考考你，说说咱们当年的同学都坐在哪。

第一排，杨丽红。还有谁呢？忘记了。之所以记得杨丽红，是因为有次她给老师倒水，因为地上的电源线，绊倒了，水瓶当即碎了，水流了一地。二排，除了我，怎么也记不得了。三排，你吧？真后悔，要是知道自己某一天忘记了，当时就应当记下来。

他深深地看了一眼，在左右两面墙上的师兄师姐们的注视下，沿着台阶一步步走至教室后面。她跟在后面，看着他头上的白发，忽然想哭。

靠里墙放着一面书柜，陈列着历届学员作品。他站在那边停下了。她的心突突地跳起来，不知有没有自己的书。他熟练地抽出一本，是她的，一本很旧的书。我读了这本书，第三百二十五页，有两行字没印上。她不信，接过来一看，果然。她怎么没发现。她又看了他一眼，他却把书轻轻地放回原处，朝前走去。

墙角，挂着历届学员合影。她终于在密密麻麻的人群里找到了自己。他们前六届都是干部学员，每个班人并不多，基本都是三十多名，来自全军各个部队的创作骨干。最小的二十一岁，最大的四十多岁。

他一手托着腮,说,来,仔细看看,认认咱们同学。

她悄声一个个叫着同学们的名字:杨丽红、张颖、柳江平、张翔、李君、周继光……

你跟杨丽红是同屋,她来自云南,长得小巧玲珑,跳舞最棒,经常穿一身舞蹈服,在屋子里练功。对不对?

记性不错。

咱们有一次跟杨丽红他们一起到北大去过。好像是去看一位老师,教什么的,一点都想不起来了。只记得老师夫人是个钢琴家,神情很是高傲,还给他们弹了一支曲子。屋前一棵海棠树,花开得特别繁茂。你得知是海棠花后,不停地说,贾宝玉屋前就种着一棵海棠树,原来海棠花是这样的,边说边不停地拍照。

我记得我们是五六个同学骑着自行车去北大的,你和其他同学干吗去了,想不起来了,只记着,杨丽红坐在草坪上,织着毛衣,而我站在李大钊雕像前,看着太阳一点点地下移,感觉自己的心好像也跳得慢了。

我就在你们不远处的湖边,看书呢。不,其实是偷偷地看你,猜你在想些什么。那时是傍晚,一轮落日从未名湖的对面升起,映在湖面的一缕光金灿灿的，好像一个女人侧面的影子，而岸边的芦苇，更使这人影多了一层道不清的梦幻。我唤了你一声，我想这美丽的景色必得与你分享，可是你好像没听见，只抚摸着雕像，眼神迷离。

那时我们好年轻呀。柳燮干巴巴地说了这么一句后，又说，没想到我们多年以后以这样的方式来追忆我们逝去的青春。

那个被别人挡得只露半边脸的同学，你猜他是谁？

我怎么会忘记陈炜呢。他是跟你一样反对作家市场化的，特别是对同学们的一稿多投，不屑一顾，还说这是被市场绑架的软骨文人。他家日子过得穷，不少饭票都是杨丽红资助的。他的手好像冻坏了，我记得他写东西时，手上套着白色塑料袋。你说，有几家大刊和出版社准备一起推他，不出半年陈炜就会火遍全国。我听到这话，很吃惊，那是九十年代末，文学这个女神好像已经跑累了，有些明日黄花之象，怎么一个人马上就会火起来？但是你一向判断准确，由不得我不信。为此，我给了陈炜一沓稿纸，那稿纸是你送我的。你别生气，那时我还没电脑，对这两本上面写着《人民文学》的绿色方格的稿纸特别喜爱，但是要借陈炜手稿的同学大有人在，听说陈炜都不给。你说，陈炜一旦成名，这稿纸就成了文物，要收藏起来呢。所以，思来想去，我觉得像杨丽红同学那样给陈炜送饭票，没有新意，送稿纸他一定很高兴。果然陈炜看到稿纸，嘴里不停地啧啧说，这是《人民文学》编辑部的稿纸呀，我当然要用它写出惊世之作，才对得住这稿纸。于是我提出要看他作品。如果这时，我的录音机没有声音就好了，可录音机却在包里不停地唱着《我心依旧》。陈炜把稿纸紧紧抱在怀里，看了看四周，低声说，你能把你的录音机借我听几天吗？那录音机是我从哥哥手里抢过来的，索尼的，手掌大。每天晚上，宿舍熄灯了，我会戴着耳机听电影剪辑的《魂断蓝桥》和《茜茜公主》，还有俞丽拿的小提琴协奏曲《梁祝》。我忍痛借了他，然后就拿到了陈炜的五大本小说原稿，那稿纸的首页第二行，是一行小字：长篇小说之三。再往下空了四格，类似于现在二号宋体字大小的毛笔字：《地下王国》。最下角是与小说题目一样大小的四个字：陈炜出品。连短篇小说都还不知道如何写的我一看到长篇小说之几，又是出品，对书稿更加珍惜了。我先把装在塑料袋里的书稿放到床上，然后把书桌擦得干干净净的，水杯也挪到了窗台，然后才坐到桌前，把一本稿子小心地打开读起来。全看完，天已渐亮。说实话，小说我没看懂，但是放不下，因为那小说很新鲜，里面还附着稀奇古怪的字母、箭头、小人儿，还有一些像星星又似迷宫的暗道。人物，怕有四五十个，我一个都没记住。倒记住了十几页，没有标点符号，读得累得不行，我不知道这样的小说火了，会是什么人在看。稿子还回去时，陈炜正腰里别着我的录音机，耳朵里戴着耳机在不停地晃腿。陈炜问我的感受，我如实说，作品太高深，自己学识浅，没看懂。陈炜说，自古以来，惊世之作都是为小众写的，它的价值需多年后的人评价。老师不是讲过作品要创新吗？！当然课堂上老师讲了先锋主义、结构主义，讲那个娶了姨妈的秘鲁作家巴尔加斯·略萨的小说很棒，可我还是读不进去，也许每个人都有自己的阅读兴奋点吧。为此大家都说我老土。陈炜再进一步对我循循善诱，说自己这篇小说就是承继了先锋派的衣钵，余华、格非、马原的小说难道你没读过？好小说，一定是最难啃的，啃懂了你会收获无穷。我当然读过，但是还是喜欢那些有鲜活人物、动人细节的小说。我知道跟陈炜辩论，自己根本不是对手，想要录音机，可他好像忘记了那是别人的东西，仍在摇头晃脑地听着，丝毫没有还的意思。

　　说到这里，她停了话题，看着李君，李君也在看着她。一时，对面坐着的两人均无话。教室外的风呼呼地吹着，柳燮忽然间扑哧一声，笑了。

　　李君抬起头，微笑着说，想起什么了？

你还记得咱们去看《泰坦尼克号》吗？

你约我去看电影，一张票一百二十元，一听票价，我说太贵了，也就一部媚俗电影罢了。你说你请客。我说，我不会欠你账的，以后我的小说改编了电影，我第一个请的就是你。可是我已年过半百，还是欠着你的账。电影的确太感人了，罗丝和杰克在船头做飞翔的动作好迷人。杰克死时那一节，全场一片哭声。我也哭了，你却说好幼稚，但是我发现你偷偷地抹泪了。那时这部电影中的插曲《我心永恒》传遍了全校园。我说好小说或好电影，都该是这样，起码人要爱看，这就是标准吧。你却说像陈炜这样甘守寂寞的人才会成功。一直到年底，也没见陈炜的小说火起来，倒是陈炜把我的录音机给弄坏了，插在腰里的那个环扣不知怎么掉了，他让人焊了，但是焊迹在录音机上像人身体上长了个多余的肉瘤，很是难看。对了，陈炜现在干什么？你知道吗？

李君摇了摇头说，没联系，至少肯定没写出来。他又指着另一个同学说，还记得他吗？

哈，那个长着娃娃脸的姓周，同学们都叫他周中尉。一看到他，她就想笑。他是因为摸了一个戏剧系女同学的脸，须在全班同学面前检讨，队长说要根据检查是否深刻给予相应的处分。周中尉长得帅，小说写得也不错，他写过一个中篇小说叫《爱情少尉》，柳燮很喜欢，还抄了几大段呢。同学们一听他摸了戏剧系女生的脸，一阵哄笑过后都跑到他宿舍帮他出主意。毕竟这事传出去，对周中尉不好，他已结了婚。一个结了婚的男人摸一个未婚少女的脸，又在大庭广众之下，总不是体面之事。该班是全军作家班，这个班同学知道了，等于全军都知道了，推而广之，全国文坛也就知道了，想当作家的周同学以后还怎么在文坛上混。于是大家都给他出主意，说，就说你喝多了酒。喝了酒的人，你能拿他当正常人要求吗？

谁知周中尉的检讨让同学们都笑得肚子痛。他穿着扎着领带的中尉春秋服走上讲台，就在这个教室的讲台上一站，先来了一个特漂亮的军礼，女生都"哇"地叫道，好棒呀，帅呆了，都认为这么帅的一个小伙子摸戏剧系那个长着麻子的小眼睛女孩的脸，应当是那女孩的荣幸，没想到那小姑娘还不依不饶的，以为她自己长得像嫦娥呀。不是所有学戏剧的人都能当上演员，也不是所有戏剧系的女生都长得漂亮。可是小姑娘找了文学系的队长，又找了系领导，系里只好让队里严肃处理，以正军纪。

敬完礼的周中尉用好听的上海普通话念起了检讨，全班同学都屏着呼吸听，连在教室走动的队长也停了步子，坐在了教室后排的一个空座上。他那时四十出头，因小说写得好留校的。

李君用手指理了理头上稀少的头发，说，还记得他那份有名的检讨吗？

怎么不记得，现在想起来我还想笑。柳燮说。

我为什么摸了那女孩的脸？现在想来好像在梦中。周中尉的检讨是这样开的头。真的，一定是在梦中。那天我从宿舍楼出来，写了一上午的小说，眼皮有些倦，胳膊也有些酸，想到花园散散心，结果就犯了这么大的错误。好多同学都帮我出主意，说，那天我因为喝了酒，在迷迷糊糊中摸了那女生的脸。可事实是我真没喝酒，酒那玩意儿我不爱，况且那天我才思奔涌，不可能让喝酒乱了性情，咱进文学系可不是为了喝酒的。上全军唯一的文学系，是多少作家的梦想呀。我为了考文学系，受的那罪说了，就跑题了，咱不说也罢。那到底是什么原因让我摸了一下那女孩的脸呢？她漂亮吗？说真话，我没看清，只看到宿舍前的桃树上一片桃花飘下来，好像落到了那女孩脸上。也许没有，只是我的错觉，我只是想摸摸桃花落在人脸上的感觉，因为我的小说刚想写这么一个细节。我一个大老爷们儿，总不能摸自己脸吧，没感觉。摸老婆的脸，肯定不会犯错，可老婆又不在跟前，所以我就摸了那女孩的脸。我当然不能说，因为写小说摸了女孩的脸，就对。但好像也不应当挨处分。我的确不是流氓，没有任何非分之想，只是想体会一下一瓣桃花落在青春脸庞上的感觉。对，就是这样，我反复回忆，还是这样。革命军人，说假话，我认为是羞耻之事，决不可做。

当然，给这女同学造成了无尽的创伤，我心里很难过。不是一切的错误都有预谋，也不是一切良好的愿望都能修成正果。这是我的错，请求组织处分我，也请求该女孩谅解我。我结了婚，晋升成中尉，如果还像爱情少尉那样生气勃勃一往无前地去夺高地，显然没资格了。还要迎难而上，那就真犯错误了，就不可能再当上尉少校了。可是我好想再当一次爱情中尉呀，在梦中。对，在桃花雨下。他娘的，要怪就怪这让人迷醉的春天。对，都是春天惹的祸。

当他念完，大家都愣了，包括队长，教室静得连人的呼吸都能听到。这像检讨吗？深刻吗？分明是在写小说嘛。大家是不是这么想，柳燮不知道，但她就是这么想的，大家你看我，我看你，表情分明也是狐疑呀。

周中尉看没人反应，就举手敬礼，然后双手贴在裤缝两边，立正站在讲台上，一动不动，好像守卫着身后黑板上那首写得密密的古诗《野有蔓草》。"有美一人，清扬婉兮"一句，在窗外透进来的一缕阳光的照耀下，特别醒目，好像也招来了窗外的鸟儿，不停地在窗外枝头啾啾地叫着。鸟声惊醒了队长，队长站到讲台上，接过周中尉的检讨，捂着嘴咳了两声，说，这个检讨——这个检讨大家感觉怎么样？

好！好！好！大家竟然都异口同声。

胡闹！队长大声喊完，又把检讨从头看了一遍，然后说，周继光，你下去，等候组织处理。现在上课，我们这节课学《诗经》中的《野有蔓草》。

后来，系里为了严明军纪，还是给了周中尉一个警告，可是我们大家都喜欢他写的检讨。据全班一稿多投最多、第一个拿上大哥大的邓卫同学说，如果全国评选最佳检讨书，这当是最美最别致的。此后，"爱情中尉"就成了周同学的绰号。

那时，"十一"或"五一"，许多家属或男女朋友来探亲，同学们都特想看看周中尉的媳妇长什么样。他们想象她一定不漂亮，否则帅气的周中尉为什么还这么贪婪地想当"爱情中尉"呢？还冒着违反军纪的危险，摸一个长相实在只能算中等的女孩的脸。事实是周中尉的媳妇长得很漂亮。漂亮到什么程度？这么说吧，队列走过时，大家一致都向左看，看周中尉千里迢迢来探夫的新婚妻子。所以他们就更加确信周中尉那天真是小说写迷糊了，又受到了春天的蛊惑，才有了那样的举动，很为他因此背个处分不平。

照片中间的两个同学虽说叫不上名字了，可一看到照片，柳燮就记起了，写报告文学很棒，从他文章里，她知道了中国南部有一个岛叫浪花岛。而这个写报告文学的同学很有特点，说话一直操着东北人的大嗓门，可跟女生说话时，却用普通话。

后排一个同学，被前面的柳燮挡了个严严实实，看起来个子不高，他叫什么，是谁，哪个部队的，柳燮怎么也想不起来了。把他挡住了，他为什么不挪个位置，他左边还有那么大的空儿。而那时的她，满脸严肃，与右边的同学也隔着半人之距，神态好似女王。不，也许不是，上学时，她很自卑。嘴巴闭得严严的，眉头皱着，不像其他同学，双手自然垂直，而是双手背在后面，好像专心听老师讲课的小学生。蓝色短裙下一双短袜很老土地露了出来。显然是毕业典礼刚结束，一个女同学怀里还抱着一本粉红色碎花的硬皮留念集，还有一个男同学胳肢窝下夹着红艳艳的毕业证。

一直到他们离开教室，她跟李君谁也没想起那个同学的名字。

8

走到校园,李君说,你去过对面那条新疆街没?要不,我陪你出去看看。

没有,学校管理严,不让出门,从进门那天起,我就没出去过。

那条街两边的楼更高了,一栋比一栋漂亮,一个店比一个店国际化。路更直了,种上了银杏和白蜡树,可是过去那条边地风情的新疆街却不见了。对了,你还记得那个复印店吗?

复印店在街边第一号,他们那些一稿多投的稿子就出自这个小店。第一次去,是因为那个小店窗玻璃上贴着两个大红色的剪纸。一张剪纸是一个系着头巾的少女臂上挎着篮子倚在树边,面前是条河。另一张剪纸是一个女人抱着胖胖的小男孩在洗衣服。她看了半天,认为那是来自老家的剪纸,小时候,母亲经常剪纸,贴得窗上、墙上,甚至牛圈,到处都是。李君指着窗玻璃上的价钱说,这家比别的家贵。换一家。

她却不理他,先走了进去。

店主一张口,却不是乡音。这个中年女人来自山西,说她爱剪纸，没事时剪，越剪心里越亮堂。因为丈夫在这附近的工地打工，她在家老睡不着，就抱着孩子来了。闲着没事干，丈夫就借钱给她开了这个小店，跟纸打交道，又干净，又单纯，她喜欢。小店很小，除了一台很旧的复印机，就是一张大床，旁边放着一个电炉子和盆盆罐罐。屋子很干净，窗台上放着一个用泡沫塑料做的花盆，里面长着一丛绿油油的菜，是芫荽。约半岁的男孩坐在旁边的小童车上，瞪着大眼睛，一见柳斀就笑。中年女人说跟你们有缘呀，别的人一进来他就哭。他不但让柳斀抱，还爱摸柳斀的脸。那满是深窝的小手肉肉的，摸起来好舒服。

　　李君听她的，一直到毕业，他们都在这家店复印。大姐人很好，每次都给她少算钱。这让她不好意思再往别家去了。其实，她不是为了那钱，而是看到那个小孩子，就想起了家中的儿子。有时，她给小男孩送包糕点、糖之类的。有次，她给儿子买了一把塑料玩具水枪，预备着寒假带回去。谁料学校老检查内务卫生，放来藏去好麻烦，便把那水枪送给了那小孩子。拿去才发现，枪太长，还不会走路的小孩子根本拿不动，可那母亲高兴得左一个"大妹子"，右一个"大妹子"，让她很不好意思，好像自己做错了事一般。

　　街中腰有家烤羊肉摊，摊主是个新疆小伙子，留着一撇小胡子，头戴一顶花花绿绿的小圆帽，说话像唱歌一样，特别好听。她不爱吃羊肉，就为了听听那声音，看看那小伙子的小胡子，也禁不住买一两串，不停地说，放点辣椒，再放一点。不是爱吃辣椒，只是想让小伙子多看自己几眼，不停地说，嘻嘻，行呀，你行呀。有次问她是干什么的，她笑着说，你猜？

小伙子坐在椅子上，晃着右腿，摸着小胡子说，大学生是肯定了。

她吃惊又得意他的判断，又多买了两串羊肉串，红着脸问原因。

小伙子上下打量了她一番，说，因为你像学生一样单纯呀。女大学生就应当是这样子的呀。单纯、洁白，对，就像我们美丽的巴音布鲁克大草原，有着洁白的羊群、洁白的牛奶、洁白的天鹅。

她痴痴地听了半天，感觉这话对，好像又不对，但嘴上说，你说对了。回去时，越想越兴奋，跑了好一阵，跑到对面学校的门口，看到一脸严肃、着装严整的哨兵，一下子清醒了，后悔没有让他猜自己多大了、学什么专业。

有天她跟李君再去时，小伙子不见了，那个摊位上是一个中年男人，浑身脏兮兮的。硬着头皮问那个小伙子去哪了。中年人看了她一眼，说病了。得的什么病，好了没有，她再也不知道了。倒是李君，听说那小伙子不在了，高兴得每次都要去那吃羊肉串。

咱们常去的那家清真火锅店，现改成了一家韩国烧烤。我不爱吃烧烤，总感觉烤出来的东西伤了原味，但前两天我鬼使神差地走进去，吃了一顿平生最难吃的烧烤。那时想得最多的是十年以后、二十年以后，我会怎么样，现在，却不住地说，十年前、二十以前，我是什么样。那时校园是什么样，同学们是什么样。李君说着，长叹一声。

难道人都不愿活在当下，要么想过去，要么想未来？岂不知无数的当下就是未来呀。她接口道。

到学生公寓了，她说要不到我宿舍坐坐？

不了，我明天要出差。对了，你儿子很优秀。你是同学们里最有出息的，我为你感到骄傲。

你知道我儿子？

我还知道你爱人是干什么的，你家的车是君威，你家在C市花园小区二单元三〇一室。你的电话号码一直没变过。

前辈，前辈！马闪闪从公寓里跑出来，喊道，队长找你，打电话你也不接，让我来找你，你去哪了？说着，朝李君深深地看了一眼，又看柳燮。柳燮拍了一下她的肩，走呀！

夜很深了,柳夑翻来覆去睡不着。马闪闪打趣道,前辈,我已发现你青春飞扬了,能不能给咱讲讲它是怎么活色生香的,我说不定可以画一幅杰作呢?

好呀,有空给你讲。明天还要出操,现在睡觉。柳夑怎么能睡得着,本来平静的心因李君的再次出现彻底打乱了。

9

他们第一次单独相见,是在入学的半年后,李君忽然约她。

李君在同学堆里除了发表几篇小说,一点都不显眼,还有些害羞。开学一个月了,他们才开始交流。起因是电影《钢琴课》。

《钢琴课》看完,老师讲评时,李姓同学忽然站起来说,老师,这个导演是不是女性?

老师说她是新西兰的导演,叫简·坎皮恩,确实是女导演。

她回过头在意地望了他一眼,他也正看她。下课后,她主动问他为何知道这个导演是女性?

他答因为我是写小说的,凭直觉。这个电影只有女人才能拍出,因为她感性,所以才得了奥斯卡奖。如果到此,他们只是一般同学，可是他又说，霍利·亨特得了最佳女主角奖，你不觉得你某些方面跟这个女主角很像吗？

她吃了一惊，正下台阶，险些踩空，但她还是装着镇定的样子问，哪方面？

他说只可意会，不可言传。从此，他们的交往多了。

因为是第一次跟男同学一起出去玩，她很兴奋，穿了军装，便装少得可怜。她把衣柜翻了个遍，终于选中红底白花的衬衣，白色的牛仔裤。衬衣下摆有些长，她别进了裤子里，系了一条白色的皮带，显得腿长了许多。

李君看到她，眼前一亮，让她很不好意思。

站在未名湖前照的一张相，现在还保存着。李君呢，好像不记得照相没。但是有一张照片她是保存了的，被她夹进一本《马克思主义原理》的书里，那是他们的一张合影。两人都很严肃。背景就是未名湖，想必就是那时拍的，具体细节她不记得了。照片她不敢放在影集里，塞到了这本没人看的书里。有次查资料，她无意中发现了照片，心跳了好久。最后觉得这样的照片放在《马克思主义原理》这样的书里很不保险，她又放进另一本书里，什么书，现在一点儿也不记得了。

出北大南门，朝右拐，就是有名的风入松书店。那么多的书，根本没钱买，他俩就坐在台阶上读书。那个台阶好漂亮，就像船。她每次看完书，离开时，好像自己旅游到一个陌生的世界，听到营业员收钱，闻到饭菜的香，才回到现世。一时有些恍惚，好像自己在做梦。真实的世界那么虚幻，而刚过去的世界却是那么的真实。她问李君的感受，李君说感同身受。

除了上课，好像有大把的时间供他们挥霍。晚上，他们就到对面的民族大学、舞蹈学院去跳舞。舞厅一般都在饭堂，桌椅往旁边一收，录音机一开，舞会就开始了。舞她跳得并不好，可是李君喜欢跟她跳。她说你跟别人跳吧。嘴上很大度，其实她心里也有小九九。李姓同学跳舞像走正步，跳舞就要有跳舞的感觉，可这样的话怎么能跟他讲呢。李君根本猜不透她的心思，说，不，我就喜欢跟你一个人跳。

人家会说闲话的，我是有夫之妇。

我就喜欢跟有夫之妇跳，别人其奈我何！

李君舞技一般，可是谈小说，听十天她都不烦，关键他能给她很好的提议。夏天，天好热，特别是周末，晚点名一般在十点，他们就坐在旁边的紫竹院影影绰绰的湖边，一次次地谈小说构思。有时，两人为了某篇小说的结尾，争来争去，谁也说服不了谁。感觉女主人公死了太悲剧，大团圆又轻飘。

写小说，我有经验。李君仍在坚持。

可作品是我的。她毫不退让。

行了，以后我再不费口舌了。他说着，扭头而去。

有这样的人吗，真小气。不理就不理了。

夜很黑，一阵微风吹来，竹叶沙沙响，前面一团影子或明或暗，她吓得加快了步子。心想，这下咋办？要是叫人，对方行恶怎么办？要是不叫人，那就只好任人欺负。

走近了，却发现是他。

怎么不走？

保护你呀。

谁需要！

哈哈，嘴还硬，我一走，都不敢走路了，东张西望的。好可怜。

把你美的，好像离了你，我就回不到学校似的。她说着，看到前面好像有人影，好像还有可怕的光，好像刀光，便不由得靠着他。他握住了她的手，手也哆嗦着。

原来是一对男女，跟他们不一样的，是两人在谈恋爱，那亮如刀片之光的是那女人身上小包的装饰物，在月光下好可怕。他们走过那对恋人跟前，那对恋人显然也挺怕他们的，马上闪进了树林。

怕是偷情的？

人家也许是谈恋爱的，怎么说得那么难听。

跟我们一样。

不一样。

怎么不一样？他笑着问。

我们是同学，光明正大。

他又笑道，那你跟我一起进校园，再也不要像以前一样非要让我先进去。

行呀。我们是同学怕什么？其实她是怕的，每每看到那个上士哨兵看她，就紧张得步子都不敢走了。

快到大门口了，她还是说，你先进吧。那哨兵是战士，不懂文学，怕他误会。在咱们同学面前，不，即便老师面前，我也跟你有说有笑的，对吧？他们懂文学，理解我们的关系，就是同学，就是互相欣赏，就像林徽因跟金岳霖一样。

是吗，可你刚才握到我手里的手是湿的，据一位有名的作家说，女人手心出汗，就是恋爱的征兆。

胡说八道，再说我就恼了。她加快了步子。

对对对，同学。对了，同学，你那篇小说结尾，我想了想，你还得听我的，悲剧结尾最好。他在最后喊，引得行人频频望向他们。

她头也不回地说，好。

他好几天不理她，她一直不知其故，后来才知道因为她还是让男女主人公有了幸福的结局。后来他说，你这人……再无下文。她到底是什么样的人，他没说。她一直到毕业，也没问。今天怎么没有想到再问下？

10

周末，校园里没有多少人了，她再一次走遍角角落落。

新楼不再属于她，就好像那些年轻的学生一样，只叫她首长，却不能像往昔的同学一样，跟她说说笑笑、打打闹闹。即便是儿子，也跟她保持着距离。她努力地想走进他们的心里，可终究难以进去。

躲过那些新新的高楼，走进被遗忘在角落的旧楼，那是她曾经的宿舍，但是大门仍在上锁。不知现在派何用场，但里面传出了昆曲，好像是被誉为"昆旦祭酒"的八十岁的张继青先生在唱：

> 那一答可是湖山石边，这一答似牡丹亭畔，嵌雕阑芍药芽儿浅，一丝丝垂杨线，一丢丢榆荚钱，线儿春甚金钱吊转！
>
> 是谁家少俊来近远，敢迤逗这香闺去沁园？话到其间腼腆。他捏这眼，奈烦也天；咱嚥这口，待酬言。
>
> 咱不是前生爱眷，又素乏平生半面。则道来生出现，乍便今生梦见。生就个书生，恰恰生生抱咱去眠。
>
> …………

她好似杜丽娘，也在一一对应着曾经的校舍，东边可是曾经洗过澡的浴室？南边可是曾经的图书馆？外形像，细一瞧，又两样。寻来寻去，一切都不见了。连那个一闪而过的恋人，她都感觉好像从来没有存在过。自己好像和杜丽娘一样，只做了一个春梦而已。杜丽娘还能找到牡丹亭、芍药阑，还能找到压黄金钏匾的地方，可她什么也找不到了，即便是一栋楼，也是物是人非。即便那个人，好像梦中来过，说过的话也随风而逝。

杜丽娘仍在唱，不，仍在穿越时光倾诉：

一时间望,一时间望眼连天,忽忽地伤心自怜。知怎生情怅然,知怎生泪暗悬?

为我慢归休,缓留连。听,听这不如归春暮天,难道我再,难道我再到这亭园,则挣的个长眠和短眠!

一曲听完,她眼泪忽然夺眶而出,心里却在暗暗想,我不会如此悲观,绝不会。她这么想着,步子加快了。前面有学员在跑步,她不觉也跟着跑起来。哎,前面楼的墙上,好像画着一把号,对的,是黄铜色。她擦了擦被风吹得落下泪的眼睛,确信是系着红绸带的军号。

这时,耳中传来了军号响,一阵比一阵急促,对了,这是冲锋号。上课?紧急集合?操课?所有的人都跑起来了,她也加快了步子。

学习很快结束了。虽然一直盼着结束,可真结束了,柳燮却怅然若失。仍左手推着箱子,右手提着塑料袋,仍没跟儿子打招呼,顶着寒风出了门。东西还是原来的东西,可怎么感觉双手,不,全身都是那般沉重。

上面镌刻着五角星的绿色小铁门"哐"地在身后关上了,一股清新的风吹进柳燮的口腔里，她大口吸了一口来自大街上的新鲜空气，想，终于自由了，再也不用请示，不用出操点名了。可没走几步，又不由自主地转身回望校园，一股不舍忽然涌上心头，心想再要进去怕是没机会了。恍惚间感觉好像又做了一场梦。可包里那个大红色的结业证证明着她在里面学习过，还有冻得发痛的手指也在告诉她这不是梦。手机里马闪闪微信里那一张张美食的照片，都告诉她一切是真的。她又想起了昆曲《牡丹亭》里的一句唱词：明放着白日青天，猛教人抓不到魂梦前。

半年后的凌晨五点，柳燮还在睡觉，手机响了，她一看，是李君。她看了身边的爱人一眼，忙进到卫生间，关上门，坐到马桶上，心扑通扑通地跳了起来。

李君高兴地说，我想起来了，我想起来了。

柳燮紧张又小声地说，我在家里。

李君却好像没听懂她的暗示，大声说，我想起那个被你遮住的同学的名字了。咱们分开后，我四处打电话问咱们的同学，大家都不知道他叫啥了，有的人在忙着炒股票，有的人忙着带孙子，有的在国外旅行。大家都问你是不是太闲了，搞得我一鼻子灰。刚才忽然想起来了，他叫吕义。给你在月光下教军体拳，把我气得不行，把一瓶啤酒浇到了他头上,我怎么能把他忘了呢?真是的。好了,我就告诉你这事。说着,电话挂了。

爱人推门黑着灯进来,谁的电话?还要躲到卫生间。

一个大学同学,告诉我另一个同学的名字。

一个男人,大清早打电话就告诉你这事?我不信。

我也不信,可他的确就是这么说的。柳燮坦然地说着,走了出去。

图书在版编目(CIP)数据

姹紫嫣红开遍 / 文清丽著. — 北京：北京十月文艺出版社, 2024.1
ISBN 978-7-5302-2325-3

Ⅰ. ①姹… Ⅱ. ①文… Ⅲ. ①中篇小说—小说集—中国—当代 Ⅳ. ①I247.5

中国国家版本馆CIP数据核字(2023)第149135号

姹紫嫣红开遍
CHAZIYANHONG KAIBIAN
文清丽 著

出　　版	北 京 出 版 集 团
	北京十月文艺出版社
地　　址	北京北三环中路6号
邮　　编	100120
网　　址	www.bph.com.cn
发　　行	新经典发行有限公司
	电话 010-68423599
经　　销	新华书店
印　　刷	北京盛通印刷股份有限公司
版　　次	2024年1月第1版
印　　次	2024年1月第1次印刷
开　　本	850毫米×1168毫米 1/32
印　　张	12.25
字　　数	217千字
书　　号	ISBN 978-7-5302-2325-3
定　　价	62.00元

如有印装质量问题，由本社负责调换
质量监督电话 010-58572393

版权所有，未经书面许可，不得转载、复制、翻印，违者必究。